D0730230

Tu n'aurais pas dû partir…

Du même auteur aux mêmes éditions :

L'homme qui regardait vers l'ouest. Roman. Editions du Vermillon /
Editions Mon Village. 2003

Couverture : *Le premier dégel,* Maurice Cullen (1866-1934), huile sur toile,
71,7 x 92 cm, ca 1912
Musée des beaux-arts de Montréal, don de Mlle Jean Scott, 1961.1311
Photo : Musée des beaux-arts de Montréal

Dos de couverture : photo de l'auteur par Patrick Woodbury, *La Presse*

© 2006 Copyright by Les Editions du Vermillon. Ottawa (Ontario)
© 2007 Copyright by Editions Mon Village S.A. CH – 1450 Sainte-Croix

ISBN 13 : 978-2-88194-161-0
EAN : 9782881941610

ISBN 288194161-3

9 782881 941610

Jean-Louis Grosmaire

Tu n'aurais pas dû partir

roman

Editions Mon Village

À la mémoire de mon grand-père Pierre Grosmaire
disparu près de Verdun, le 8 mars 1916,
inhumé le 24 février 1917.
À son épouse Hélène.
À mon grand-oncle Henri Parisot,
lui aussi mort pour la France pendant la Grande Guerre.

Merci à Michel Bouffard
Liliane Fery-Pinard
Monique Bertoli

N.B. : Opale-sur-Mer, Apreval, Belval sont des noms fictifs.

Chapitre premier

CHÈRE SUZANNE,

Aujourd'hui, 2 novembre 1904, je t'écris en espérant que tu vas bien, ainsi que tous les tiens. Cela fait cinq ans que nous sommes séparées. Cinq ans que nous avons quitté la France. Notre famille est en bonne santé, j'espère que la tienne l'est aussi. Papa travaille toujours chez les Germain, d'Ottawa ; le monsieur est un riche architecte de la capitale fédérale. Maman-Madeleine est encore couturière et notre amie Ermance, une joyeuse Canadienne française, l'aide même si, en raison de l'âge, elle a ralenti ses activités. Tout est pour le mieux. Pourtant, est-ce la pluie d'automne qui me ramène vers toi et Apreval, ou mon cœur qui s'ennuie ? Tant d'images du passé reviennent en moi avec ces gouttes qui ruissellent le long de la vitre. Je suis jeune, il me semble être vieille. La nostalgie s'installe, on doit avoir cela dans le sang, nous autres les Javelier. Déjà mes grands-parents, que je n'ai pas connus, avaient quitté la montagne jurassienne pour la vallée de la Saône. Papa, à son tour, laissa son village pour le Canada. Aujourd'hui, c'est Apreval qui m'appelle, un chez-nous lointain. Mais où est-ce chez nous ? Tout, je revois tout en cet instant. Heureusement, vous habitez notre ancienne maison. Il y a la place du village, la pompe où le bétail vient boire, plus loin, le café, la Saône, comme je la regrette, elle ! Pour me consoler, ici, il y a la rivière des Outaouais, puissante, large, bouillonnante parfois.

Je pénètre en rêve ou en cauchemar dans notre maison. Ma chère maman, ma Renée souffre, le tétanos la dévore. Il y a le docteur et sa calèche, notre voisine, la chère Flavie qui prie à côté de nous dans cette pièce où les ombres jouent un jeu étrange, où les silhouettes de douleurs se multiplient, se font et se défont. Il pleuvait cette nuit-là, comme il pleut aujourd'hui sur Hull. Pluie fine. Le même gris se répand sur les arbres dénudés. La ville est enveloppée. Les vapeurs des usines E.B. Eddy, nous envoient des odeurs de bois, de pâte à papier, entre choux bouillis et champignons ! Les usines d'allumettes lâchent des relents de phosphore, de soufre. Il pleut. Je nous revois, toi et moi à Apreval, lisant dans la cuisine, à la clarté de la fenêtre. Le chat nous protège. Une chance qu'il y a les chats et que nos parents les acceptent. Les chats, les chiens, les oiseaux, beaucoup de gens ne les aiment pas, ici, à Apreval ou ailleurs. Parce que ces personnes en ont peur. Elles n'aiment pas la vie libre qui est dans ces animaux, ils les appellent des sales bêtes, pour les tenir à distance, se rehausser. Ce sont les mêmes personnes qui nomment les Indiens sauvages et moi pointue à cause de mon accent.

Oui, c'est ça qui me fait mal, chère Suzanne. Papa se sentait rejeté à Apreval, comme moi par quelques gens d'ici. Par bonheur, il y a la rivière, les chats !

Un jour, avec papa, on parlait de cancoillotte, ici on n'en trouve pas, papa nous en prépare quelquefois, mais ce n'est pas facile et il dit qu'elle n'a pas le même goût qu'en Comté. Quand il évoque Apreval, une lueur glisse dans ses yeux. Je me demande si lui aussi n'est pas un peu chagrin d'avoir quitté la France. Pour la cancoillotte, comme je la mentionnais de temps en temps à l'école, elle me valut mon surnom, on m'appelle tante Ouellette, cela résonne un peu de la même manière. Oh ! Les camarades ne font pas cela devant la maîtresse, qui est gentille avec moi et qui prend ma défense, non, mais à l'extérieur, dès que nous sortons de l'école. Ces chenapans me lancent parfois des coups de pied ou tentent de m'arracher mon cartable.

Je n'ai aucune amie comme toi. Aucune. Je te l'écris, les larmes aux yeux. Je ne suis pourtant pas une fille méchante. Je n'ai que treize ans. J'ai des copines de classe, pas d'amies. Elles me jalousent.

– Mademoiselle fait sa petite pincée, elle prononce à la française de France !

– Paris ci, Paris là !

– En France ceci, en France cela…

– Mademoiselle a voyagé, a vu des pays, traversé l'océan, connaît la tour Eiffel !

Ici, à Hull, je suis une étrangère. Mes deux petits frères jumeaux souffrent moins de ces quolibets. Ils sont deux à se défendre et ce sont des garçons. Les gens ne sont pas gentils, ni avec les chats, ni avec la petite Française. Certains jours, Suzanne, je deviens plus Française qu'avant. Je ne le dis pas à papa, ni à Madeleine, je regarde la photo des sources de la Saône, le réveil qui était à Apreval dans la cuisine, je consulte un almanach, qui lui aussi à échappé au feu qui ici détruisit notre maison, au printemps de 1900. Ce grand feu, suivi d'autres moins catastrophiques, ravagea la ville de Hull où nous demeurons. Les gens ont été courageux et débrouillards, ils avaient reconstruit avant l'arrivée de l'hiver. Toute la ville se transforma en un immense chantier. Grâce à l'aide de nos amis de Québec, les Leymarie, nous étions à l'abri et au chaud lorsqu'arrivèrent les grands froids.

Je me demande souvent ce que tu deviens et pourquoi la vie nous a menés si loin.

Nous n'avons pas beaucoup de nouvelles de la France, un peu dans les journaux et quelques revues que Madeleine rapporte d'Ottawa. Je ne t'ai pas encore beaucoup parlé d'elle, ma seconde maman. Elle est extraordinaire. Elle rayonne. Sa joie éclaire toute la famille.

C'est elle qui m'a dit :

– Louison, tu es triste, tu devrais écrire à Suzanne.

Bien sûr, l'idée m'était déjà venue, mais je n'osais pas. Cela fait si longtemps que nous n'avons pas communiqué. J'avais peur aussi de t'imposer mon humeur maussade. Alors, souvent le soir, j'ai rédigé, comme dans un songe, une page pour toi et je m'endormais en paix. Tant de lettres se sont envolées dans la nuit. Des pensées de Louison des bois, c'est ainsi que la famille me nomme en raison de mon côté un peu solitaire et amoureuse de la nature, des pensées que je n'ai jamais rédigées. Comme je viens de te le dire, j'aime plus que tout me promener avec mes parents au bord de la rivière des Outaouais, à Deschênes, en amont des rapides, là où les majestueux pins blancs nous ont toujours apporté le repos. Paul nous y conduit souvent, en toute saison, et Madeleine ironise :

– Paul tu seras toujours l'homme qui regarde vers l'ouest.

Si papa porte son regard vers l'ouest, cela lui suffit, il ne désire pas se rendre au Manitoba, où pourtant des Francs-Comtois se sont établis, et encore moins en Colombie-Britannique.

– Nous sommes ici chez nous, on y reste.

Ce que je ne leur dis pas, c'est que, s'ils sont chez eux, ou s'ils veulent s'en convaincre, moi, depuis quelque temps, je regarde vers l'est, là-bas en arrière. Il y a d'abord Québec, Charny, où j'ai été heureuse chez les Leymarie, qui nous accueillirent le premier jour de notre aventure canadienne. Les gens de Charny me traitaient comme un membre de la famille. Peut-être parce que j'étais jeune. Lorsqu'on est enfant on vous pardonne tout et même votre accent est charmant. Maintenant il agace les gens ! Nos instituteurs prétendent que j'entre dans l'âge ingrat, celui où on ne vous fait plus de cadeaux.

Ce n'est pas que la pluie, ni le ciel bas, gris, l'eau sur les arbres, qui me ramènent vers Apreval, la Saône, nos promenades dans les prés à chercher les champignons, non, ce n'est pas que la pluie, c'est la vie. Je suis trop seule, Suzanne. Seule dans mes pensées et ce n'est pas bon.

Seule dans mes chagrins, et tu sais que le plus gros est celui de la mort de ma mère. Je reverrai toujours cette partie de moi, cette vie de moi, agoniser dans la chambre à Apreval, mon père détruit par la douleur, par les supplices que l'horrible tétanos inflige à ma tendre mère. Je te reverrai toujours, me saluant, toi et le chien Poilu, là-bas au dernier virage d'Apreval, tandis que le Bertrand nous conduisait avec la Belle, la noble jument, jusqu'à la gare d'Autrans.

Puis, il y eut Madeleine rencontrée à Paris. Madeleine, son sourire et ses yeux de Provence, c'est elle qui a sauvé papa et nous a ramené la vie. Nous étions des naufragés.

Je pense à notre chat, il dormait dans la grange, il venait s'asseoir sur mes genoux dans la cuisine. En ce moment même, trois chattes sont près de moi. Une trois couleurs, une rousse, une noire, elles m'aident à relier le passé au présent.

Pourtant, quelque chose ne passe pas. En ce matin de pluie, en cette journée si comtoise, où les arbres égouttent leurs diamants d'eau, où le ciel pèse sur la ville, voilà que je t'écris ce que durant des nuits j'ai passé et repassé dans mon esprit. Il y a un ailleurs d'où je viens et qui me dit que l'histoire n'est pas finie. Suzanne, depuis des jours, j'ai la conviction que nous allons nous revoir. Je ne sais ni quand ni comment, mais un jour, je serai de nouveau au dernier virage, et nous nous retrouverons.

Notre maison est devenue la vôtre, et c'est un peu de moi qui arrive chez vous par cette lettre. Quelle chance inouïe que ce soit toi qui habites chez nous, toi ma meilleure, mon unique amie. Tu veilles sur le chat, le chien, le jardin, même si c'est là, sur le rosier grimpant, que le destin de ma mère a chaviré, que le tétanos l'a crucifiée. Flavie, notre voisine, est près de vous, j'espère qu'elle est en bonne santé. Elle aussi, je lui dois tant. Elle fut présente auprès de nous, encore plus durant les dernières heures de maman et les jours suivants, malgré les quolibets des cirrhosés du coin.

J'imagine avec quelle émotion je me tiendrai devant la maison. Je l'inspecterai de mes yeux grands ouverts, afin d'en reconnaître tous les détails que j'ai si présents en moi.

Le temps passe Suzanne, je suis encore jeune, mais un matin comme celui-ci, j'ai cent ans, mille ans.

Mes petits frères, Benjamin et Nicolas, regardent par la fenêtre. La rue est déserte. Il pleut sans fin. Ils m'observent.

– Raconte-nous des histoires.

Il faut que je me secoue Suzanne, je reprendrai cette lettre bientôt. Les petits me ramènent à la réalité, ils veulent jouer, comme nous, dans le temps à Apreval.

« Louison, explique-nous encore comment vous avez vécu lors de la conflagration, quand vous avez dormi dehors. Faisnous peur ! »

Chère Suzanne, je t'écrirai la suite un autre jour, d'ici là, gros becs.

Louison

Chapitre 2

Le 2 novembre 1913.

Louison se tient devant la même fenêtre de la maison hulloise. Après tant d'années, le même jour, au même endroit, Louison regarde la pluie tomber. Elle ouvre le tiroir de la commode, retourne quelques papiers, et retrouve la lettre pliée.

Louison jette un coup d'œil dehors. Elle se souvient très bien du gris du ciel et de la pluie.

Si les nuages pèsent toujours sur la ville, si la maison est toujours là, la famille, elle, n'est plus tout à fait la même. Les années marquent les corps, Ermance est moins vaillante, les petits frères ont grandi, ils sont espiègles, joyeux, et remplissent le domicile de leur fougue. Paul et Madeleine travaillent, comme d'habitude, mais ils s'inquiètent pour l'avenir.

Qu'est devenue Suzanne ? Faut-il lui envoyer ce texte si longtemps après l'avoir écrit ? Louison n'a rien oublié, elle se souvient de tout, de tous, comme si c'était hier. Elle sait pourquoi elle n'a pas expédié ces feuilles : la coupure faisait trop mal, la France est trop loin, parce que s'écrire ravive la plaie de la séparation, parce que le quotidien, les habitudes, sont des cicatrices, de pauvres remèdes, mais le cœur vibre toujours à la pensée de jadis. Les souvenirs, les joies et les douleurs, les paysages de l'enfance sont précis, protégés.

Louison prend un crayon :

Tant d'années après, je continue enfin la lettre. Je suis la même et j'ai changé. Dieu merci, notre famille va bien. J'espère qu'il en est de même de ton côté.

Il y a des bruits de guerre partout. Où va le Monde ?

Je suis ce que l'on nomme aide-infirmière à l'hôpital à Ottawa où je m'occupe des personnes en soins prolongés. Paul, Madeleine, poursuivent leur travail. Nous menons une vie paisible. Pardonne-moi de t'avoir tant négligée. Toi non plus tu n'as pas écrit, ce n'est pas dans nos habitudes, ni dans celles de nos parents. Mais moi, je n'ai rien oublié.

Et puis excuse-moi Suzanne, je pense que je suis amoureuse. Je ne sais comment cela va évoluer, je n'en ai parlé à personne, tu es la seule dans le secret, ma chère confidente. Cet homme un peu plus âgé que moi est d'une beauté troublante. Je vais tout faire pour le revoir très bientôt. Je te tiens au courant. Porte-moi chance, chère amie de mon enfance, donnemoi de tes nouvelles.

Salue toute la famille pour moi, ainsi que les chats et le chien et la maison et le jardin.

Dis toute notre amitié à Flavie.

Je t'embrasse.

Louison

Enfin, le soleil pointe sous la masse nuageuse, là-bas vers l'ouest, au-dessus de la ville. Demain, il fera beau. Louison ira à Aylmer, sur la plage, juste devant le Victoria Yacht Club. C'est là qu'elle l'a vu la première fois, et elle n'a vu que lui. C'était au printemps. Il marchait sur le quai de bois. On aurait cru qu'il dansait. Ses longs cheveux noirs et luisants se levaient sous le vent. Une foulée souple, une vision. Puis il était entré dans le club.

Louison l'avait attendu. Elle n'avait osé s'aventurer vers le bâtiment sur pilotis. Louison aurait pu frapper à la porte, mais cela ne se fait pas. Vlan ! L'amour se cache, s'enfuit derrière une porte. On se sent laide, petite, coupable. L'amour est insolent. La beauté ? Non. Le charme ? Non. L'indéfinissable. Une onde, une attraction de tout l'être vers cette silhouette qui glisse sur la jetée de bois. Louison voudrait être la rampe qu'il caresse, le quai que son corps effleure, le vent sur sa peau cui-vrée, la main dans ses cheveux, l'air frais sur sa gorge, le souffle de ses lèvres, l'eau de ses yeux. Être près de lui, à lui. Le voir, le revoir. Ne rien lui dire. L'écouter. Se fondre dans ses yeux, tenir sa main. Mais la vie n'est pas comme cela, il ne l'a pas vue, et s'il l'avait vue, l'aurait-il remarquée ? Se serait-il demandé qui est cette femme dans la vingtaine, assise sur la plage, retenant son chapeau de paille, les cheveux sagement attachés en arrière, la robe gris bleuté ? Aurait-il noté le regard intense, et dans la noisette des yeux, un fond de tristesse ?

Où a-t-elle déjà rencontré cette allure féline ? Bien sûr ! Ses chats ! Et les mêmes yeux entre cristal et émeraude, rubis et kaléidoscope de couleurs.

13

Plusieurs fois déjà, Louison est revenue ici et n'a point retrouvé le jeune homme, ni cet été, ni cet automne. Pourquoi ne pas avoir frappé à la porte ? Pourquoi ne pas avoir demandé où il habite, comment il se nomme ? A-t-elle peur des Canadiens anglais qui logent aussi dans ce club ? Elle pourrait s'enquérir des heures d'ouverture de la salle à manger, de la salle de danse, des activités, comment on devient membre du Victoria Yacht Club. Elle se rend ici par le tramway de la Hull Electric Company, pour rêver devant la rivière. Du rêve est sorti un homme aux longs cheveux noirs.

Louison repense à sa vie, à la route qui l'a menée jusqu'ici, une route qui ne se termine pas, comme la lettre inachevée à Suzanne.

Bientôt, le pavillon du club fermera pour l'hiver. Lorsqu'elle était petite, la famille se déplaçait vers le Queens' Park, le samedi ou le dimanche, en train, pour jouer dans les manèges, la glissade d'eau, les montagnes russes, qui plaisaient tant à ses frères jumeaux. Tout le monde a grandi. La famille ne fréquente plus ce lieu d'attraction, sauf les jours d'été, lorsque la maison est étouffante.

Le Victoria Yacht Club n'est pas pour elle, mais pour les gens riches d'Ottawa, ceux qui habitent l'été dans leur chalet du quartier des Cèdres, désertés en cette saison.

Volets de bois fermés, feuilles mortes entassées, silence et bruissements des écureuils.

Aujourd'hui, avec le retour du soleil, Louison attend l'improbable. Malgré son besoin de sommeil, elle qui travaille avec l'équipe de nuit à l'hôpital, elle a voulu capter les rayons de l'automne finissant, cette ultime chaleur après les gelées, l'été de la Saint-Martin, disait-on en France, été de la Saint-Denis, « mais que la France est loin, n'est-ce pas Suzanne ? Je te raconterais tout cela, si tu étais près de moi, la douceur surprenante du bref été automnal, certains disent été des sauvages. Moi aussi je suis sauvageonne, comme les chats, jamais domptée, toujours indépendante et libre. Lui, l'inaccessible, est-il dans cette maison posée sur l'eau ? Je veux le voir ! »

Chapitre 3

LES VAGUES paillettent la rivière d'éclats cristallins. Des feuilles rouges se balancent sur les flots argentés. Le club est-il désert ? Louison monte sur la jetée de bois, avance lentement. Elle sait qu'on la regarde, des gens à leur fenêtre… Sa présence sur la jetée en ce moment, en cette saison, fera le tour d'Aylmer. Louison s'arrête, écoute le clapotis de l'eau contre les piliers. Le vent est frais. Sa robe se colle contre ses jambes.

Une silhouette se profile derrière une fenêtre du club. Elle le reconnaît.

Le vent sculpte Louison.

Elle reprend son souffle. Elle devrait partir, au nom de la décence. Tout lui recommande de quitter ce lieu. Le diable joue avec elle : « et, ne nous soumets pas à la tentation. Amen. » Coupable, elle se sent déjà coupable, bannie, par ces regards au loin, ces rideaux qui se sont écartés chez les gens vertueux. Que vient faire une jeune fille devant un club de voile en novembre ? La porte du club est entrouverte. Il attend sûrement. Un pas, un seul dans un sens ou un autre et tout peut basculer.

Elle voit. Elle le veut.

« Et délivrez-nous du mal. Amen. »

Elle s'imagine tomber dans ses bras et c'est le grand amour !

– Puis-je vous aider ?

– Euh…

Elle bafouille. Le vent tourbillonne. Les vagues se creusent.

– Le club est fermé pour la saison. Je regrette, il n'y a personne.

– Vous ?

– Oui, moi, je suis là, effectivement.

– Ah ! bon.

– Je m'appelle James. Je pense vous avoir déjà aperçue sur la plage. Vous êtes ?

– Louison.

Il sourit.

– Voilà, dit-il pour meubler le silence.

– Eh bien ! merci, répond-elle avec gaucherie.

– Je vous en prie.

– Au revoir.

– Au revoir, Mademoiselle.

Louison s'éloigne. James referme la porte du club.

Louison revient à pas nerveux vers la plage. Le vent la gifle. Qu'importe ! Les vagues mouillent ses souliers, et puis ? Que les curieux des maisonnettes ou de l'hôtel l'observent, tant mieux pour eux ! Et lui, James, a-t-il écarté les rideaux ? Louison brûle de se retourner, mais elle n'ose pas. Elle continue son chemin jusqu'à l'arrêt du tramway. Cet homme est beau, trop, inaccessible. « Sotte, je ne suis qu'une sotte, une rêveuse ! Comme rencontre, c'est l'échec total ! J'ai trop lu d'histoires romantiques où les jeunes filles tombent en pâmoison devant le bellâtre. Je viens de m'offrir comme une dévergondée. Je ne remettrai plus jamais les pieds ici ! Je l'oublierai ! Mon travail, ma famille, mon train-train, ma mélancolie, les minous, la chatte rousse, les petits frères, la vie continue. Le grand amour ! Pauvre Louison, tu ne sais pas ce que c'est ! Ton père et Madeleine le vécurent. Ils se sont rencontrés, bien sûr, après leur premier émerveillement, ils se sont cherchés. Il leur fallut du temps. « Au revoir... » Il a dit : « Au revoir... » , pas adieu, sinon quelle claque cela aurait été. Enfin, voici le tramway !

Au-dessus du chauffeur, un écriteau : « Ne pas cracher, ne pas fumer, ne pas sacrer », je le sais ! « Ne pas aimer » aurait-on pu ajouter !

Le tramway, c'est du bruit, un semblant de chaleur, des vitres ornées de pluie, des gens mouillés, des enfants souriants, observateurs. La plage est loin. James, c'est fini.

Elle pense le voir partout. Un jour, près du marché d'Ottawa, des cheveux noirs, cela ne peut être que lui. Un autre jour, elle croit le reconnaître rue Sparks. Cela se produit toujours le matin, au moment où Louison retourne à la maison après son travail nocturne. Et puis, une fois, tandis qu'elle descendait du tramway à Hull, il montait. Leurs yeux se sont croisés.

– Oh ! Bonjour Louison, a-t-il lancé.

– Bonjour, murmura Louison en baissant la tête.

Le tramway emporta James.

« Il ne m'a sûrement pas entendue, il va croire que je le boude. Que je suis godiche ! »

Elle marche jusqu'à la maison où elle retrouve la famille qui déjeune et se prépare à quitter le domicile.

– Il t'est arrivé quelque chose, Louison ? s'enquiert Madeleine.

– Non, pourquoi ?

– Tu es rouge, pourtant il ne fait pas si froid.

– Ce n'est rien, j'ai marché un peu vite.

Ouf ! Ils sont tous partis. Louison a noté les yeux espiègles des petits frères. On ne peut rien leur cacher. Elle mange légèrement et va se coucher. La chatte rousse s'étend contre elle. Louison la contemple. Elle comprend tout, la minette. Elle tend une patte de velours vers Louison. Les griffes ne sont pas loin, comme la vie, douce et cruelle. Les yeux de la chatte se ferment, ne reste qu'un filet étoilé pour observer dans la somnolence attentive. Elle en a vécu des amours, la rousse, mais toute sa tendresse allait aux petits, rien pour les matous ! Elle est restée libre. Elle plisse les yeux, ronronne, se blottit contre Louison et s'endort.

– Imite-moi, semble-t-elle dire.

Quelques jours plus tard, Louison revit James à Ottawa. C'était le matin, il attendait le tramway pour Hull, au même arrêt que Louison. Il portait un seau, un balai, de la lessive et des chiffons. Louison ne put s'empêcher de sourire, on rencontrait rarement des hommes avec un tel attirail dans la rue.

– Bonjour mademoiselle.

« Mademoiselle », ça y est, Louison, c'est déjà oublié, pensa-t-elle.

– Bonjour. Elle n'osa ajouter «monsieur», elle s'abstint d'un «James».

– Vous allez bien ?

– Oui, James.

Elle ne parvenait pas à être indifférente, sèche, pourtant il le méritait.

– Pas plus ? Je me rends au club. Je nettoie tout, avant la fermeture complète.

– Ah !

– Vous habitez loin ?

– À Hull, près de l'arrêt où nous nous sommes croisés l'autre jour. Vous ?

– Parfois au club, parfois à Ottawa.

– Ah !

– Vous devriez venir voir le club avant que l'on cloue les volets. C'est beau.

17

– Peut-être un de ces jours.

Louison sentit ses joues s'empourprer.

– Dans dix jours maximum cela sera terminé. D'ici là, le grand nettoyage !

Le tramway arriva. James la laissa passer en avant. Il ne restait plus qu'une place.

– Asseyez-vous, avec tout votre équipement, cela sera plus commode. Je descends bientôt.

– Non, Louison, après vous.

Elle s'assit. Il restait silencieux. Le tramway cliquetait de partout, les rails grinçaient, gémissaient. Le tramway accéléra sur le pont et ralentit en atteignant la rive québécoise. Il amorça son virage.

Louison se leva.

– À bientôt peut-être ? dit James gentiment.

– Peut-être, répondit timidement Louison. Je vous cède la place.

– Merci.

– Bon travail !

– Vous aussi.

Le tramway s'éloigna. Leurs regards se croisèrent. James souriait.

Le cœur battant, Louison retrouva la maison familiale.

– Hum ! Hum ! soupirèrent les petits frères.

Paul, Madeleine, Ermance ne firent aucune remarque sur les joues rouges de Louison. Seule la chatte rousse renifla minutieusement les bas et la robe de Louison. Elle se frotta contre les jambes de sa maîtresse, levant haut ses pattes arrière en miaulant langoureusement. Ermance et Madeleine échangèrent un regard amusé. Paul semblait ignorer la scène. Il remplissait sa boîte à lunch. Louison alla se coucher. La rousse prit sa place habituelle auprès de Louison et, en ronronnant, lui lécha les mains.

Deux jours plus tard, au début de l'après-midi, Louison se promène devant les jardins du grand hôtel et se promet, cette fois, de ne pas frapper à la porte du club. Elle se sent encore honteuse de l'avoir fait précédemment.

Quelques minutes plus tard, James arpente la jetée.

Ils sont assis sur un billot face à la rivière des Outaouais, et ont pour compagnes des bernaches. Un couple de canards traverse le ciel clair. Le feuillage doré des peupliers tremblote. L'horizon ocre s'effiloche entre les ramures.

– Bonjour Louison, je vous dérange ?

– Non, bonjour.

– Il fait beau.

– Très beau.

– Pardonnez-moi, mais c'est la première fois que je le note, vous avez un léger accent.

– Vous aussi. Je suis d'origine française. Mes parents et moi sommes arrivés ici en 1899. Vous ?

– Oh ! Moi, c'est compliqué.

Silence.

– Êtes-vous Asiatique, Amérindien ?

– Chinois.

– Ah !

– Vous êtes surprise ?

– Je ne connais pas de Chinois.

– Nous ne sommes pas appréciés.

– Pourquoi ?

– Je ne sais pas. Sûrement parce qu'on ne nous connaît pas.

L'eau clapote sur le rivage à quelques mètres de leurs pieds.

– On prétend que les bernaches forment un couple pour la vie, dit James.

– Seule la mort les sépare. Elles semblent mieux s'entendre que les humains.

– L'homme est l'animal le plus compliqué, ajoute James.

– Je m'appelle Louison Javelier.

– Moi, James Miller.

– Vous êtes anglophone et vous parlez très bien le français.

– On me l'a appris.

– Votre famille est au Canada ?

– Non. Un jour, je vous expliquerai.

– Les bernaches voyagent entre le nord et le sud, nous entre l'est et l'ouest. Vous venez d'Asie, moi d'Europe.

Louison observe les bernaches. Tout semble plus simple chez elles que chez les humains. Elles vivent et demeurent en couples. Elles forment des groupes, suivent des routes séculaires, guidées par les plus expérimentées, survolent les pays, ignorent les frontières, n'ont pas de bagages, pas de maisons, élèvent et protègent les oisons, marchent, nagent, volent, tandis que nous piétinons et pataugeons dans nos problèmes.

James doit-il être apprivoisé, ou est-ce moi qui suis trop farouche ? Sa vie, son passé, pourquoi n'en parle-t-il pas ? A-t-il besoin de moi, moi de lui ? Dans quelle aventure je me lance ? Louison hausse les épaules et soupire.

– Je peux vous tutoyer ?

– Si vous voulez.

– Ce n'est pas si facile, la prochaine fois.

– C'est ça.

– Louison, il y a quelques canots au club, si vous revenez et qu'il fait beau, nous pourrions nous promener sur la rivière.

– Pourquoi pas ?

– Vous grelottez ?

– Il commence à faire froid.

– Pour le canot, il faudra vous habiller chaudement.

– On se revoit quand ?

– Demain, après-demain ?

– Je travaille la nuit. Je peux prendre quelques heures l'après-midi, comme aujourd'hui. D'accord pour demain.

– Bonne idée, profitons du beau temps.

James n'ose caresser la main de Louison posée sur le billot. Jamais il n'a ressenti une telle émotion. Des jeunes filles, il en a admiré, désiré, mais hélas, elles restaient lointaines. Étranger, Chinois, voilà ce qu'il était pour elles. Les jeunes Chinoises sont rares au Canada, il n'en connaît aucune de son âge. Et voilà Louison, yeux vifs, cheveux en boucles blondes, et surtout cette passion qui anime son regard. C'est trop beau. Un rêve. Lui qui occupe le dernier rang dans la société, il se sent indigne d'une telle femme. Pourtant, elle vient de dire oui, pourvu qu'il fasse beau demain !

Il accompagne Louison au tramway qui est sur le point de partir.

– Je retourne directement au travail.

– Bon courage Louison. À demain !

– À demain, James.

Elle monte dans le tramway. James lui fait un au revoir de la main. Ils se sourient. Qui dit que l'automne est triste ? Le cœur chante et le vent fougueux éclate de jeunesse. Les feuilles s'envolent comme des baisers. Le tramway se lance à la poursuite des rafales. Les feuilles cuivrées accompagnent le cortège joyeux. Louison rit à la vie, à l'amour. Elle aimerait danser, sans s'arrêter, toute la nuit avec lui, rire et parler et chanter. L'amour c'est un élan fou, des yeux, des corps qui se désirent et cette musique langoureuse et irrésistible qui rythme votre âme, vous bouleverse et vous berce. Enfin, vous êtes au rendez-vous tant attendu, vous reconnaissez l'autre, l'essentiel qui vous manquait. Deux outardes sur la même vague, dans le même frisson, pour la vie ?

Il y eut le travail de nuit à l'hôpital, puis, au matin, le retour à la maison et quelques heures de sommeil agité, enfin le trajet en tramway vers Aylmer.

Il faisait beau, même si le vent était plus soutenu, même si le soleil se voilait, même si les nuages encraient parfois le ciel, il faisait beau !

Sur le rivage attendaient un canot et deux avirons. Dès qu'il aperçut Louison, James sortit du club, il pressa le pas sur la jetée.

– Bonjour Louison, je craignais que vous ne veniez pas à cause du temps.

– Bonjour James, quelle journée magnifique ! On se tutoie ?

– C'est parti !

Il prêta des bottes à Louison, ainsi qu'un gilet de sauvetage. Louison serra son foulard.

– Louison, veux-tu diriger le canot ?

– Non, tu connais la rivière mieux que moi.

– Nous resterons près du bord. Les bourrasques sont imprévisibles. Les vagues peuvent se creuser rapidement.

Ils avironnèrent en silence. Le vent frisquet fouettait leur visage. Les canards et les bernaches s'abritaient dans les baies. Les arbres dispersaient généreusement leur trésor d'or et de rubis. L'eau devenue noire luisait comme de l'obsidienne.

Ils remontaient la rivière vers l'ouest. Ils riaient. Parfois, une vague les éclaboussait et ils s'esclaffaient. L'eau ruisselait sur leurs visages lumineux. Ils avironnaient de plus belle, emportés par la passion et les rires.

Les chalets s'alignaient le long de Queen's Park, puis s'espaçaient au profit des grands arbres. En arrière, un train filait vers le Pontiac en lâchant des volutes de vapeur et en sifflant jusqu'à l'infini.

– Louison ?

– Oui ?

– Veux-tu être mon amie ?

– C'est fait, James !

Leurs yeux se marièrent. Ils rirent de nouveau de cette joie puissante, profonde, toujours juvénile des amoureux.

Au bout d'une heure, le vent força. Ils firent demi-tour et se laissèrent presque porter par le courant et le vent. Parfois, un voilier d'outardes ondulait dans le ciel, élégante signature, divine mouvance.

La pluie commença à tomber, déclenchant de nouveau leurs rires insouciants. Les rafales chahutaient les flots. James se rapprocha du rivage.

Une demi-heure plus tard, ils accostèrent sur la plage.

– On va remonter le canot sur la plage. Je le rentrerai tout à l'heure pour le remiser. Viens au club, tu pourras te sécher et enlever tes bottes.

– J'ai les pieds trempés, dit en souriant Louison.

Ses lèvres perlaient de pluie, ses cheveux ruisselaient, des boucles humides brillaient sur le foulard mouillé. Cette femme aimait la nature, le vent, l'eau, et lui aimait cette femme et tout ce qu'elle aimait.

Les salons de l'hôtel Victoria étaient éclairés, on apercevait les silhouettes du personnel qui s'affairait auprès des clients de l'arrière-saison.

Ils marchèrent vers le club. Une vaste salle offrait une vue panoramique sur les flots, comme d'un paquebot. À peine entré, on se sentait attiré vers les fenêtres de cette maison posée sur l'eau.

– Bienvenue dans mon lieu de travail. Tiens, tu peux te sécher les pieds avec cette serviette.

– C'est beau ici !

– Un club nautique pour gens aisés.

Elle se frotta les pieds, enleva ses chaussettes et mit ses sandales.

– Mais tu vas geler ! Je vais te prêter des chaussettes.

– Non, merci, il ne fait pas si froid.

– Comme tu veux.

Il l'admirait. Il la désirait. Elle le regardait. Ni l'un ni l'autre n'osait bouger. Il y avait eu tant de bonheur cet aprèsmidi, il ne fallait pas le briser.

– Bon, je vais y aller. Je dois retourner à la maison, me changer un peu. Et puis au boulot !

– Merci Louison d'être revenue me voir.

– C'était magnifique, James.

Elle se dirigea vers la porte, regarda encore une fois la salle, la décoration marine, la maquette d'un voilier, les ancres et cordages, et surtout la rivière, presque la mer.

Le vent gémissait. Les vagues assaillaient la jetée.

– Nous avons canoté au bon moment.

– Nous avons eu de la chance, répondit Louison.

– Nous sommes chanceux pour tout, ajouta James.

Ils attendirent le tramway. Maintenant, le froid s'abattait. Louison grelottait.

– Tu aurais dû prendre les chaussettes. Tu permets ?

– Oui.

Assis sur le banc, il la serra contre lui. Elle se laissa envelopper par ses bras. Elle se blottit contre sa chaleur. Il prit ses mains froides, les porta à sa bouche, souffla dessus.

– Tu es gelée.

Il ôta son blouson et le passa sur les épaules de Louison.

Ils se regardèrent amoureusement. Il lui donna un baiser léger. Elle ferma les yeux.

On entendit le tintamarre du tramway.

– À bientôt Louison, peut-être demain, ou après-demain ?

– Je reviendrai demain.

– Je t'attendrai.

Elle lui remit son blouson, monta dans le tramway. Elle lui envoya un baiser discret de la main. Des passagers firent la moue devant ce couple aberrant, selon eux.

Louison voguait sur un canot d'amour.

Le lendemain après-midi, elle était au rendez-vous.

– Bonjour Louison, entre.

– Bonjour James.

Le soleil illumine la grande salle. Des mouches bourdonnent aux fenêtres. On entend le vent et le clapotis des vagues, doux murmures. James prend la main de Louison. Tous deux tremblent. Il lui enlève son chapeau, dégage les cheveux de son front. Il ne sait plus ni le jour, ni l'heure. Il la serre dans ses bras. Elle se blottit contre lui. Les longs cheveux noirs de James se marient aux boucles blondes de Louison. Leurs lèvres frémissent et se touchent.

« Pardonnez-moi, car je vais pécher par pensée, par parole, et par action. Péché véniel, péché mortel, péché sensuel. Amen. »

Il l'enveloppe de ses bras.

Et l'amour s'enflamme. Ils sont à l'unisson de leurs corps assoiffés. James ôte sa chemise. Le torse nu est musclé.

– Louison ?

Il l'attire contre lui. Louison se noie dans ses yeux noirs, le désir brille en lui. Ils sourient. Il vient chercher sa bouche. Louison n'ose caresser le torse offert. C'est trop beau. Jeux interdits.

« Mon Dieu ! Priez pour moi ! »

Les mains de Louison errent sur la poitrine de James, elles effleurent la pointe ferme de ses seins, glissent sur ses solides abdominaux. Il soupire, écarte les jambes. Les yeux de James parcourent le corps de Louison. Elle pose sa bouche sur la poitrine cuivrée. Ses mains courent dans les cheveux de Louison, moins longs que les siens. L'homme vibre de passion retenue, son bassin cherche celui de Louison. Ils sont muets. Le soleil dessine les motifs des rideaux sur le plancher. Les mouches vrombissent. Ils s'embrassent, éperdument, follement, sans fin. Ils reprennent leur souffle, ne peuvent se quitter. Ils s'asseyent sur le sofa.

Le soleil est plus bas, le salon s'embrase en feu céleste, comme leurs corps et leurs esprits.

– James…

– Ne dis rien.

Ils replongent dans l'extase.

– James…

Puis, il se rhabille. Ses yeux sont doux. Il sourit tristement. Elle remet son manteau. Ils ne peuvent se quitter. Chaque fois c'est le dernier baiser pour aujourd'hui, la dernière étreinte.

Il l'embrasse, encore, et encore. Ils marchent ensemble vers la porte, serrés l'un contre l'autre.

Des bruits, James écarte les rideaux. Deux galopins s'enfuient sur la jetée.

– Ton chapeau !

Louison revient dans le salon enflammé de soleil couchant. Les yeux de James, elle ne peut plus les quitter.

Leurs corps sont rivés l'un à l'autre, puis lentement s'arrachent l'un de l'autre.

Il enfile une veste noire. Ils marchent côte à côte sur la jetée. Le vent est frisquet. Été de la Saint-Martin, feu et flammes des jours de novembre. Dans les yeux de James, elle capte les reflets de la rivière, du ciel. Il prend doucement le menton de Louison, baise ses lèvres et ils continuent en silence. Le vent danse sur sa robe.

Des bernaches se posent sur l'eau, près de la plage déserte. Elle referme son manteau. James accompagne Louison vers l'arrêt du tramway. Ils attendent, ils sont seuls.

Elle arrache une feuille de son agenda et à l'aide du petit crayon, elle griffonne son adresse.

– J'habite chez mes parents. Comme tu le sais, je travaille de nuit à l'hôpital à Ottawa. Toi, tu habites où ?

– Ici, ensuite je verrai.

Ses yeux disparaissent sous ses cheveux. Louison n'insiste pas. Le tramway arrive, le chauffeur s'impatiente, il veut repartir aussitôt. James range le papier dans sa veste.

– Au revoir, Louison.

– À bientôt, James.

Elle va au fond du tramway, James tend la main.

Cliquetis, bruissements de métal, plaintes des rails, portes qui grincent, tôles qui claquent, Louison se réfugie dans le creux de son manteau. Elle capte les ondes de sa chaleur, de son odeur, de ses cheveux. Que de silence entre eux et tant qui s'est dit ! Maintenant, le tramway la berce. Elle revient d'un long voyage, d'une île en feu, d'un périple à peine commencé, est-ce un départ, une escale ou un terminus ? Elle est songeuse, James n'a pu retenir sa tristesse, son visage était subitement défait. Tout était si beau, trop beau, est-ce que tout s'écroule ?

Hull, rue Principale, Main street, elle descend.

Voici la maison, elle y retourne comme une petite fille. Il y a les jeunes frères, Paul et Madeleine, les chats, et elle vacillante de fièvre, qui depuis longtemps n'a pas dormi et qui doit bientôt repartir pour sa garde nocturne.

Les petits frères ont tout compris, les chats aussi. Paul et Madeleine sont préoccupés par les rumeurs de conflits en Europe. L'esprit de Louison est resté au bord de l'eau. Il y a les yeux, les cheveux longs et noirs d'un homme qu'elle aime.

Chapitre 4

QUI EST cette femme qui marche près des flots ? demande le cuisinier en chef du luxueux Hôtel Victoria.

Le vent lève les vagues et souffle l'écume du lac Deschênes.

– Hier, elle était ici sur cette jetée, en compagnie de James, répond un serveur.

– Allez ! Au travail !

De l'hôtel, ils ont tout vu, il y a peu de visiteurs en ce temps de l'année, on a fermé la plupart des chambres et l'hôtel tournera au ralenti jusqu'à Noël. Le vent fouette le drapeau au sommet des derniers étages, qui donnent à l'édifice une allure de gâteau de mariés. L'aire de jeux de Queen's Park est déserte. Les manèges sont démontés et rangés. Les longs bateaux à roues ont cessé leurs voyages et excursions, plus de soirées dansantes sous la lune, bientôt la neige et la glace s'empareront des flots.

Louison avance dans le vent froid. La température a brusquement chuté. Elle veut ce vent qui la griffe. Va-t-il neiger ?

– Mais qu'est-ce que cherche cette femme seule dehors en ce moment ?

– Vous voulez savoir chef, vraiment savoir ?

– Oui !

– Eh ! Bien ! Elle est amoureuse.

– En chaleur, murmure une servante à sa collègue.

– C'est la Française, la pointue, la première de la classe, qui l'aurait crue dévergondée pour les beaux yeux d'un sauvage ?

– Ben James, il est pas mal du tout, je la comprends. Je ne suis pas sûre que ce soit un sauvage.

– Oh ! *shocking,* et la servante secoue les épaules, ajuste son tablier et, de son plumeau, déplace nerveusement la poussière des meubles.

Louison avance sur la jetée que les rafales giflent violemment. La porte du Yacht Club est fermée. Aucune silhouette, pas de lumière à l'intérieur. Elle frappe, sachant bien que c'est inutile. Ils ne se sont pas donné rendez-vous.

Elle veut croire au miracle. Hier, il était là, aujourd'hui : *Closed for the season,* indique une feuille collée à l'intérieur sur une vitre.

Louison observe l'eau, elle aime cette rivière qui est la vie.

Elle retourne vers la plage. Le vent disperse les feuilles des peupliers, des érables, elles tourbillonnent, comme des moineaux, se soulèvent, courent dans les rues. Il neigeote. Les premiers flocons se mélangent aux gouttes de pluie. Elle remarque des silhouettes aux fenêtres de l'hôtel. Là, il fait chaud, près des palmiers, dans les salons aux cuivres luisants, de belles assiettes égaient les tables, des soubrettes servent des messieurs qui fument le cigare et jouent au billard.

Seule, elle attend longtemps le tramway du retour. Gelée, elle se blottit sur son siège, le visage caché par son écharpe. La ville et les riches demeures s'égrènent le long de la route, des fermes, des résidences luxueuses en brique, en pierre, ou quelque château de marchand de bois. Elle connaît ce chemin depuis l'enfance, mais elle ne pense qu'à James, où est-il, quand se reverront-ils ?

Elle n'a jamais connu l'amour, « Ne nous laissez pas succomber à la tentation », « Tu ne toucheras pas au fruit défendu. » Elle aurait pu commettre le péché, avec des amis de classe, ou en répondant aux invitations des jeunes travailleurs ou des vaillants bûcherons de passage. Elle aurait pu, comme ses camarades, juste une fois, non. Elle rêvait d'un grand amour. L'unique amour, où est-il ? «Que ta volonté soit faite ! » mais, lui, redonnez-le-moi. Il est ma vie !

Chapitre 5

ILS PARTIRENT par une nuit de novembre. De jeunes soldats, des pioupious, et quelques hommes d'âge mûr. Des familles au complet, des
amies, des fiancées en larmes et des épouses tristes, accompagnaient sur
le quai mouillé cette cohorte indisciplinée. Certains n'avaient peut-être
pas l'âge d'être sous les drapeaux, mais pour la patrie, pour l'Angleterre,
la France, au nom du Canada ou pour voir du pays, ils étaient prêts.

Parmi eux, James, les cheveux longs, le visage fermé.

Au même moment, à quelques minutes de la gare, à l'hôpital, Louison
aidait un vieil homme à se coucher.

Non loin de là, les lampadaires éclairaient le Parlement et la colline
déserte.

– Je reviens de la gare, jamais je n'ai vu autant de beaux gars. C'est
pitié qu'ils doivent s'en aller en Europe ! Dire que nous poireautons
seules ici. Moi, si je n'avais pas la famille à soutenir, j'irais, sûr je
trouverais un mari parmi eux. Si ça continue comme ça, je vais pouvoir
coiffer Sainte-Catherine prochainement. Quel gâchis ! Non, mais quel
gâchis !

– Tiens, peux-tu me passer la bassine, je crois que notre ami a des
besoins essentiels.

– Non, je suis sérieuse, Louison, je partirais. Il y a d'ailleurs quelques jeunes filles qui sont avec eux. Elles seront adjointes infirmières ou
infirmières. Là-bas, elles auront un enseignement complémentaire, un
meilleur salaire et deviendront de vraies infirmières. Tous et toutes vont
suivre une formation à Valcartier, ensuite en Angleterre.

– Mais, Gisèle, tu sembles oublier que là-bas c'est la guerre.

– Justement, nous serions plus utiles en Europe qu'ici.

– Merci pour nous, ronchonna le patient.

– Ce n'est pas cela que je voulais dire, ce n'est pas tout le monde qui
veut se joindre à nos soldats, ajouta Gisèle.

– Moi, si j'étais plus jeune, j'irais en Europe, je vous comprends les
filles, je n'ai jamais vu l'Europe, et le feu ne me fait pas peur. Mais là,
je mène une autre bataille.

– Louison, durant la pause, dans quelques minutes, nous pourrions aller à la gare.

– Pourquoi ?

– C'est un événement historique. Jamais un tel convoi n'a quitté Ottawa pour faire la guerre en Europe. Un jour, tu en parleras à tes enfants.

– Si ça continue, des enfants, Gisèle, je n'en aurai jamais.

– Et ton beau blond ?

– En fait de blondeur, il est plutôt noiraud. En Franche-Comté, on appelle cela une connaissance. Eh bien, ma connaissance, elle ne me connaît plus du tout depuis notre dernière rencontre ! Je ne sais pas ce qui se passe, je ne comprends plus rien, je suis déroutée, anéantie.

– Allez ! On y va ! cela te changera les idées.

– Mesdemoiselles, soyez prudentes, il y a plein de gens près de la gare.

– Ne vous inquiétez pas, Sœur Gertrude, c'est un convoi qui part pour Valcartier.

– Raison de plus, Gisèle, ils ont le sang chaud ces gaillards !

Entre le Château Laurier et la gare d'Ottawa, une foule dense est venue saluer les futurs soldats. Louison et Gisèle n'ont jamais vu autant de monde à ce carrefour. Il y a quelques minutes, elles n'entendaient que les bruits habituels de l'hôpital, les toux, raclements de gorge, sifflement des respirations, choc d'ustensiles et sentaient les odeurs de nettoyant, d'eau de Javel, de camphre, de soupe et d'éther.

Elles passent le majestueux portique de la gare, orné d'imposantes colonnes. Une atmosphère à la fois euphorique et ténébreuse colle à un long train sombre.

– Vous pourriez venir avec nous, des belles filles comme vous, on en aurait besoin en Europe !

Sous leur uniforme de soignantes, Louison et Gisèle s'attirent les remarques de joyeux drilles. Gisèle salue des amis et leur parenté. Et puis tout bascule. Louison le voit. Il est assis près d'une fenêtre. Leurs regards se soudent. Les yeux désespérés de James se posent sur elle. Dans les yeux de Louison, il lit la colère, le reproche.

Combien de temps restent-ils figés ainsi ?

Gisèle la secoue :

– Louison, qu'est-ce qui t'arrive ? Je vois, je ferais mieux de me taire.

Il se lève, bouscule les autres, se rue dans le couloir, elle l'attend au pied de l'escalier, il l'enveloppe dans ses bras. Elle ne veut plus rien savoir ni de la gare ni du train, ni du temps. Il lui caresse le menton, leurs yeux se fondent.

L'éternité ne dure pas longtemps.

– James est-ce que tu m'aimes ?

– Je n'aime que toi.

– Tu t'en vas sans rien dire, sans chercher à me revoir !

– Je t'ai écrit une lettre, je l'ai postée hier, bredouille James.

– Et tu m'annonces, je suppose, que l'amour de la patrie est plus fort qu'une amourette !

– Arrête, ne pleure pas Louison, un jour peut-être je t'expliquerai.

– Mais c'est à la guerre que tu vas ! Si tu ne me le dis pas maintenant, peut-être que jamais tu ne pourras me le confier.

– Je suis Chinois.

– Et puis ? Je le sais !

– Attention ! Attention ! Départ dans quelques minutes pour Montréal et Québec, departure in a few minutes for...

– Reste.

– Je ne peux pas.

– Reste, si tu m'aimes.

– Je dois partir.

– Alors, c'est que tu ne m'aimes pas !

– Au contraire !

– Je ne comprends pas.

– Je serai toujours un Chinois, je ne peux t'apporter le bonheur. Les Chinois sont à peine tolérés au Canada. Un Chinois et une Blanche, tu en as déjà vus ? Je suis indigne de toi ! Je n'ai pas droit à ce bonheur ! Notre amour est sans issue, à moins que cette guerre ne change les mentalités.

– *Mind the doors,* attention aux portières !

– Louison, je t'aime.

Il la serre contre lui, jamais ils n'ont été aussi près, même lors de leurs étreintes au bord de la rivière. James regarde Louison dans le fond des yeux, elle plonge dans les siens. Ce qu'elle recueille n'est que détresse. Les larmes voilent leurs yeux, il s'arrache à elle, un contrôleur ferme la porte. Le train glisse sur le quai. James agite une main à la fenêtre.

Le roulement de métal s'éloigne dans la nuit, il ne reste que le fanal du dernier wagon et des gens en larmes sur le quai.

Gisèle prend le bras de Louison. Sans un mot, elles marchent jusqu'à l'hôpital.

– Alors les jeunes, cela vous a fait du bien cette pause ?

Sœur Gertrude s'arrête. Elle devine. Louison a mal, et ici, dans cet hôpital, trop de gens souffrent, alors elle ferme les yeux, la vieille sœur, parce que parfois il n'y a pas de mot et que la gorge vous étreint. On a beau être une servante de Dieu, on n'a pas son éloquence. Tandis que Louison et Gisèle s'en vont dans le couloir, Sœur Gertrude ouvre au hasard son livre pieux et ce qu'elle lit la laisse songeuse :

«Voici venir l'heure – et elle est venue – où vous serez dispersés… Dans le monde vous aurez à souffrir. Mais, gardez courage ! J'ai vaincu le monde. »

Que dire à Louison ? Elle ne peut lui répéter ces phrases pieuses. Rien. La sœur ne trouve pas les mots.

À l'aube, après sa nuit de travail, Louison retourne à Hull au domicile familial, le cœur piétiné, la guerre est partout et d'abord en elle.

Chapitre 6

GRIS, tout est gris. Les mots d'encouragement de sa collègue Gisèle ou de sœur Gertrude ne peuvent changer l'humeur de Louison. Hull est dans le brouillard. Aux vapeurs des chutes Chaudière, où la rivière des Outaouais se fracasse sur les rapides, se mêlent les fumées des usines et cet air anormalement clément pour la saison.

Louison souhaiterait un vent glacé, contre qui on lutte, un vent fou, qui chasse les mauvaises pensées.

Ils sont partis sous la pluie, les jeunes, comme à l'aventure, vers les vieux pays, aider la France, la mère patrie. Sur les quais de la gare d'Ottawa, les au revoir se sont envolés. Les roues grinçaient, les cœurs se pliaient.

Ne pas montrer sa peur. On est tous des braves. L'uniforme est neuf et fait de vous un homme, un vrai ! Dans le compartiment, on fume, blague, et vive le voyage et mort à l'ennemi !

Montréal et Québec sous la pluie drue.

Valcartier, des semaines à s'entraîner à attendre.

Demain, on quitte le Canada.

Bateaux d'acier, cheminées noires dégageant des nuages opaques. Sur les ponts, des jeunes déguisés en soldats ne connaissant presque rien de la vie ; des plus âgés, silencieux ; des engagés par conviction, par passion, d'autres obligés ou poussés par quelques étranges sentiments. Parmi eux, un homme aux yeux de nuit, un oiseau au regard insondable. Ses cheveux sont noirs, tondus, comme ceux de tous les autres soldats. Il se tient droit, un peu à l'écart. Les autres rigolent. On le laisse dans son coin. Certains murmurent que c'est « un sauvage ».

– Et après ? Ma mère est indienne, réplique un gars de L'Ancienne-Lorette. On n'est pas des lâches et on est plus nombreux ici que vous le croyez.

– Arrêtez-vous ! intervient un officier. On est tous sous le même drapeau. On est tous des Canadiens.

– Canadiens, mais Canadiens français ! s'exclame une jeune recrue.

– *Shut up !* Compris ?

James ne dit rien, alors que les autres se prennent pour des braves. Vareuse trop grande, pantalons trop courts, cheveux rasés, leur photo trône déjà sur les fausses cheminées. Ils ont tous la même pose, le léger nuage d'une moustache orne des visages qui arrachent des larmes aux mères.

Ailleurs, c'est le père que l'on pleure. Il est parti, pour combien de temps ? On dit que là-bas la mort fauche à pleines brassées. Le mari reviendra-t-il ? Guerre maudite, maudite guerre qui brûle tout ! Ici la vie continue, de plus en plus mal. Il faut nourrir les enfants. Rien n'est facile. Les villes se sont habillées d'austérité, rire, chanter devient indécent.

Chaque matin, lorsqu'elle rentrait du travail, le premier regard de Louison était pour la petite commode sur laquelle on laissait le courrier dans une assiette.

– Il y a une lettre pour toi, crièrent les jumeaux en accueillant Louison.

Après avoir salué rapidement la famille, Louison monta dans la chambre qu'elle partageait avec ses frères. Ce matin-là, elle n'ôta pas tout de suite son uniforme de l'hôpital. Elle s'assit sur son lit et examina l'enveloppe. L'écriture était presque enfantine. Elle ouvrit l'enveloppe.

Chère Louison,

Je sais à peine écrire. Je n'ai pas étudié. Ne m'attends pas. Je suis à la guerre. J'ignore quand je reviendrai. Prends bien soin de toi. Je ne vaux pas grand-chose. J'aimerais te dire plein de beaux mots, mais j'en suis incapable.

Avant de te rencontrer, j'avais déjà envie de m'enrôler, parce que sous l'uniforme nous serions tous des Canadiens. J'avais effectué les démarches et ces derniers jours, tu es entrée dans ma vie. Je t'aime. Au Yacht Club, je ne t'ai pas joué la comédie. Mon amour est sincère, mais moi, je suis un pauvre type.

Je t'ai désirée totalement, intensément, dès la première fois que nous nous sommes vus. Je t'ai attendue toute ma vie, enfin tu es arrivée. Cadeau inouï.

Tout ce temps, je me sentais indigne de toi, moi, le banni, le déraciné, le Chinois. Comment établir des liens avec une Blanche ? Un Chinois n'est rien en ce pays, juste bon à laver le linge sale des autres. Pourtant, je t'appelais de toute mon âme, de tout mon corps. Et je te fuyais, j'avais peur. Notre liaison était impossible. Notre amour ne pouvait durer. Je viens d'un autre univers. Imagine les insultes, sur toi, nos enfants. Je ne peux t'imposer de telles souffrances. J'ai connu des Amérindiens, j'ai tenté de me faire passer pour un des leurs, mais ce n'était guère mieux, on me traitait de sauvage.

Tous les jours on me répète que je suis d'une autre race. Une barrière nous sépare, je ne suis pas de taille à la briser. Il vaut mieux arrêter notre relation au plus vite, même si mon âme crie qu'elle t'aime, plus que tout. Notre amour est interdit. Je suis méprisable. Toi seule m'aimes et je n'aime que toi.

Louison, regarde le monde, cueille-le ! Oublie-moi, construis sans moi. Je t'ai attendue, je t'ai trouvée, pourtant je dois m'en aller. Je suis indigne de toi.

Hélas, je n'aurai été qu'un oiseau de passage et toi mon plus beau mirage sur une plage d'automne.

Il ne reste qu'une lueur d'espoir. Je ne vais pas délivrer n'importe quel pays, mais le tien, la France ! Quelle belle façon de t'exprimer mon amour, te prouver que je suis sincère et bon, d'effacer les mensonges et les saletés que l'on colporte sur nous. Si je meurs pour la France, je mourrai pour toi, mon sacrifice n'aura pas été vain, si je survis, je t'aurai méritée. Si nous libérons ton pays, nous nous libérerons tous les deux ! Je serai un vrai Canadien ! On ne pourra plus rien me reprocher.

Si, comme deux bernaches, nous nous retrouvons, alors nous pourrons voler ensemble pour la vie.

Je t'embrasse, je t'emporte dans mon cœur.

James

Louison pose la lettre.

En bas, les enfants se chamaillent, puis partent à l'école. Louison range la lettre dans sa poche. Lentement, elle descend les escaliers.

Madeleine s'approche :

– Tu as du chagrin. Louison, ton James, il ne part pas à la guerre, il décampe. Ce n'est pas du patriotisme, pas un engagement, c'est une désertion. Qu'est-ce qui va donc si mal dans sa vie ?

– Il est Chinois ! Il est rejeté.

– Ce n'est pas une excuse. Ma petite Louison, ton amoureux m'atterre.

– Il me détruit.

– Réagis. Ne te laisse pas abattre ! La vie ne fait jamais de cadeau. Nous avons immigré ici au Canada en laissant tout ce que nous avions en France. Nous sommes venus ici sans rien et avec beaucoup d'espoir. Économiquement, nous n'avons pas réussi dans ce pays. Entre ton père et moi, l'amour est toujours aussi fort et de l'espoir, nous en possédons encore. C'est l'essentiel. Mais rappelle-toi, rien ne fut facile. La vie, c'est toujours un équilibre très fragile. Si vraiment cet homme est celui de ta vie, alors vous vous retrouverez. Je vois que tu ne m'écoutes pas, Louison. Je comprends. La seule chose dont je veux que tu sois certaine, c'est que nous tous t'aimons. Nous ne le disons pas souvent, ce n'est pas notre genre.

– Merci Madeleine, je me souviens de nos épreuves. Tu es ma seconde maman et je pense beaucoup à maman, ma Renée, au temps où nous étions heureux en Franche-Comté.

– Ton père détestait sa situation là-bas. Maintenant, je suis inquiète pour lui. Il lit les journaux. Les nouvelles sont alarmantes, cela l'affecte.

– J'ai remarqué que papa était très troublé ces tempsci. Cela me rappelait les jours difficiles de jadis, lorsqu'il parlait du Canada comme du seul horizon où il pourrait atteindre la liberté, et de l'autre côté, il y avait son village qu'il fallait quitter.

– Les Canadiens vont défendre un pays qui n'est pas le leur, cela lui donne mauvaise conscience.

– Mais Papa peut être exempté, étant donné que ses enfants sont encore jeunes.

– Le premier ministre du Canada, Robert Borden, a donné l'ordre de préparer les soldats. On recherche des volontaires, et parmi eux, il y a ton James. Ils seront plus de trente mille à s'entraîner à Valcartier, près de Québec. Bientôt, ce contingent s'embarquera pour l'Angleterre. Jamais autant de Canadiens ne sont partis en même temps vers l'Europe, pour la défendre, je te répète ce que ton père me dit à longueur de jour. Je suis inquiète Louison, pour ton père, pour ton ami, pour la famille. Je prie. Qu'est-ce que je peux faire d'autre ? Paul me mentionne que plusieurs Français se sont rassemblés à Montréal près de l'Union Française, ils envisagent de se joindre aux troupes françaises, de se mettre à la disposition des autorités consulaires afin de défendre la France. Nous qui pensions être tranquilles ici ! Tout allait presque bien depuis quelques années, nous avions surmonté tant d'épreuves !

– Papa ne partira pas !

– Si seulement tu pouvais l'en convaincre. Ce serait folie qu'il devienne soldat. Cette année n'est pas bonne pour le Canada, avec le naufrage fin mai de l'Empress of Ireland, et tous ses morts, que la vie est dure ! Les esprits s'échauffent, j'ai une amie d'origine ukrainienne, des gens la traitent «d'Allemande ». J'ai entendu des commentaires insultants à son égard, j'ai beaucoup de peine pour elle. J'ai peur, oui vraiment peur. Partout on répète que ceux qui s'engagent sont des héros et les autres sont souvent regardés comme des lâches. Et en France, cela ne va pas mieux. Pardonnemoi Louison, j'avais besoin de te parler.

– Moi aussi Madeleine. Il faudra protéger les enfants et Ermance.

Chapitre 7

QUELQUES JOURS plus tard, alors que Louison rentrait du travail, Paul l'attendait dans la cuisine. Les autres dormaient encore en haut.

— Louison, j'aimerais te parler. Tu sais que nous avons quitté la France parce que je ne pouvais plus y trouver la paix et que je pensais à un avenir pour toi. Ici, nous avons traversé de grosses difficultés et toi-même parfois tu souffres des calomnies de tes compagnes. Le ciel s'obscurcit de nouveau. La France va mal. Regarde ces coupures de journaux : le 16 mars 1914 le directeur du Figaro est assassiné par Madame Caillaux, la femme du ministre des Finances. Le 31 juillet, Jaurès est assassiné en plein restaurant à Paris. François-Ferdinand, neveu et héritier de l'empereur d'Autriche, est assassiné le 28 juin 1914 à Sarajevo, le 2 août la guerre est déclarée c'est la mobilisation générale. L'Allemagne envahit le Luxembourg, puis la Belgique. Louison, je ne peux pas rester ici. On me traiterait de lâche, tant de jeunes Canadiens se sont portés volontaires pour défendre un pays qui n'est même pas le leur. J'aurais sur la conscience la honte de ne pas avoir fait mon devoir. Ces jeunes Français et Canadiens vont repousser les Allemands, et moi je travaillerais à Ottawa !

— Pense aux enfants, aux jumeaux, ils sont jeunes. Papa, nous avons déjà tellement souffert, la France, elle ne t'a pas aidé.

— Je dois défendre la terre de nos ancêtres, nos amis Boilat.

— Pense à nous.

— L'Alsace, la Lorraine, la ligne bleue des Vosges, nos villages, la tombe de Renée, Apreval, ne peuvent tomber entre des mains étrangères. Louison, la France ce sont de grands artistes et c'est la misère des ouvriers, des paysans, des mineurs. C'est cette misère, cette pauvreté que nous avons fuies, et maintenant la Bête vient me déloger d'ici. Nous n'étions pas assez loin !

— Papa, j'ai peur.

— Louison, je dois me sacrifier pour vous. Pourquoi penser que je mourrai ou que James ne s'en sortira pas indemne ? Aie confiance, qui dit que cela durera longtemps ? La France a des alliés puissants. Ne montre pas ta peur aux autres.

— Et Madeleine ?

– Nous en avons parlé souvent.

– Et ?

– Comme toi, elle veut que je renonce, que je fasse valoir que je suis père de jeunes enfants et que je suis trop âgé. Elle réfute mes arguments.

– Elle a raison.

– Pour nos rares amis qui sont là-bas, au nom de mes ancêtres, je partirai très prochainement.

– Papa, je t'aime.

– Moi aussi, Louison, Nous devons traverser cette tempête, ne jamais désespérer de nous réunir de nouveau, heureux dans cette maison que nous avons bâtie. Je te confie tes petits frères. Je t'aime, ma fille, mais la guerre est partout, dans les conversations, les journaux, contre les Allemands, comme en 1870. Tout recommence. Des Boches ! Ce ne sont pas des Boches ! Ce sont des enfants, mères, femmes, hommes comme moi qui vont s'entre-déchirer, pour qui ? Des politiciens, des banquiers, des fabricants d'armes, des ambitieux, des revanchards, des mal-aimés, des aigris, des prétentieux, des deux côtés. Et après la guerre, il faudra construire la paix, se réconcilier, panser nos plaies. Qui aura souffert ? Les chefs ? Bien sûr, il faut défendre le pays attaqué, mais comment en arrive-t-on là ? Quel diabolique engrenage nous pousse dans cet enfer ? Qui connaît la fin d'un conflit ? Des morts, des blessés, des familles détruites, des ruines, voilà ce qui sort des fusils et du cloaque des canons !

– Papa, pourquoi obéis-tu à ces chefs que tu critiques ? Pourquoi devances-tu leur appel ?

– J'aurais l'air de quoi, d'un planqué à l'abri au Canada, tandis que les Français vont mourir, que notre village, Apreval, sera peut-être détruit, que mes compagnons de moisson, que l'instituteur, mon ami André Boilat, que le curé, partiront au front ! Je vais rester à la maison, tandis que des Canadiens défendront ma terre natale ! Depuis des années, elle couve cette guerre, on attise le feu, s'insulte, remue les rancœurs entre peuples soi-disant civilisés ! Nous sommes venus au Canada pour fuir la petitesse d'un village, de notre vie, pour bâtir un avenir. Nous avons traversé l'océan, les hivers et la misère. Nous étions au bout du voyage et voilà ! Tout revient vers la terre de là-bas ! Je sais, il y a une odeur de tombes et de sang, un ciel funeste. Louison, avec Madeleine, tu portes l'avenir de la famille, prends soin de tes jeunes frères. Aide Madeleine, qui veillera sur vous. Je ne peux me dérober. Je suis valide, je ne souffre d'aucune infirmité, je dois faire mon devoir, aussi sinistre soit-il.

Essoufflé Paul s'arrête. Il observe Louison, puis la questionne :

– Louison, ces jours-ci, ma Louison, je ne te reconnais plus. Qu'est-ce qui te trouble ?

– Rien.

– Non, on ne me la fait pas. Ce n'est pas la guerre, dis-moi ? – La guerre, et…

– Et ?

Silence.

– Et quoi Louison, le travail ?

– Non.

– Alors, un homme ? Il s'appelle ?

– James.

– Un anglophone ?

– Oui et non.

– Comment ?

– Un Chinois.

– Ah ! Tu l'aimes ?

– Oui. J'ai peur…

– De quoi ?

– Que toi aussi tu partes, il est déjà en route, lui, que je ne vous revoie plus ni l'un ni l'autre ! Je peux tout perdre.

– Ne sois pas pessimiste. Tu le reverras ton joli cœur. Il est gentil ?

– Oui. Nous nous sommes peu vus.

– Le coup de foudre !

– Comme toi et Madeleine. Tu te souviens, à Paris, sur le boulevard, tu voulais la revoir et puis vous vous étiez fâchés…

– Ne me dis pas que l'histoire se répète !

– En plus, tu nous annonces que tu dois aller à la guerre.

– Comment l'as-tu rencontré ?

– Au Victoria Yacht Club. Plutôt que de me coucher, après mon travail à l'hôpital, j'ai continué pour voir la rivière avant de revenir faire mon somme ici.

– Ce n'est pas moi qui vais te reprocher d'aller au bord de la rivière !

– Et il était là. Je l'ai revu au club.

– Ce n'est pas fermé, en cette saison ?

– Il mettait de l'ordre avant l'hiver.

– Ah !

– Je l'aime.

– Tout beau, tout nouveau. Tu vas peut-être finir par l'oublier. Tu as besoin de repos. Nous en reparlerons.

– Je ne l'oublierai jamais.

– Alors, si c'est sérieux, pourquoi est-il parti ?

– Il prétend que puisqu'il est Chinois les gens ne nous accepteraient pas.

– Peut-être, mais l'amour est plus fort que l'opinion des autres. Tu en as parlé à Madeleine ?

– Elle avait deviné.

– Demande-lui conseil.

– Tu as raison papa. Mais toi, ne pars pas.

– On va réfléchir à tout ça.

– Papa, tu voulais toujours aller vers l'ouest, maintenant c'est l'est qui te rappelle.

– Hélas, pas de la bonne façon. J'aurais aimé retourner en France avant d'être vieux, voir le village, les Boilat, cela me faisait même un peu peur de renouer avec le passé. Quand la page est tournée, à quoi bon ? Des regrets, on peut s'en forger par milliers. Mais la guerre, c'est un voyage vers l'horreur. J'étais petit, on parlait de la guerre de 1870, les villageois, pas les soldats survivants, eux, ils se taisaient. Louison, l'amour et la guerre, les deux opposés, surgissent pour toi presque le même jour. Je suis déchiré de devoir vous quitter. Nous étions si tranquilles après toutes nos épreuves. Le diable n'aime pas le bonheur. Il faut qu'il détruise. Il infiltre l'ambition, la haine, l'argent entre les hommes et cela suffit. Pauvres de nous ! Allons nous reposer. N'oublie pas de te confier à Madeleine et à Ermance. Louison, tu sais que je t'aime.

– Moi aussi, papa.

Louison et Paul se sont serrés. Louison monta dans sa chambre. Paul l'entendit sangloter.

Louison ne put trouver le sommeil. La guerre, James, départs, bruits des armes, prendre soin des enfants, petits frères. Coup d'œil dans la rue, des gamins défilent, un morceau de bois sur l'épaule, enfants-soldats sous la pluie, paradant et parodiant les grands.

Paul s'assied dans la chaise berçante. La tête entre les mains, la poitrine creusée, il ne peut retenir ses larmes, Louison ressemble tant à Renée, les mêmes boucles blondes, les mêmes lèvres minces, et ce bleu dans les yeux, Renée des beaux jours, Renée de la tragédie du tétanos qui l'emporta.

Paul enfile sa veste et se hâte vers son travail à Ottawa.

Bientôt, il se rendra auprès des autorités militaires. Le sort en est jeté.

Chapitre 8

Papa, pourquoi tu as demandé que l'on soit tous dans la cuisine ce matin ?

– Nicolas, parce que je voulais vous parler et que je souhaitais que Louison soit là.

– C'est grave ?

– Important, Benjamin, vous êtes encore jeunes, mais il faut que vous soyez au courant.

Dans la cuisine où le soleil entre généreusement, la lumière joyeuse contraste avec les visages sérieux. Les bambins sont sagement assis d'un côté de la table, Louison et Madeleine leur font face, Ermance est à contre-jour, tandis que le visage de Paul reçoit la clarté. Ils s'observent. Le réveil, compagnon de toujours, scande chaque seconde.

– Voilà, je ne vais pas vous torturer davantage. Vous avez deviné mon tourment. Depuis que la guerre est déclarée, il ne se passe pas une journée sans que je me pose des questions. Je vous aime plus que tout au monde et cette guerre, je la déteste, mais je dois partir. C'est affreux à dire à ceux qu'on chérit. Quelle que soit la décision que je prenne, elle me rendra malheureux. Je n'ai pas le choix. La France est en danger, la France se bat, la France souffre. Beaucoup de Canadiens sont déjà sous les drapeaux. Des jeunes qui n'ont même pas de famille là-bas. Je ne peux pas rester ici, tandis que des étrangers luttent pour ma terre natale. Si je reste, les parents dont les enfants seront morts en France me traiteront de lâche. Si je pars, je vous laisse avec peu d'argent pour vivre. Je prends des risques, sachez que je serai prudent, je veux vieillir auprès de vous.

– Paul, vous ne devez pas devenir soldat pour contenter les gens. Qu'est-ce que cela peut faire que l'on dise du mal de vous ? Ils le savent bien, ceux-là qui ne vont pas à la guerre, qui envoient les autres, que vous êtes un père, que vos enfants sont jeunes ! On ne s'engage pas dans l'armée parce qu'on a peur de l'opinion des autres. Excusez-moi, je me mêle de vos affaires.

– Ermance, j'ai beaucoup réfléchi. C'est mon pays natal, je l'avais quitté sans grand espoir de retour. Nous avons des amis là-bas, peu, l'instituteur Boilat et sa famille, notre ancienne voisine Flavie, quelques personnes du village, je dois les secourir.

– Pardonnez-moi de vous le dire, Paul, mais votre devoir est auprès de votre famille. Pensez-vous que vous allez changer, par votre seule présence, le cours du destin ? Et puis vous n'aimez pas la guerre, aimez donc vos enfants ! Excusez encore, je m'emporte.

– Je sais qu'il me faut protéger les enfants, je ne prétends pas changer le monde en m'enrôlant. Je ne peux me soustraire à mes obligations, c'est la sinistre réalité. Plus que tout, c'est auprès de vous que je voudrais être. Depuis que la guerre a été déclarée, je ne suis plus maître de mon destin, je dois obéir.

– À qui ?

– À cette folie, cette démesure, ces dirigeants, qui loin des champs de bataille nous envoient nous battre les uns contre les autres ! Je ne suis rien du tout et, comme les autres, je suis emporté par le torrent. Afin de ne pas vous faire souffrir, le plus tôt je partirai, le plus tôt je reviendrai. Il n'est pas une minute où je ne penserai pas à vous. Espérons que la guerre soit courte. Priez pour que je revienne ici le plus tôt possible et en bonne santé. Veillez sur vous, soyez prudents. Les enfants, aidez la famille. Soyez unis, ne sombrez pas dans la tristesse. Ensemble, nous avons traversé tant d'épreuves, nous sommes solides, cette guerre ne nous détruira pas. Je vous écrirai autant que je le pourrai. Je serai parmi les troupes canadiennes. J'aurais pu me battre avec les soldats français, mais ma connaissance du pays est considérée comme un atout par notre état-major. En relation avec les autorités françaises, je suis enrôlé parmi la troupe canadienne. Dans une semaine, peut-être moins, je serai à Valcartier, puis on nous enverra en Angleterre et ensuite en France. Comme vous le voyez, durant quelques mois, je ne serai même pas au combat. D'ici là, peut-être que la guerre sera terminée. Donc, ne vous faites pas de soucis. Et si par hasard vous ne recevez pas de lettres de moi durant des semaines, gardez toujours espoir, en période de guerre, le courrier passe mal. Je m'en sortirai, vivant, pour vous. Un jour, je reprendrai ma place à cette table et nous fêterons la paix. Je retournerai au travail auprès de ces gens d'Ottawa dont je suis l'homme à tout faire. Ces jours-ci, j'ai beaucoup discuté avec mon patron, Monsieur Germain et sa femme, n'hésitez pas à leur demander de l'aide si vous en avez besoin. Ils ont toujours été généreux avec nous, ils vous assisteront et Monsieur Germain est très bien placé dans la haute société d'Ottawa.

Je garde l'espoir de vous retrouver bientôt dans la joie et le bonheur. Tu vois, Louison, je serai en même temps que James en France. La vie est ainsi.

Paul se lève, la famille pleure. Après des embrassades, chacun quitte la cuisine, retournant machinalement à ses occupations qui, plus que jamais, semblent futiles.

Le cœur détruit, l'esprit cueillant les quelques jours à venir, comme des ultimes joies avant la séparation, Madeleine reprend ses travaux de couture, Ermance l'aide. Les jumeaux regardent leur père avec admiration et infinie tristesse. Ils retournent à l'école.

Louison cherche le sommeil et recompose mille fois le visage de James, leur rencontre au Victoria Yacht Club à Aylmer.

Les chats sentent la valise de Paul.

Madeleine feint d'être à la hauteur, souvent elle quitte rapidement la cuisine, les yeux en larmes. Ermance la rassure, mais elle-même ne croit pas à ces phrases de réconfort, simples mots pour s'empêcher de hurler la douleur. Le chagrin est trop grand, la peine inexprimable, le silence insupportable, alors on parle de rien pour essayer de chasser la détresse, le poids du silence, donner l'illusion de la vie normale.

Chaque jour les rapproche du déchirement, de l'inéluctable, du voyage vers la guerre. Madeleine voit l'être qu'elle aime le plus au monde suivre son destin. Elle respecte la décision de Paul, mais ne la partage pas, elle comprend son désarroi.

Il ne lui reste plus qu'à prier, elle, la petite couturière venue de la misère de Paris. Tout ce chemin, jusqu'aux salons des dames aisées d'Ottawa, pour voir s'en aller son compagnon, sa force, sa raison d'être, sa vie.

Chapitre 9

UN CHAT miaule dans la nuit claire. Louison rentre du travail. Des aurores boréales irradient le ciel. De longues bandes irisées jouent une symphonie céleste. Des couleurs d'arc-en-ciel pianotent dans le froid nocturne. Ces colonnes de feu sont-elles de bon augure ? Est-ce un destin joyeux ou la naissance d'un nouveau monde sous un déluge de feu ? Louison marche, la tête levée, les yeux éblouis par la beauté silencieuse. La ville dort. Pas une lumière aux fenêtres, les rideaux sont baissés sur la cité écrasée de fatigue. Là-haut, les dieux ont sorti la palette qui flamboie en vagues phosphorescentes. Nuit rutilante de métal en fusion, nuit électrique, rayons d'acier oscillant vers la Terre sous la palpitation des étoiles. Où allons-nous ? Dites-le-nous, vous les artistes de l'autre monde, quelle musique nous joue le grand chef ?

Elle est seule dans la rue, seule à contempler ces canaux de lumière glorieuse sur la ville.

Le chat miaule encore, un appel dans la nuit, celui d'une petite âme. Quel avenir se dessine ? Que de questions, et pour toute réponse un miaulement d'angoisse.

La maison dort. Louison va se coucher. Le sommeil fuit.

À l'aube, Madeleine ranime le feu dans le fourneau de la cuisine. Paul se rase. Ermance se lave. Matin habituel pour eux, coucher tourmenté pour elle. Incapable de dormir, Louison redescend.

– Bonjour Louison, pas trop fatiguée ? demande Paul.

– Non, ça va, bonjour tout le monde.

– Tes malades ?

– Le temps n'aide pas, Madeleine.

Les enfants s'approchent. Salutations. Bouteilles de lait sur la galerie entre les deux portes.

– Presque gelé à matin, le lait !

– Pas *à matin,* Nicolas, ce matin, rectifie Madeleine.

Petit déjeuner sans appétit. Embrassades et pleurs. La maison se vide. Ils s'en vont tous au travail. Ermance s'active dans son petit appartement. Il pleut. Louison remonte se coucher.

Chapitre 10

QUELQUES jours plus tard, Paul est parti à l'aube. Ce matin-là, il a embrassé ses enfants, sa femme et Ermance. La valise à la main, il s'est retourné et leur a fait signe. Jamais il ne pourra oublier cette vision de sa famille rangée sur la galerie. Ils pleuraient tous. S'ils avaient pu voir les yeux de Paul, ils en auraient été encore plus chavirés. Avec énergie, il secoua sa main et, dans le brouillard de ses pleurs, il disparut au milieu d'un tourbillon de neige.

Rue Principale, la neige devint cinglante. Il attendit le tramway, toujours en retard, ce dont se plaignaient les usagers, mais cette fois le conducteur avait une bonne raison. La neige attaquait en vagues furieuses et par endroits s'amoncelait rapidement. Chez le barbier, qui tenait aussi un débit de boisson, des oisifs observaient par la fenêtre. Ils parlaient certainement de lui, ce Français que l'on ne voyait jamais au salon ni dans les tavernes, qui travaillait pour un riche architecte d'Ottawa, alors que les autres se crevaient dans les usines et les scieries de la ville. Un Français qui retournait en France, c'était normal, même qu'il avait un peu attendu, que la guerre soit finie peut-être, rajoutaient les mauvaises langues. Ce n'était pas à eux, de vrais Canayens, de sauver la France, pays laïc, pays de Communards.

À travers les nuages blancs qui remodèlent les formes, Paul observe la ville où ils avaient refait leur vie. Les fils électriques, chargés de neige, pendent en guirlandes entre les poteaux de bois. La neige se plaque sur les maisonnettes et les édifices de briques construits après les feux, en particulier celui de 1900, la conflagration, qui leur avait coûté la maison et détruit la moitié de Hull. Il y en eut des feux et des victimes, en 1902, 1903, 1905, 1906, 1907, 1910 ! Maisons de bois, planches des scieries, s'embrasaient vite, la ville fut souvent meurtrie et toujours renaissante. Il regarde le bureau de poste et l'horloge de son clocher à l'allure de beffroi. C'est là que ses lettres arriveront. Pincement au cœur. Voici les bureaux de la E.B. Eddy company, et leur escalier réservé aux personnes importantes, la Bank of Montreal et ses deux colonnes, l'Hôtel de Ville, sa tour grise et ses murs de briques, comme le Palais de justice aux créneaux et clochetons couverts de cuivre, grandes fenêtres à rideaux blancs ; en arrière une cour fermée, la prison où fut pendu Stanislas Lacroix en 1912. Toujours des escaliers, pour rehausser les riches, intimider les paysans, les ouvriers. Pour entrer dans ces lieux, il faut monter, on rejoint ainsi l'élite de la ville. Main Street, rue Principale, rue du Pont, Bridge Street, Hull et ses trottoirs de bois, ses rues de poussière, d'ornières et de boue, ses charrettes, ses chevaux, son odeur de fumier, de scieries. Hull et le bruit des usines, des ouvrières aux salaires de misère, des allumettières, et la nuit les wagons qui grincent sur les rails de tramway pas faits pour des marchandises lourdes, des trains qui réveillent les voisins et dont se soucient peu les échevins, malgré leurs promesses électorales.

Il n'est pas le premier Français à venir ici. De Champlain à Reboul, un oblat originaire de Saint-Pons, il y en eut des Français, mais de nos jours, combien sont-ils à prendre, comme lui, le chemin du retour ? Le tramway roule sur le Pont Interprovincial. En bas, les flots de la rivière se marient à la neige. Elle enveloppe les bateaux à vapeur et les billots. Paul salue la rivière, la consolatrice des moments difficiles. Derniers coups d'œil, quand la reverra-t-il ? Et dans quel état ? Cette guerre s'annonce plus féroce que les autres, les pays se sont dotés d'armes meurtrières. Le tramway sort du pont, il atteint son terminus sous le Château Laurier. Il ne reste que quelques pas jusqu'à la gare Union. L'hôtel Le Château Laurier et la gare Union furent inaugurés deux ans auparavant, en 1912, sans grande joie. Charles Hayes, Directeur général du Grand Trunk Railway, propriétaire de la gare et de l'hôtel, venait de mourir dans la catastrophe du Titanic. Triste destin, parfois on envie les riches, songea-t-il, et moi je foule ces lieux et ma situation, même maintenant, est peut-être plus enviable que celle de bien d'autres. Cette réflexion lui fit oublier un instant la détresse qui l'étreignait. Vite réapparurent à son esprit les silhouettes de sa famille, là-bas, c'était déjà là-bas, sur la galerie de leur maison. Paul a encore le temps de renoncer à servir sous les drapeaux, en arrière, à quelques minutes, de l'autre côté de la rivière, la vie, la famille, le travail, la paix ; en avant, un train, un bateau, la France en guerre.

S'il lâche, il se reprochera toujours de ne pas avoir accompli son devoir, que certains considèrent comme sacré, que lui qualifie d'imposé. Les poings fermés, ce loup épris de liberté, s'engouffre lui-même dans le piège. Souvent, il remet en cause sa décision, mais il continue, entraîné par le courant.

Hier, à quelques rues d'ici, il avait salué les Germain, ces gens qui lui ont fourni du travail durant plus de quatorze ans. Cela compte, on fait partie de la famille.

– Je vous reconnais tel que je vous ai vu le premier jour lorsque je vous ai accordé ma confiance, un homme juste et honnête.

– Je suis d'origine franc-comtoise, Monsieur, et bon sang ne saurait mentir. Je n'ai qu'une hâte, reprendre mon travail auprès de vous.

– Votre place est gardée. Prenez soin de vous Paul. Nous tenons à vous.

C'était hier.

Aujourd'hui, la gare est bondée.

Chapitre 11

UNE GARE, qu'elle soit neuve comme celle-ci ou ancienne, vous écrase, vous diminue, vous réduit au simple rôle de passant. Il fait froid dans ces gares trop vastes.

Aujourd'hui est un jour encore plus sinistre que les autres, des cortèges de mines tristes accompagnent des soldats qui cherchent à se montrer braves, vaillants et patriotes, mais qui au moindre baiser de leur enfant, de leur épouse, de leur mère, pleurent.

Paul essaie de ne pas voir, de ne pas entendre, de ne pas se plaindre. Il a bien fait de partir discrètement, de quitter sa famille à la maison. Ce quai de gare est un lieu de supplices. Heureux celui qui part sans laisser personne en arrière, sans chagrin, sans attache, sans amis, chat, chien, oiseau. Heureux celui qui voyage avec peu de bagages. Mais est-ce que cela existe ? Partir à la guerre, ce n'est pas voyager, c'est être condamné à la souffrance. La réalité est sans poésie ni fraternité, mécanique et métallique, comme ce train, en partance pour Québec et les grands bateaux cuirassés, chargés d'armes et de feu. Paul cherche la voiture, encore plus loin. Les quais de gare et les trains semblent parallèles jusqu'à l'infini. Puis, l'un se sépare de l'autre, déchirant familles et amis. Chacun rapetisse dans son horizon.

Paul se félicite de ne pas revivre la douleur de ce matin, lorsque tout à coup, Louison apparaît.

Parmi les bruits, le silence les unit. Elle est là. Sa fille. Elle est comme Renée, comme sa mère, mon Dieu ! Comme elle lui ressemble, se répète-t-il.

– Je voulais te dire encore une fois au revoir.

– Merci, Louison.

Ils pleurent.

Il pleut.

C'est une gare, comme toutes les gares, lieu de tragédie, théâtre douloureux, spectateurs et acteurs, dans un décor démesuré, où éclate une immense douleur répartie en centaines de cœurs en lambeaux. Silence et chuintements de la vapeur dans les canalisations, bruits des tuyauteries, fumée et cet arrière-goût de charbon qui racle la gorge.

– Le train va bientôt partir.

– C'est la deuxième fois que je viens sur ce quai pour accompagner quelqu'un que j'aime.

– As-tu des nouvelles de James ?

– Aucune, vous serez peut-être ensemble à Valcartier !

– Je serai incapable de l'identifier.

– Il a les cheveux noirs, ils étaient longs, on les lui a coupés. Il est carré d'épaules, des yeux de jais. C'est un homme plutôt taciturne.

– Et si je le vois, que veux-tu que je lui dise ?

– Pardonne-moi, papa, de te confier ce message. Dis-lui que je l'aime et que je l'attends. Comme toi, papa.

Sifflements de la locomotive, ordres des contrôleurs, cris des enfants, pleurs.

– Papa, sois prudent. Reviens vite. Ici c'est chez nous. Nous avons tant lutté pour arriver ici. Papa, tu te souviens ?

– Oui, Louison. Je ne devrais pas te le dire, je souffre, comme lorsque ta mère agonisait, là-haut, dans la chambre à Apreval. C'est dur la vie.

– Et si tu restais ?

– Je ne peux pas, la France est notre pays, comme le Canada.

– La France ! Nous l'avons quittée, elle nous avait quittés et tu vas la défendre !

– Oui, ainsi que James, et pourtant ce n'est pas son pays.

– Cela est trop compliqué pour moi. Je perds tout. Toi, lui, le bonheur et la paix. Pourquoi, pourquoi, cette guerre, après tant d'autres ?

– C'est, soit disant, la der des ders.

– Papa, nous t'aimons.

– Vous êtes tout pour moi.

– Alors, reste !

« Mesdames et Messieurs, le train pour Montréal et Québec va bientôt partir, attention au départ. Ladies and gentlemen… »

Ils s'embrassent.

Paul est à la fenêtre, avec les autres soldats. Il tend le bras. Il pleure. Les roues grincent, les cœurs se brisent. Les parents avancent sur le quai pour défier la distance qui se creuse, dans les secondes que cette locomotive marque, scande, conjugue. Le train s'en va. Les bras s'agitent plus vite. Des silhouettes, sur le quai, à la fenêtre du train, mouvements de moins en moins perceptibles, formes qui s'amenuisent, la gare, le départ, c'est déjà du passé. On était ensemble.

On s'assied dans le wagon, devant des inconnus, on ferme les yeux pour encore et encore entendre les derniers mots, la voix, qui s'efface sous le ferraillement des roues.

Les quais se vident. La gare dévoreuse attend les prochaines pleureuses et les prochains fantassins.

Louison relève le col de son manteau. Elle se revoit, petite, le dernier virage, la dernière courbe du village d'Apreval. Son amie Suzanne lui tend la main, et à côté d'elle, triste à en mourir, le chien, le Poilu, il gémit. Suzanne agite la main, Louison est assise près de son père, la solide jument les conduit à la gare d'Autrans. Ils s'exilent au Canada, pour toujours. Aujourd'hui, papa est parti pour la France... non, non, pas pour toujours, non, crie le cœur de Louison, pas pour toujours !

Chapitre 12

P<small>AUL</small>.
Il a pensé rédiger quelques notes sur un calepin. C'est imprudent, un jour l'ennemi pourrait s'en emparer. Ce n'est pas que Paul ait à transmettre des faits de la plus haute importance stratégique, mais tout renseignement devient utile pour l'ennemi. Paul ne peut s'empêcher de laisser son esprit écrire une longue lettre invisible, monologue intérieur, au fil du temps, graver l'essentiel, cris et lueurs, qui rythment la route de l'absurde.

D'abord, il y eut Valcartier. Désordre. Commandements. Pas de discussions. Nous obéissons, courbons l'échine. Marches, défilés, culture physique. On nous change d'unités, nous regroupe, nous disperse. Des chevaux me regardent. Ils sont aussi perdus que moi. Que faisons-nous là ? Que d'angoisse dans leur regard.

Port de Québec. Attendre. Toujours attendre. Obéir. Des milliers de soldats devant de gros navires. Les chevaux renâclent. La ville de Québec, je l'ai entraperçue, c'est ici qu'a commencé notre aventure au Canada, d'ici que je repars pour la France. Mes pensées vont vers Louison, les enfants, Madeleine, Ermance.

Fin novembre, sur les ponts des navires, les soldats observent le fleuve d'argent et les collines aux arbres dénudés. Le vent glacé renvoie les hommes vers les coursives humides.

Voici douze jours que les navires fendent les flots calmes. Nous sommes rassasiés d'air marin.

Plymouth. Nous devons rester trois jours à quai. Heureux de quitter les navires, nous débarquons sous les applaudissements et les acclamations. Le train roule vers Salisbury. Douce Angleterre au soleil timide, quand reverrai-je le Canada ?

Des milliers de soldats pataugent dans la boue. Il pleut presque tous les jours. Malgré nos précautions, les tentes ressemblent à des porcheries. On nous ordonne de construire des baraquements en bois. Cela va nous occuper et améliorer notre situation. Malgré les permissions, je ne suis pas allé à Londres, ni dans un foyer anglais. J'ai trop le chagrin de chez nous. Je me replie sur moi. Je suis plus âgé que la plupart des compagnons et cela ne me tente pas de jouer au touriste. Je garde mes forces pour plus tard. Je passe Noël sous la tente et dans la boue. D'autres habitent maintenant des baraquements. Nos vêtements sont trempés, ils sèchent tant bien que mal sur nous. Je n'ai pas vu James. Je n'ai aucune nouvelle de la famille, malgré les lettres que j'ai envoyées. Je suis seul au milieu des autres soldats. Je parle peu, je sais que cela n'est pas bon, mais je ne peux feindre la comédie.

Février, nous partons pour la France. Nous avons repris le train, attendu pour monter dans le bateau, attendu pour le départ. Après une courte traversée, on nous a fait patienter encore avant le débarquement, cinq jours après que nous avions quitté l'Angleterre, nous avons pu débarquer à Saint-Nazaire ! Je suis très ému. La France nous acclame. Les gens sourient, nous tendent les bras. Je pleure. Je suis venu pour eux. Les arbres, les labours, la terre qui sommeille en hiver, les corbeaux en quête de pitance, les villages et leurs clochers, les gares où on ne s'arrête pas, les bosquets, les rivières, la pluie et la boue, les haies, voilà mon pays ! Dans le wagon, certains boivent du vin en se cachant, ça pue le tabac bon marché. La buée coule sur la vitre. La pluie inonde les chemins creux. La fumée des cheminées monte à peine. Des vaches, des chevaux, misérables sous l'eau glacée, courbent l'échine. La dernière fois, que j'ai pris le train en France, c'était en direction de l'océan et du Canada.

Chère Madeleine,
Mes lettres ont dû se perdre, alors je te redis qu'après une belle traversée, nous sommes enfin en Angleterre. Je vais bien. Si la guerre se poursuit comme cela, je n'aurai pas à me plaindre. De vrais pachas ! Il pleut, comme souvent en Angleterre. Nous attendons notre transfert en jouant aux cartes. Les pioupious découvrent tout comme moi un beau pays vert et coquet. Je pense à vous.
Bons baisers d'Angleterre !
Paul

James.

Le froid des tranchées est intolérable. De l'eau, partout. Un hiver humide, rien de pire. Ne pas se mouiller, facile à dire, ne pas laisser la glace durcir sur vous, en vous. Moins cinq, parfois moins dix centigrades, cela ne me fait pas peur, mais ici l'hiver est gris. Je suis transi. Tout crève, les arbres, les corbeaux, les chevaux, quelle pitié, quel carnage, quelle honte ! Pourquoi suis-je venu m'enterrer vivant ici ? Quelle faute avais-je donc à expier ? Quoi qu'il en soit, je suis pardonné. Au front, on ne se lave pas, change pas, rase pas. On mange mal, on a froid. L'eau est souvent croupie. La diarrhée nous affaiblit. On nous distribue du vin, parfois du rhum et des cigarettes. Les lieux d'aisance sont rudimentaires, abjects. On ne se plaint pas. On ne recule pas ou on est mort.

Nous sommes vite devenus osseux, les yeux creusés, perdus. Nous sommes sales, puants, crasseux, boueux, malheureux, silencieux. Où est la sortie de cet enfer ? La paix ? N'est-ce qu'une pause, un entre-deux-guerres ?

Comment raconter à Louison ? Est-ce racontable ? Je ne le dirai pas. Pourtant…

Ce matin-là dans les Flandres, ce fut la fin du monde. Nous avions à peine remplacé les sentinelles de la nuit lorsque l'horreur coula sur nous. Le vent nous venait des lignes ennemies.

Sur cette plaine maritime, rien n'arrête le vent, surtout pas les arbres que la guerre a décharnés. En cette aube, la brise n'avait que la vitesse d'un cheval au petit galop et soudain, mon cœur en tremble encore, descendit vers nous un nuage vert. Il rampait, s'infiltrait dans les trous d'obus, glissait sur les barbelés, les enveloppait d'irréelle vapeur. Dans le silence, jaillirent les cris des hommes de première ligne. Leurs silhouettes titubèrent. Beaucoup se tenaient la gorge, la tête. Ils toussaient. Ils tombaient lentement, ultime prosternation sur la terre dure, ou s'effondraient en gesticulant. Le gaz vert déchirait leur gorge, incendiait leurs bouches et leurs yeux. Surgirent des tranchées des soldats de deuxième ligne qui refluaient vers nous en panique. Le gaz poursuivait son implacable assaut. Nous reçûmes l'ordre de nous replier. Si seulement le vent avait pu changer de direction, s'inverser comme il le fait entre brise de terre et brise de mer, les ennemis auraient reçu la monnaie de leur pièce et leur ignoble attaque les aurait éliminés. Non, les nôtres tombaient un à un. Nous abandonnâmes nos positions. Étrangement, le gaz se cantonna à quelques mètres, nimbant les morts, puis il se dissipa. Nous vîmes un champ de cadavres. Certains des nôtres et des tirailleurs africains qui étaient sur notre aile droite, venaient de payer de leur vie cette sinistre attaque.

Nous avons remis de l'ordre dans la tranchée. Bruits de gamelles et de va-et-vient.

L'ennemi dépouillait nos défunts : manteaux, chaussures, montres, fusils, munitions, tout était bon à prendre.

Le soleil pointa en ce funeste matin, sur la plaine de Flandre.

J'écrivis à Louison :

Chère Louison,

Tu me manques. Comme tu peux le voir, je suis vivant et, Dieu merci, je me porte bien. Je ne suis pas loin de la mer. Lorsque le vent souffle du large, il nettoie mes poumons. Je suis choyé. Je t'embrasse.

James, près de la frontière belge.

Chapitre 12

JAMES.

Louison la belle, je pense à elle à chaque instant, mon étoile. Pourtant, je suis parti. J'ai ouvert un chemin difficile. Si j'étais resté, l'aurais-je rendue heureuse ? La vie est si dure pour un Chinois au Canada, je n'en connais pas qui ait épousé une Blanche. Il y en a peut-être. Leurs enfants sont-ils insultés à l'école ? Je n'aurais pu endurer la moindre injure contre Louison ou nos petits. J'ai prétendu vouloir « aider le vieux pays », au fond de moi, je sais que je me suis sauvé, pour ne pas dire non à Louison, à cet amour trop beau, dont elle aurait souffert. Enfin je vais devenir un vrai Canadien, comme les autres ! À nous les Chinois, la guerre apportera la reconnaissance. Les gens nous accepteront davantage en raison de nos sacrifices pour le pays, nous qui avons déjà tant donné. Louison et moi pourrons-nous alors vivre ensemble ?

Ici, nous sommes tous sur le même niveau, celui de la terre, plus bas encore, des trous, des tombes. Les obus éclatent, nous rampons, les survivants tirent les blessés vers les casemates. Un jour, je parle ; un jour, je meurs. L'agonie vient d'en face. Nous tirons, ils tirent, ce n'est pas sur un chevreuil, un orignal, mais sur des humains. Moi, je vise en l'air, trop haut pour les atteindre, ceux qu'on appelle Boches, ou dans le sol. Lorsque les supérieurs me surveillent, je pointe mon fusil vers le lointain, le flou là-bas. Si on nous attaque, nous ripostons, pas le choix, c'est la vie ou la mort. On finit par apprendre la haine. Pourquoi être venu ici ? Je serais mieux à l'arrière, à transporter les blessés. Impossible, les jeunes, les vieux, les braves et les peureux, nous montons tous en premières lignes. À la guerre, on gagne ou on meurt.

Louison, quand nous reverrons-nous ? J'aimerais te serrer dans mes bras, m'asseoir à côté de toi dans le salon du Victoria Yacht Club, nous apprivoiser, prendre le temps de savoir si notre vie sera commune, toute la vie. J'ai fui le bonheur, imbécile que je suis ! Pourquoi me suis-je préoccupé des autres, des quolibets ? Un héros qui réfléchit, qui pleure, c'est cela « nos courageux soldats canadiens » ?

Plus de forêt pour nous abriter, pas assez de neige, un vent glacé, une humidité perforante, insoutenable. À longueur de jour et de nuit, je frissonne dans mes vêtements mal ajustés, poreux. Nos bottes prennent l'eau, nos manteaux sont des éponges gelées. Quand le soleil finit par luire, les armes tonitruent. Je regrette la vraie neige du Canada, les pins, les chênes, les érables, les lacs. Mon regard est, paraît-il, frondeur. C'est que je suis loup, loin de ma meute. Nul ne me domine, je n'obéis pas, je consens. De ma vie passée, j'ai appris à survivre, à éviter les coups, et jusqu'à présent les balles et les bombes. J'observe, j'apprends, je pense à toi. Penses-tu à moi ? Que vais-je t'écrire ?

Louison,
Tout va bien pour moi, pas à me plaindre. Et toi ? Si tu veux, écris-moi au régiment qui fera suivre. L'esprit est positif dans la troupe. Bientôt, nous allons gagner la guerre. Je reviendrai et nous nous retrouverons. Je t'embrasse.
James

Il pleut, infiniment, sur les arbres morts, sur les terres labourées par les godillots, sur les barbelés, les trous et les buttes. Le vin est rude comme du vinaigre, on le boit ; on fume des cigarettes âcres et l'on tousse. Nous sommes des poilus, nous puons la guerre, le soufre, les armes, la poudre, le moisi, la vinasse, et les poux nous dévorent. Nous nous déplaçons à pas lourds, sauf à l'attaque où nous sautons de trou en trou en hurlant, le fusil à la main. Nous reculons autant que nous avançons. Jours sombres, nuits terrifiantes sur la ligne de front. « Rien à signaler. » Demain, y aurait-il un demain ? Je n'ai plus la force, ni le courage d'écrire. Tant de lettres non rédigées, pour toi Louison, pour vous aussi, père et mère décédés, frères égarés, protégez James, si petit dans la boue. J'en ai rédigé dans ma tête des lettres, de longues lettres pour vous ! Elles ont occupé mes nuits et mes tours de garde. Elles m'ont maintenu éveillé, moi la sentinelle aux avant-postes. Chaque jour, je les ai confiées au grand livre de l'invisible, le souffle du cœur, la danse de l'Esprit qui vous rejoint, j'en suis sûr. Un jour, je quitterai le marais, je reviendrai. J'ai pris la mauvaise route, les mauvais vents m'ont poussé. J'ai eu peur de trop de bonheur. Je me suis fait prendre au piège de l'armée qui m'a avalé, déguisé, ordonné, manipulé, enregistré, humilié, piétiné, brisé, mais je suis resté James, pour toujours.

Je rêve d'une pluie de feuilles dans l'automne pourpré. Je grappillerai chaque rayon de soleil sur la terre chauffée, ignorant les moustiques et les insectes voraces, j'en ai vu d'autres ! Nous pagayerons sur les lacs et les rivières. Nous nous promènerons sur les eaux gelées, dans les forêts blanches, sous le froid vif et sec. Nous nous réjouirons des printemps où la terre se dilate, où les feuilles chantent dans le vent leur joyeuse verdure. Je vivrai l'amour plus fort que tout. Je désire cette fille plus indomptée que moi, ses yeux plus profonds que les nuits d'été. Je souhaite son corps contre le mien, son parfum de forêt et de soleil. Je retrouverai son souffle et la caresse de ses cheveux sur mon visage. Ensemble, nous atteindrons le vrai pays de la Montagne d'or.

Louison.

Nous sommes si loin l'un de l'autre. James, je n'ai pas eu le temps de te connaître. Toi et papa vous n'auriez pas dû partir. Que devenez-vous ? Les journaux sont flous. Les régiments sont déplacés, d'autres montent au front, des batailles, des objectifs : « nos valeureux soldats », « nos combattants glorieux », « les défenseurs de la liberté», « nous gagnerons ! » Mais qui me parle de vous, de toi Paul, de toi James ? Où êtes-vous dans ce chaos ? Peu de nouvelles depuis votre départ, des messages de vous, séparés, depuis Québec : «Tout va bien, je pense à toi », des messages presque identiques, à croire qu'on vous les a dictés. Puis un petit mot de Salisbury, de toi papa, « Il pleut, pensées affectueuses, rien n'a encore commencé… » Ensuite plus rien.

Chaque jour, même le dimanche, je suis à l'hôpital. J'aide les infirmières auprès des malades incurables. Le dimanche, ils ressentent encore plus la solitude. Certains n'ont aucune visite, ni les jours de semaine ni les dimanches. Les familles sont loin, dans les rangs, dans des fermes en Ontario, dans l'Ouest. Sur leur lit de douleur, certaines personnes pleurent, d'autres se révoltent ou se résignent, regardent l'heure tourner, lentement, cruellement. On guette le repas, les soins et puis on attend le billet pour l'ailleurs. L'hôpital sent l'éther, la soupe aux carottes, aux choux, aux poireaux, des odeurs d'urine, des bruits de tuyaux, de chauffage, des plaintes, des murmures. Nous parvient aussi la ritournelle des grelots des chevaux, dehors, dans l'autre univers, celui de la vraie vie.

J'apporte l'air froid de la rue, le suint des chevaux, des effluves de paille et de foin du marché, des paillettes de neige, des cristaux de glace sur ma crémone. Je propose des journaux, des revues, à ceux que les yeux et l'esprit guident encore. Je côtoie des malades couchés qui m'envient d'être jeune, de marcher, de manger, de sourire. Des malades assis qui n'en peuvent plus d'être humiliés sur une chaise percée, alors que les organes n'obéissent plus. Des grands-pères implorent un geste, une gentillesse, une présence, une main, un sourire. Mes collègues et moi faisons ce que nous pouvons, même et surtout pour les grincheux, les acariâtres, les dépressifs. Les sœurs disent qu'elles servent ainsi Notre Seigneur. Ces personnes alitées furent des pionnières, qui bâtirent le pays, construisirent maisons, villes, routes, écoles et hôpitaux. La guerre n'est que destruction de cela. Mon pays natal est une fabrique de morts, une usine à blessés, une manufacture qui brise les familles, qui nourrit les orphelinats. James, papa, sortez de l'enfer ! Rejoignez-nous ! Attention !

Lorsqu'une personne quitte l'hôpital pour rejoindre le père éternel, nous pleurons toutes. La chambre reste vide quelques jours, leur âme a imprégné les murs. Plus la personne souffre, plus nous l'entourons, l'accompagnons, les sœurs, les infirmières, les aides, comme moi.

Je ne suis pas une religieuse, la vie extérieure m'appelle, pleinement.

Ici je donne et je reçois encore plus de ces yeux qui dérivent, de ces mains qui implorent le réconfort, la paix, la santé, le repos. Corps usés, cœurs qui vacillent. La lumière s'accroche dans certains yeux, se niche de plus en plus profondément. Des sourires s'esquissent, malgré tout, sur les visages émaciés, et des mots rares, précieux, sont péniblement soufflés. Des mains tremblantes et veineuses se posent sur la nôtre pour dire : merci. Mon modeste salaire n'est rien comparé à cette communion, cette intelligence qui circule, cette bonté qui fond sur nous. Les tâches les plus humbles, les plus rebutantes, s'effacent devant la fraternité. Moi qui n'ai plus de grands-parents, ici je suis comblée. Nous sommes, mes compagnes et moi, les petites-filles de tout le monde. Donner la cuillère, changer les couches, c'est notre tâche. Je suis favorisée, je suis au chaud, combien de gens de mon âge travaillent dans le froid ? Nous sommes dans un univers feutré, les seuls bruits sont ceux des chariots, même les docteurs parlent à voix basse, tandis que des femmes s'épuisent dans des allumetteries où le soufre et le phosphore brûlent les poumons, où les machines les rendent sourdes. Les patrons exigent plus et encore plus. Les garçons s'éreintent en forêt à bûcher et charroyer. Après avoir sué à couper, scier et débarder, le froid les saisit jusqu'aux os. Les autres triment dans les usines, les scieries, les papeteries des barons du bois et de l'industrie, ceux qui possèdent belles et grandes résidences sur le chemin d'Aylmer. Attention aux machines, aux engins qui broient les doigts, les jambes, assourdissent et empestent. Je suis comme à l'école, celle des personnes âgées, tant chaque jour, j'apprends. J'apprends surtout que c'est maintenant que je dois vivre, aimer, danser et rire, jouer et m'amuser, demain il sera trop tard. Comme il me plaît de voir mes petits frères, de vrais Canadiens ceux-là, jouer au hockey dans la rue ou sur les patinoires, se prendre pour des champions ! Moi la petite Comtoise, jamais je n'aurais cru vivre cela et je pense souvent à Suzanne, mon amie, à Poilu, au chat, à notre maison de jadis à Apreval. J'ai des regrets, et je souffre encore du supplice de Renée, ma mère. Chaque lit de douleurs me reconduit vers elle, à son agonie. Le tétanos, ce mot est gravé en lettres de feu sur mon cœur, il me brûle et me dévore. Tout est là, même à l'autre bout du monde, nous transportons tout. Invisible le bagage des souvenirs pèse lourd. L'immigrant le sait, lui qui souvent s'interroge sur le sens du voyage. Je ne me plains pas.

J'aide Madeleine, je l'admire. Elle est ma seconde mère, si Parisienne et Provençale à la fois, si distinguée, si expansive aussi. Elle nous réunit, nous rassemble, comme une vraie mère. Elle et Ermance, notre compagne depuis longtemps, confectionnent les plus belles robes de la ville. Leurs doigts harmonisent tissus et étoffes précieuses. J'aurais pu prendre la relève, et moi aussi habiller les femmes des députés ou même l'épouse du Gouverneur général, comme le fait Madeleine. J'ai préféré l'hôpital, peut-être en mémoire de maman. Je suis comblée, un peu trop parfois ! Ici, il manque la jeunesse, la force. Ici, la vie s'en va, s'enfuit. La douleur creuse les corps étiolés, taraude les esprits qui pourtant n'implorent que la paix. Petit à petit, les lits avalent les corps de plus en plus menus. Souvent je regarde par la fenêtre, j'ai envie de m'envoler. Cette guerre nous enlise. Ce n'est pas l'hiver, c'est une cinquième saison, l'enfer. Les mois passent, mon cœur saigne toujours autant, comme aux derniers jours, sur le quai de la gare, James, Paul, sans cesse je vous revois dans ces trains qui vous emportent vers l'Est.

Je m'accroche à la vie, puise des forces partout, dans le souvenir de Renée, ici auprès de mes petits frères, de Madeleine, d'Ermance, mais parfois, le cœur est trop las. Seul le retour de ceux que nous aimons tant me redonnera le sourire. Je suis malade de la guerre. Je regarde le calendrier où stagnent les jours. Nous sommes piégés, prisonniers d'un marais de peines. James et Paul, je vous confie à la Providence. Combien de jours, de mois encore ?

Madeleine.

Où est Paul ? Comment va-t-il ? Pas de réponse. Madeleine pense toujours à lui. Tout évoque son souvenir, un cheveu, une photographie, ce que l'on faisait ensemble : parler, travailler, dormir, manger, se distraire. Un chemin, un lieu, une table où l'on s'asseyait, un arbre que l'on aimait, tout à coup nous voici au passé. On ferme les yeux, retient les larmes. L'absence de l'être cher rend le quotidien dérisoire. On cherche l'autre toujours, partout. Les ambitions, l'argent, les objets, les projets, les discours tout est vain, sauf l'essentiel : l'autre. On guette la moindre nouvelle. On revit les jours heureux, les heures sublimes. Somnambule en plein jour, figurant, automate, on s'accroche pour ne pas dériver. On est seule, naufragée, et autour, la vie indifférente continue. Travail, routine, discours, rien ne nous touche, l'autre, l'absent, est omniprésent.

Madeleine se dévoue pour la famille. Le travail n'atténue pas son tourment. Les enfants apportent leur bonne humeur, Madeleine leur sourit. La chatte se blottit sur ses genoux. Madeleine soupire en caressant les poils roux.

Louison est source d'inquiétudes. Elle tourne en rond. Elle parle de James et de son père. Peut-être sont-ils ensemble, se protègent-t-ils ? Pourquoi avoir quitté le Canada ? Paul, James, ils sont des milliers à avoir rejoint l'armée. Louison se couche. Le cœur saigne. Les tourments, l'angoisse, frappent la poitrine. Lorsqu'enfin le sommeil l'emporte, les cauchemars remontent, des visions sinistres. D'où peut venir l'aide, si ce n'est de la volonté, du fond de soi, là où se nichent la vie et l'espérance, la Providence, Dieu ? Impossible de vivre sans amour, sans espoir.

Madeleine, les enfants, Ermance, tant d'épouses, mères, pères, frères, sœurs attendent des nouvelles rassurantes, la paix. Que la guerre finisse ! Mais elle s'éternise.

De la guerre, Madeleine et Louison, Ermance et les enfants, n'en savent que ce que les journaux relatent. « Le moral des soldats est exemplaire. » Si des affrontements sont meurtriers, comme on peut le constater sur quelques photographies, «malgré la sévérité des combats, nos troupes ne flanchent pas. » Pourtant, ces joues creuses, ces yeux sombres, la souffrance qui marque les corps déjà amaigris, ne trompent personne.

Madeleine et Louison expliquent aux enfants ce qui se passe. Ermance les rassure et ajoute son expérience de vie. Les jours s'écoulent dans l'angoisse. Le présent est lourd. Espérer.

Les enfants, leur vie, leur constant besoin d'attention, leur joie innocente, c'est la vie qui continue. Pour les autres, pour soi, il faut aller jusqu'au bout du chemin, laisser le destin se dérouler.

– Il fait beau, disent les gens.

– Hélas ! Voilà ce que l'on voudrait répondre.

Le petit bonheur, on le refuse. L'absence de l'autre nous mine à chaque fraction de seconde et le monde va sa route, la Terre continue de tourner, les discours des politiciens éclosent en bulles vides, les commères poursuivent leur intarissable bavardage, les enfants jouent. Que font les chats ? Muets, ils méditent ; mi-terrestres, mi-d'ailleurs, ils ont des yeux d'étoiles. Survivre est leur lot. La chatte ronronne. La queue relevée, elle frôle les jambes de Louison.

– Ne m'oublie pas, lancent ses yeux.

C'est ainsi que la vie vous appelle, vous cherche, vous entoure. On répond sans élan ni conviction. On franchit les jours, malgré la douleur, malgré les heures, malgré nous.

– Mademoiselle, vous travaillez ici comme aide-infirmière depuis des années. L'hôpital est satisfait de vos services. Vous savez, mieux que d'autres, que nos soldats se dévouent dans les vieux pays.

– Où voulez-vous en venir ?

– Vous avez deviné. Vous êtes en santé, compétente. Le Canada a besoin de gens comme vous pour soigner nos soldats.

– Je dois aider ma famille. Mon père est déjà là-bas.

– C'est un énorme sacrifice. Vous avez l'expérience.

– Je ne suis pas infirmière.

– Justement, nous allons assurer une formation accélérée aux postulantes et, sur place, vous serez non seulement très utiles, mais vous y finirez vos études. Vous êtes exactement le type de personne que nous recherchons. Réfléchissez. Ce n'est qu'une première rencontre.

– J'ai promis à mon père de veiller sur notre famille, sur mes frères.

– Votre mère est là ? Votre salaire peut être déposé directement sur un compte pour elle.

– Ma présence ici est utile. J'en ai fait la promesse à mon père.

– Rien ne presse. Parlez-en chez vous.

– Et si je meurs là-bas !

– Les infirmières et les hôpitaux ne sont pas sur le front, vous serez dans une ville ou un village, s'il s'agit d'un poste médical temporaire, vous ne serez pas exposée comme nos braves soldats.

– Mais ici, nos malades ?

– Il y a du personnel et vous pouvez être remplacée. N'oubliez pas, non seulement vous aidez la patrie, mais aussi votre pays natal. J'ai appris que vous étiez d'origine française, pour nous c'est un atout considérable et c'est aussi pour cela que je suis ici aujourd'hui. Vous allez défendre vos deux pays ! Vous allez vous rendre utile là où le besoin se fait le plus sentir. En retour, vous recevrez une formation d'infirmière des armées – ce n'est pas rien – et un salaire.

– Si j'en reviens vivante !

– Réfléchissez, réfléchissez bien, Mademoiselle.

L'officier-recruteur quitta l'hôpital comme il était venu, discrètement, poliment, en saluant la mère supérieure.

Non ! C'était un non ferme. Chaque pas de Louison vers la maison de Hull frappait la neige en scandant non, non ! Elle avait promis à son père de soutenir la famille, surtout ses petits frères. Non, non ! Le bruit des bottes glissant sur la neige devint plus doux, il chuintait plutôt oui, oui. Une promesse est une promesse ! Sur le pont des Chaudières, c'est le visage de James qui s'imposa. Et si elle se rapprochait de lui ? Non, non ! Il est au front, elle serait dans une ville, ils n'auraient aucune occasion de se voir. Non ! Non ? Non ! Et la guerre finie, elle et son père pourraient se rendre à Apreval sur la tombe de Renée. Elle pourrait saluer Suzanne, l'amie d'enfance. Jamais elle n'aurait la chance de retourner en France. Non ! Non ! Elle n'en parlerait même pas ce soir à la maison. Non ! Non ! Deux hommes là-bas, c'est déjà beaucoup trop. Oui, mais ces blessés ? Des Canadiens qui souffrent pour la France ! Comment refuser l'appel ? Maintenant, elle comprend ce que Paul a ressenti. Non ! Non ! On ne revient pas là-dessus !

Comme le visage de Louison est un livre ouvert, Madeleine n'a pas tardé à l'interroger.

– Il y a quelque chose qui ne va pas, Louison ?

– Non !

– Au travail ? Tu es préoccupée.

– Euh !

– Dis-moi.

– Non !

– Louison, un autre malade en train de mourir ? C'est ça ?

– Non.

– Alors ?

– Rien.

– Des problèmes ?

– Madeleine, c'est compliqué.

– Vas-y ! C'est le temps, tes frères ne sont pas encore levés.

– Eh ! Bien ! Voilà…

Madeleine écoute en silence. Louison parle. Madeleine retient ses larmes. Encore la vie et ses virages, ses coups ; des décisions à prendre, rien de garanti, l'avenir sans cesse à forger. Se battre, recommencer à zéro, compter sur ses forces. Louison devant elle, une femme maintenant, ne pas la retenir, lui laisser déployer ses ailes, s'envoler, suivre l'air ascendant, ne pas penser à soi. Louison a toujours donné. Elle veut se rapprocher de James, Madeleine comprend cela, elle qui a cherché Paul, est allée jusqu'au Havre pour l'accompagner. Elle qui voyait le bateau voguer vers le Canada. De nouveau, elle est la femme sur le quai, les bras tendus vers Paul et Louison. Un départ sous la pluie, une immense déchirure, ensuite, ce long chemin pour retrouver Paul et vivre ensemble.

Louison a fini de parler.

Madeleine a envie de se lever, de serrer Louison dans ses bras, mais peut-être n'est-ce pas le moment. Louison n'est plus une enfant. Madeleine tend les mains, couvre celles de Louison.

– Je comprends, Louison, je comprends.

– Qu'en penses-tu ?

Madeleine regarde Louison, comment lui dire le fond de sa pensée, ne pas la blesser ?

– Pardonne-moi, Louison, mais si tu partais en France, est-ce que ce serait pour aider nos soldats ou pour te rapprocher de James ?

Louison sursaute. Son regard se pose vers la fenêtre, sort de la maison. C'est étouffant ici. Marcher, elle a besoin de bouger.

– Et si nous allions un peu dehors, veux-tu Louison ?

– Pourquoi pas ? Nous nous promenons rarement toutes les deux.

Chapitre 14

FOULARDS au vent, elles ondulent dans la neige. Les trottoirs de bois sont mal dégagés. La chaussée est parsemée de crottin, qu'importe, l'air fait du bien.

– Louison, je ne voulais pas te peiner. Fais ce que tu penses être le mieux pour toi.

– Je ne sais plus.

Pas un banc où s'asseoir, pas de square, de parc, rien.

– J'ai promis à papa de vous soutenir.

– Exact, mais tu n'avais pas cette offre. Elle n'est pas négligeable. Ce n'est pas que je veuille te pousser ailleurs, mais devenir infirmière, pourquoi pas ?

– Tu n'es par contre ?

– Louison, c'est ta vie, ta décision, peut-être ta chance.

– Tu serais plutôt pour ?

– Malgré mon attachement pour toi, oui ! Cela t'étonne ? Si je raisonne en fonction de moi, c'est non, en fonction de toi, c'est pourquoi pas ?

– Mais les enfants, qui s'en occupera ?

– Nous, Ermance et moi. Certains enfants d'ici, dans ces maisons, ont moins d'attention que tes petits frères. Nous pourrons nous débrouiller. Non, ce qui m'inquiète le plus, c'est la guerre.

– On me dit que je ne serai pas menacée.

– Il y a tant de maladies qui circulent, la tuberculose et d'autres, ces hôpitaux sont des pièges. Il faudra être prudente.

– Tu m'expédies déjà là-bas ?

– Louison, tu décideras, et toi seule.

Quelques semaines plus tard, Louison montait dans le train pour Québec via Montréal. Madeleine retint ses larmes le plus longtemps possible. Les deux femmes se serrèrent affectueusement. Louison rejoignit sa place.

Elles pleuraient.

Sur le quai de la gare, une femme seule tendait la main vers Louison.

Madeleine revoyait le bateau quitter Le Havre. La vie se répétait. Madeleine attendit que le train ne soit qu'un point noir, que son bruit s'efface, pour revenir vers la maison, les yeux en larmes et les épaules voûtées.

Chapitre 15

De Montréal à Québec, Louison ne prêta pas attention au paysage. Quelques heures à peine après leur arrivée à Québec, les soldats et le personnel médical embarquaient à bord du Triton. Le bateau quitta le port de Québec dans la soirée. Louison et ses collègues restèrent peu de temps sur le pont. Le vent glacé les poussa vers le petit salon des passagers. C'était un navire vétuste au système de chauffage rudimentaire aux incessants bruits de tuyaux et de machines.

La ville de Québec et le Cap Diamant disparurent. L'île d'Orléans, douce et sombre, glissa dans la nuit. Tant que le Triton navigua dans les eaux du golfe, les soldats déambulèrent dans les couloirs et fanfaronnèrent dans le salon. La présence des jeunes filles attisait les regards de certains. À la sortie du golfe, l'océan lâcha sa furie. À part quelques téméraires, on ne rencontra plus grand monde dans les coursives. Les pioupious se penchaient sur les cuvettes et les seaux, que le roulis et le tangage renvoyaient parfois sur leurs visages.

Le Triton plongeait, la vague roulait en dessous et audessus, éclatait sur le bastingage, bouillonnait le long des hublots. Le vent sifflait, pleurait, hurlait. Il y eut trois jours et trois nuits de tempête. Le visage des soldats avait maintenant la couleur verte de leur uniforme mal ajusté, ou la blancheur bleutée des sinistrés. Au terme du troisième jour, les flots se calmèrent un peu. Le contingent reprit couleurs et gouaille. Afin d'accélérer leur formation, on remit aux aidesinfirmières des ouvrages à étudier, en anglais.

Louison et ses compagnes furent l'objet de plaisanteries et d'avances de la part des soldats comme des matelots.

Tous se quittèrent à Southampton, heureux de ne pas avoir été attaqués durant la traversée. Ils débarquèrent en chantant, sous les applaudissements de la foule. La troupe fut dirigée vers Salisbury.

Le personnel médical – des médecins, une poignée d'infirmières et d'aides-infirmières, des brancardiers – fut hébergé dans un camp militaire où on leur enseigna les consignes de guerre, les principaux types d'hospitalisation, les actions en cas d'attaque ennemie et le comportement à adopter si l'on était prisonnier.

Trois jours plus tard, dans le plus grand secret, l'équipe médicale embarqua dans un navire à destination de la France. La traversée de la Manche se fit de nuit, tous feux éteints et à vitesse maximale. Quelques heures plus tard, les passagers apprirent que l'on accosterait à Dieppe. Il fallut attendre l'aube pour que le bateau s'arrime au quai.

Louison retrouva la terre de France, églises, maisons de pierres, pas de neige ici non plus, comme en Angleterre, des chevaux, quelques chiens et chats, les cloches de Dieppe qui sonnent, la France des boulangeries, épiceries, bistrots, marins et ouvriers.

Louison pleurait. Tant d'années avaient passé depuis leur départ du Havre, tant d'épreuves et de joie aussi. Elle était de retour sur la terre natale, où se trouvaient deux hommes qui lui étaient chers, et là-bas en Comté, des amis.

Louison était la seule d'origine française dans le petit groupe. Elle s'étonnait de l'émerveillement de ses collègues, devant la beauté des lieux et de cette ressemblance relative de Dieppe avec la ville de Québec.

Ils montèrent dans un camion bâché. La contemplation s'arrêta net. La toile baissée, le camion partit.

– Nous allons vers le nord, annonça le chauffeur par la fenêtre arrière.

– Combien de temps ? demanda une infirmière.

– Cela dépend, si la route est bonne, s'il n'y a aucune menace. Maintenant, l'ennemi se sert des avions et bombarde. Londres même a été bombardé ! On ne prend aucun risque.

Le camion s'arrêta plusieurs fois, changea de direction, revint sur sa route. Quatre heures plus tard, harassés ils arrivèrent à destination.

– Opale-sur-Mer ! Déclara le chauffeur, nous sommes dans le port d'Opale-sur-Mer, non loin des lignes, et voici l'hôpital.

Le chauffeur arrêta le moteur, ouvrit la bâche. Un ciel pommelé de nuages fluides orna le carré de l'ouverture, c'était la France !

Louison n'eut pas le temps d'admirer, on tira les valises salies, on sauta du camion et ils découvrirent un grand bâtiment en pierre, une entrée vaste, des fenêtres blanches. L'air vif était imprégné de sel et d'iode. Louison en emplit ses poumons, cela changeait des huiles et fumées du bateau, de la poussière du camion.

Le directeur les accueillit. Il parlait anglais avec un fort accent. Il était inspiré et s'enflamma dans un discours patriotique et fraternel.

Enfin, on leur assigna une partie du dortoir. Chaque personne disposait d'une armoire, d'un lit sans table de nuit. Une demi-heure plus tard commença la visite de l'hôpital. Des blouses bleues, le calot britannique, distinguèrent l'équipe canadienne du reste du personnel.

Les soldats canadiens blessés n'avaient aucun privilège. On tentait seulement de les regrouper dans une section. Parfois, les soins ou le matériel exigeaient que le blessé canadien soit plus près d'une salle que d'une autre.

Souvent, Louison regardait par les fenêtres : d'un côté, la ville et ses clochers ; de l'autre, la mer immense et une plage qui semblait infinie. Lorsque le soleil jouait sur les vagues, que la plage étalait son sable brillant, on oubliait les malades, les blessés, il y avait un air de vacances, de liberté.

Des murs froids, de longs couloirs qu'arpentaient des invalides, des amputés ; de grandes salles, de hauts plafonds, des fenêtres où sifflait le vent marin, glaçant les draps ; des salles ensoleillées, d'autres au nord, froides et humides ; un grand réfectoire propre et gelé, Louison parcourait cet hôpital ancré au bord de la mer comme un vieux paquebot d'une croisière malheureuse.

Durant le repas, elle ne put s'empêcher d'apprécier le pain. Elle retrouva le goût du vrai pain, la croûte, la pâte juste enflée, aux crevasses et appétissantes stalactites. Des carafes d'eau et des litres de rouge trônaient sur les tables. L'accent n'était pas celui de la Comté, mais il sentait bon la France. Elle regarda autour d'elle. La présence de ses collègues canadiennes la rassura, elle était bien Canadienne elle aussi, et Française comme les servantes, les femmes de ménage, d'autres infirmières, des médecins, dont le médecin major et le directeur. Elle était la seule ainsi, cela lui parut étrange. On lui demandait d'où venait son accent, ni vraiment français, ni vraiment canadien. Certaines Françaises l'imitaient en souriant, l'enviaient d'être d'ici et d'ailleurs, de venir de ce pays neuf qui n'oubliait pas la mère patrie.

Ces joies furent des baumes qui l'aidèrent à soigner les blessures qu'elle voyait chaque jour. Son métier d'infirmière, elle l'apprit vite en salle d'urgence, en côtoyant et partageant la souffrance des autres, en assistant les médecins et les chirurgiens dans leurs prouesses.

Plus les jours passaient, les semaines et les mois, plus elle s'inquiétait pour son père et pour James. Ce que les soldats qui revenaient du front racontaient, hantait les nuits de Louison. La vue de leurs corps était parfois insoutenable, des « gueules cassées », comme on les appelait. Les chirurgiens, les médecins, dépensaient énergie et savoir pour redonner forme humaine à ces malheureux charcutés par les obus, dévorés par les maladies, minés par l'horreur. Dans certains cas, c'était trop tard, impossible, les cris, les souffrances, le supplice étaient trop grands. La folie, les forces qui lâchent, certains soldats sombraient et franchissaient le seuil de la mort, l'appelaient comme une délivrance, tels des animaux tenaillés dans des pièges.

À chaque camion qui entrait dans la cour de l'hôpital, Louison s'empressait, espérant ne pas reconnaître parmi les éclopés l'être cher. Et aussitôt, rassurée, elle se dévouait pour les souffrants, que l'on appelait « Les braves Canadiens ».

Il en arrivait chaque jour et il leur fallait parfois des mois pour reprendre un peu de vie. Les plus vaillants réconfortaient les plus faibles. Il n'y avait plus de grades, juste du respect, de la compassion, du partage.

Heureusement, la mer ourlait ses ondes à l'infini. Parfois cependant, les flots se déchaînaient. Le vent s'acharnait contre les fenêtres, le toit, les gouttières. Le vent criait pour que la guerre finisse.

À quelques heures d'ici, les soldats devaient « tenir jusqu'au bout », « ne pas lâcher, ne pas reculer. » Ils mouraient par milliers.

On entendit, on répéta discrètement, qu'il y eut des mutineries dans l'armée française, des divisions qui désobéirent, refusèrent les combats. On ajouta, mais allez donc vérifier, que même des Canadiens passèrent en cour martiale et tombèrent à l'aube sous les balles des pelotons d'exécution. Cela remuait les esprits, se faire tuer par les siens, parce que l'on n'en peut plus de l'enfer, parce que tant qu'à mourir, autant se révolter et dire à ceux qui vous envoient à la mort qu'ils y aillent eux-mêmes ! Pourquoi nous avoir forcés, nous avoir arrachés à nos femmes, enfants, villages, pour crever dans la boue ?

Pour Louison, la saveur du pain et le goût du vin ne durèrent pas longtemps. Ces mutineries étaient le signe que les hommes vivaient un calvaire, et dire que deux des siens s'étaient portés volontaires ! Ils avaient même devancé les ordres de mobilisation ! N'était-ce pas pure folie ? Suicide ? Savaient-ils dans quoi ils s'engageaient ?

– Faites que les miens ne soient pas blessés, pas souffrants et surtout pas morts ! Mon Dieu, protégez-les ! Amen !

Chapitre 16

Lettre à la famille.

À toute la famille, j'envoie mes salutations. Me voici à Opale-sur-Mer, où nous soulageons les blessés canadiens entre autres, mais aussi français. Tout se déroule bien pour moi. Je crois que nous sommes utiles ici. De la ville, je n'ai pas encore découvert toutes les beautés. Mes compagnes et moi, nous avons droit à quelques moments de détente. Quand nous le pouvons, s'il ne fait pas trop froid, nous nous promenons sur la plage et je regarde toujours vers l'ouest, vers vous, vers le Canada. Je n'ai pas de nouvelles de nos hommes. Paul, James, je ne sais où ils sont, ni dans quel état. Tout ici est secret militaire et peut-être cette lettre ne vous parviendra-t-elle jamais. La censure ou les combats en mer l'interrompront. Si vous recevez des lettres pour moi, faites-les-moi suivre.

La France et les troupes alliées résistent avec acharnement aux assaillants. De notre côté, à l'hôpital, nous remplissons notre mission. Je ne peux en dire plus.

Heureusement, il y a la mer et une longue plage. C'est une chance inouïe pour mes compagnes et pour moi-même que de pouvoir marcher sur un sable aussi fin, d'entendre les oiseaux, d'admirer leur vol libre et souverain. Le vent s'enrage, puis s'adoucit en brise, les nuages caressent les dunes et les hautes herbes marines. Les compagnes m'appellent l'Indienne, ou Louison des bois, quand je leur parle de nos forêts, de nos lacs. Elles qui viennent de Québec, Montréal ou Toronto, elles me trouvent sauvageonne. Je veux toujours sortir, marcher, humer le vent chargé de sel. Le jeu de cartes ne me tente pas du tout. J'ai trop d'énergie à dépenser. Il me manque vous, mes petits frères, papa, James, toute la famille, Ermance, et nos forêts et nos lacs. Oui, je suis Louison des bois. Ne vous inquiétez pas pour moi. Lorsque la guerre sera finie, j'essaierai de me rendre à Apreval. Si seulement je pouvais y être avec papa et James, quel rêve ! Je pense à eux tout le temps, comme je pense à vous en espérant que vous allez bien et que la paix est avec vous.

Louison, qui vous embrasse et qui vous aime.

Quelques jours plus tard, Madeleine reçut cette lettre de Paul :

Chère Madeleine,

Vous m'apprenez que Louison est en France, à Opale-sur- Mer. Je suis surpris. Je ne peux vous indiquer où je suis. Nous maintenons nos positions. Nous avons même réussi à Vimy à déloger les Prussiens. Une belle victoire canadienne, et il y en aura d'autres ! Nos conditions ne sont pas idéales, mais je ne me plains pas. La troupe a le moral et nous vaincrons. Le plus tôt sera le mieux.

Gardez-vous en bonne santé, c'est l'essentiel.

Votre Paul, qui vous embrasse tous
et vous salue avec tendresse

Paul écrit comme dans les journaux, constate Madeleine. «Tout va bien, pas de souci à se faire. Nos troupes avancent, la guerre va finir… » Il est en vie, c'est tout ce que Madeleine veut savoir. Comment alléger sa souffrance ? Des lettres ? Madeleine en écrit souvent, certaines s'égarent, sont-elles interceptées ? Détruites ? Les bateaux ont-ils été coulés ? Où est Paul exactement ? Cette ligne de combat s'étend sur un si vaste territoire. La prise d'un village, d'une ferme, par nos troupes, s'étale dans les journaux. On parle de blessés, on mentionne parfois des morts, mais sans précisions. Quelques familles ont reçu des lettres officielles les avisant de la disparition au combat de l'un des leurs, sans qu'on ait pu récupérer le corps, abandonné sur le champ d'honneur ou enterré dans une fosse commune. Les termes sont plus polis, plus voilés, mais c'est de cela qu'il s'agit. D'autres ont appris que leur défunt repose dans un cimetière militaire en France ou que l'on est sans nouvelles d'un tel, blessé ? Tué ? Prisonnier ? Pour le moment, il est «porté disparu ».

On sait, dans les villes et villages canadiens, qui est au front, qui est victime ou manquant ; et d'épouse, un triste jour, on passe à veuve. Du chagrin, on sombre dans la douleur ; d'enfant, on devient orphelin, juste après avoir reçu une lettre à en-tête du ministère.

Le champ d'honneur, les héros, les valeureux combattants, derrière ce vocabulaire, certains ne lisent pas la même chose dans le journal. Ils découvrent, entre les lignes, que les expressions « après de rudes combats », « féroce bataille », « lutte acharnée », « résistance opiniâtre des nôtres », « sous une pluie d'obus », « bravant les tirs de mitrailleuses ennemies », se cachent des flots de sang, des agonies, blessures insupportables, amputations, cauchemars, des dégoûts de la vie. Devant les veuves et les orphelins, ils se taisent, ceux qui savent lire. Ils sont muets devant celles qui attendent des réponses de leur mari, de leur amoureux. Derrière les discours officiels, patriotiques, emphatiques, ils voient des soldats écrasés dans la boue, croupissant dans les trous d'obus, les grenades qui éclatent, les balles qui sifflent. Ils voient les baïonnettes et les ventres ouverts. Ils laissent les journaux expliquer les stratégies, les positions des régiments et des divisions canadiennes face aux troupes du Kronprinz, ces ennemis qui affluent de partout vers les entonnoirs insatiables, ces gouffres où l'humanité se précipite. Ceux qui lisent vraiment devinent les cratères démentiels des obus. Ils savent que l'on meurt autant d'un côté que de l'autre. Il n'y a plus de fin, la raison chancelle. Où est l'issue ? Peut-être dans l'entrée en guerre des États-Unis, de leur matériel, de leurs hommes, tandis que l'Europe s'épuise.

Il ne fait pas bon porter un nom à consonance germanique de nos jours au Canada. Pour un peu, on vous soupçonnerait d'intelligence avec l'ennemi, on vous surveillerait, et pourquoi pas, pour contrer tout élan vers l'ennemi, ne pas vous interner ?

Les mêmes qui lisent entre les lignes s'inquiètent pour leurs voisins, leurs amis. On les appelle Ukrainiens, même s'ils ne viennent pas d'Ukraine, Autrichiens, Austro-Hongrois, peu importe, qu'ils soient de Bukovine ou d'ailleurs, des camps de concentration, des stations d'accueil, sont construits pour eux. Pour les autres, on impose des papiers spéciaux, l'obligation de se rendre régulièrement auprès des autorités policières, et on complète le tout de vexations et de tracasseries. On ratisse large, Austro-Hongrois, Polonais, Italiens, Bulgares, Croates, Turcs, Serbes, Hongrois, Russes, Roumains, et les Juifs, sont soumis à la loi des mesures de guerre de 1914. Les autorités éloignent les citoyens venus de l'Empire germanique, personne ne bronche.

Ainsi fut fait. Des innocents subirent l'infamie, la privation de leurs droits, la réprobation pour être nés dans des pays que l'on combat. Ils vécurent loin, dans le froid, dans des conditions rudimentaires, dans la chaleur et les moustiques, à attendre la fin de la guerre, à attendre qu'on leur explique pourquoi ils étaient dans ces camps, ce qu'on leur reprochait.

Chapitre 17

PAUL.

Un jour ici, un jour là, marche et crève. Nous portons des bottes anglaises, de piètre qualité comparée aux chaussures que nous avions reçues au Canada. Seuls les officiers furent autorisés à garder les leurs. Je les envie. L'eau coule sur nous, sous nous, en nous. Nous pataugeons dans la boue.

Les bombardements fauchent le compagnon.

Les rats finissent le cadavre que l'on n'a pas le temps d'enterrer, qui nous servait de protection. La chaux que nous répandons n'efface pas les pestilences. Nous respirons la mort et ses puanteurs.

On blasphème, cela m'arrive aussi.

Dix mois sur la même ligne, à croupir dans le froid, une eau infecte, une nourriture glacée, et des poux.

Écrire, à l'abri d'une tôle, avec un crayon et les mains par le gel durcies :

«Tout va bien. Je dirais même que je suis gâté. Nous dormons sur de la paille, dans une ferme pas loin du ravitaillement. L'ennemi est loin. Nous tenons. »

L'ennemi, nous le voyons. Parfois, la nuit, nous nous rencontrons à la même source, nous nous ignorons, chacun de son côté. Elle est belle la civilisation ! Le jour est pire que la nuit. Les tirs, les ripostes, un obus qui détruit tout, des cris, des hurlements, des pleurs, des pioupious qui réclament leurs mères.

On se censure, cela devient :

« Je me suis fait des copains, on boit même du pinard, et on joue aux cartes. »

Cela arrive, mais ce que l'on cherche c'est le soleil, faire sécher nos manteaux lourds de boue, nos maillots de corps imprégnés de sueur et de froid, nos chaussettes trouées, nos chaussures éventrées. On récupère ce que l'on peut sur les cadavres, les chaussures d'abord, les vêtements ensuite, et à manger. Le reste, on laisse, on n'est pas des voleurs, on survit. On ? Nous sommes un long serpent qui s'étire face à un autre serpent qui ondule comme nous dans ses trous. On finit par être un seul corps, des maillons d'une chaîne implacable. Lorsqu'un élément cède, il est remplacé et nous sommes ressoudés, par la nécessité, obéissants. Celui qui se rebelle est passé par les armes. Un on anonyme, qui piétine, attaque, est attaqué, détruit, remplacé par un autre on, identique des deux côtés, séparés par des champs troués, des arbres cassés, des terrains bombardés. Les oiseaux évitent l'horrible topographie. Pour les arbres, il n'y a plus de saisons, ils sont morts, leurs branches trop mouillées ne chauffent même plus nos popotes. Nous, on, des régiments où il y a des milliers de Paul, de James, et quelques infirmières et bonnes sœurs qui tentent de soulager d'immenses blessures. Les médecins rapiècent des visages défoncés auxquels la guerre n'a pu, malgré son carnage, enlever la vie.

Les généraux déplacent les hommes. Stratégie, tragédie, chaque côté fait bouger le serpent. On avance, recule, cède, meurt. Toujours on. On qui évite de penser, mais est-ce possible ? Il y a avant et maintenant. Demain ? Trop de cris, de douleurs, d'atrocités. Pas de tristesse, c'est plus intense, on se tortille dans une tombe ouverte, surpris d'être vivants, étonnés du jour qui pointe, de sentir son corps bouger, de voir des nuages. Le sommeil est une veille, un voyage entre deux rivages, la vie et la mort, parmi les râles des blessés. Ni Noël, ni jour de l'an, parfois une rare permission, le temps de se laver. Cette courte pause à l'arrière, était trop belle, irréelle.

Madeleine.
Des lettres, toujours le même format, à peu près les mêmes mots, l'essentiel : « Je t'aime, je vous aime, je suis en vie… Paul. » Les noms de lieux sont vagues, «Vers… Aux environs de… Pas loin de… »

Lorsque le courrier n'arrive pas, l'angoisse me ronge. Je me replie, je ne dois pas révéler mes peurs. Le facteur passera-t-il ? Rien dans la boîte à lettres. Prier, comme une enfant. S'en remettre à Notre-Dame de la Garde, la reine de Marseille et des cieux, celle que j'implorais durant ma triste enfance provençale. Prier Notre-Dame de Paris, que je suppliais dans mon travail à Paris, lorsque mon père dérivait, cherchant à oublier, qui, quoi ? Père, un être trop sensible, trop intelligent, rejeté par la société. L'alcool, sa seule issue, personne à qui parler. Plus je vieillis, plus je me rapproche de lui. Si j'avais pu l'aider, si j'avais su l'aider ! Trop tard ! Que fallait-il faire ? Et ma mère qui prétend ne pas être ma vraie mère ! Les scènes reviennent. Un poivrot de Paris qui porte la veste de mon père et qui n'est pas mon père ! Qui conte que mon père a été transporté à la morgue, comme tant d'autres ! Paris, Ville lumière, spectacle et misère. Combien de fois j'ai refait le voyage vers le village dans l'arrière-pays d'Hyères, le mas, les roches brûlées, les buissons secs, la lavande, le romarin, la façade de la ferme, et cette femme qui ne me reconnaît pas. Pourtant, mon enfance est accrochée aux pierres, aux cailloux, à la terre assoiffée, aux murets séculaires, aux chèvres amicales, à la mer lointaine, au ciel, à l'azur.

Des heures durent des éternités, des voyages n'en finissent jamais, des souvenirs vous broient le cœur, cela arrive par souffles oppressants, et l'on cherche la main, la force de l'autre, de Paul. Peut-être se bat-il en ce moment, ou croupit-il dans une tranchée.

Madeleine caresse la feuille brune qui vient de la guerre. Madeleine regarde la neige qui follement navigue et se plaque sur la vitre.

Il y eut les printemps sans joie, les étés d'attente, les automnes plus sombres que jamais et des hivers, majestueusement étalés dans la froidure, la gelure, la meurtrissure. Il y eut, heureusement, ces lettres qui surgirent, rassurantes, le lien avec la vie, le mince cordon.

Paul signale qu'il reçoit parfois les lettres de sa bienaimée, que les enfants doivent aider les grands, qu'il embrasse tout le monde et qu'il ne va pas tarder à rentrer. Des mois qu'il écrit cela. L'espoir demeure. Madeleine attend.

Chère Madeleine,

Tout va bien. J'espère qu'il en est de même pour vous. Nous sommes à l'abri. Rassure-toi, nos vies ne sont pas exposées. Aujourd'hui, j'ai même eu la joie de rencontrer des anciens des chantiers avec qui je travaillais dans l'Outaouais. Incroyable ! Ils font partie du Corps forestier canadien. Figure-toi qu'il y a maintenant une scierie canadienne à La Joux ! J'ai ainsi eu des nouvelles du coin de feu mon père ! Comme j'aurais aimé être dans ce groupe de Canadiens forestiers ! Imagine, au pays de mes parents, avec des compagnons de l'Outaouais ! Et loin des zones de combat, quoique nous n'y sommes pas souvent. Ces gaillards sont bien nourris, c'est la vie au grand air. Note que nous sommes comblés de ce côté-là, nous aussi. On a parlé du temps du chantier en forêt. Ça fait plaisir. Ils livraient le bois pour les baraques, les charpentes, pour les autres installations, je ne peux en dire plus. Tu vois, j'ai eu de la belle visite, qui m'a fait chaud au cœur. Je ne suis vraiment pas à plaindre ! Prenez grand soin de vous. Je vous aime.

Paul

C'était un matin comme les autres dans les Flandres. Des squelettes d'arbres surmontaient des trous d'obus pleins d'eau. La brume s'effilochait sur les barbelés. La terre piétinée ressemblait à une gigantesque taupinière nauséabonde. Des hommes, aussi sombres que la contrée, faisaient les cent pas, les mille pas, les millionièmes pas dans les tranchées cloaques, les boyaux étroits, les tunnels putrides. Parfois, le ciel se dégageait, le soleil apparaissait et les hommes, un à un, cherchaient les rayons comme des enfants affamés. Ils osaient retirer leurs casques. On découvrait leur tignasse crasseuse. Sur les barbes sales se lisait la peine des jours et des nuits. Leurs yeux de bêtes effrayées racontaient la terreur et les scènes infernales. L'été, le soleil cuisait et l'on se dépouillait des capotes lourdes de glaise et d'eau. En juillet, la boue se transformait en poussière. Entre les lignes de combat, l'herbe tentait de pousser, en vain, elle était aussitôt piétinée. Il n'y avait ici aucun espace pour la vie. Les trous d'obus gardaient encore de l'eau, infecte, malheur à celui qui s'en abreuvait.

Ce fut, après de lourds combats qui semèrent la déroute parmi les troupes alliées, ce fut à cet instant qu'il apparut. Paul et ses compagnons se repliaient, en panique, vers les tranchées ; au moment où ils reprenaient leur souffle, alors que les unités tentaient de se reformer, c'est là qu'il arriva. Paul enleva son casque, se gratta la tête. Paul n'était pas certain. Cette barbe grisâtre, ces cheveux sales, l'uniforme français, il connaissait ce soldat. Paul et lui se dévisageaient. Au début, ce fut de la méfiance, comme quand deux animaux se toisent.

– Qu'est-ce qu'il me veut celui-là ? Je ne lui ai rien fait, semblaient-ils se dire.

Puis, il y eut des yeux incrédules.

– Non, c'est impossible ! J'ai la berlue ! murmura Paul.

Un sourire s'esquissa, auquel Paul répondit et l'on entendit :

– Vingt dieux ! Si c'est pas vrai ! L'Paul ! Vingt noms ! Mais c'est pas vrai !

– André Boilat ! Qu'est-ce que tu fous ici ? Hein ?

– L'Paul ! L'Paul ! Ah ben ça alors ! Je suis au Canada, où je suis mort ? Qu'est-ce que je fiche au Canada ?

Les autres soldats observaient ces deux combattants qui se serraient dans les bras l'un de l'autre et qui rigolaient.

– Je ne te reconnaissais pas l'Paul, cela fait si longtemps !

– En plus avec mon uniforme canadien !

– Oh ! Dis donc, on vient de prendre une de ces raclées ! Notre division est à vau-l'eau. Je ne sais même pas où sont mes supérieurs ! Mais dis donc, comment ça se fait que je me retrouve ainsi dans ton régiment canadien ? Tu parles d'une revoyure !

– As-tu des nouvelles de ta femme, de ta fille Suzanne, d'Apreval ?

– Tout va bien, Paul. Tout va bien. Comme Verdun tient bon, eux ne sont pas menacés. Et les tiens ? Louison, Madeleine ?

– Jusqu'à présent, pas de problème. Pour être loin, elles sont loin. Et on a eu deux fils, Madeleine et moi, des jumeaux, Benjamin et Nicolas.

– On t'a écrit plusieurs fois au Canada. Les lettres ont dû se perdre.

– Les nôtres aussi, dommage. Quel bonheur de te voir Boilat !

Des coups de fusil, un obus qui éclata, les ramenèrent à la réalité.

– Tu te rends compte ! Mais quand et comment, cela vat- il finir ?

Un ordre chemina à travers les tranchées : « Pour la nuit, tous les soldats restent de faction et à leurs positions. Les divisions seront reformées à l'aube. Obéissance au supérieur immédiat. »

– Cela veut dire que tu réintégreras ta division demain, Boilat, cela nous donne du temps pour se parler.

– Comment cela se passe au Canada ?

– Pas toujours facile.

– Tu ne regrettes pas, au moins ? Je me souviens de votre départ, il m'a déchiré le cœur.

– Nous aussi.

– Tu sais, Suzanne, qui est grande maintenant, n'a pas oublié son amie. On parle souvent de vous.

– Nous aussi. On vous regrette tant !

– Pas facile, que tu disais ?

– On ne devient pas Canadien du jour au lendemain. Il faut apprendre le pays et chaque jour on est surpris, mais finalement, entre nous, les gens d'ici ou d'ailleurs se ressemblent. Regarde cette horreur devant nous, qui l'eût cru ?

– Au moins, tu ne dois pas avoir aussi froid que nous, tu es habitué.

– Au Canada, c'est plus sec, quoique la région où nous habitons, près d'Ottawa, est humide, mais pas comme ici. Dismoi, comment va notre si gentille voisine, la Flavie ?

– Toujours en vie ! Paul, elle va devenir centenaire ! C'est l'infirmière d'Apreval, sa mémoire aussi. Flavie a encore ses plantes médicinales, ses onguents, ses pommades maison et son sourire ! C'était votre voisine, c'est la nôtre. Elle vit même chez nous ! Votre maison, la nôtre maintenant, est toujours pareille, nous en prenons grand soin.

– Tant mieux ! Rien ne change au village ?

– Pas grand-chose. J'enseigne, enfin j'enseignais. Ma femme a été autorisée à prendre mon poste. Elle fait très bien mon boulot. Je n'en reviens pas, Paul ! Tu te rends compte, nous sommes des milliers de soldats sur des centaines et des centaines de kilomètres et nous nous rencontrons !

– C'est pas croyable ! La Saône, parle-moi d'elle ! Est-elle toujours aussi belle ? C'était mon horizon, ma ligne de fuite.

– Ah ! La Saône, c'est notre trésor à Apreval. Les péniches vont et viennent, enfin j'espère, malgré la guerre. La Saône, avec ses roseaux, les barques, les peupliers. L'été, elle est froide cette eau, il y a des remous, des courants étranges, tu sais ça mieux que moi !

– La Saône, elle me manque. Heureusement, il y a une très grande Saône chez nous, l'Outaouais. Tu te rends compte, Boilat, on se tutoie. André ! Je ne t'avais jamais appelé par ton prénom ! Pour moi, tu étais Monsieur l'instituteur.

– Ici, Paul, on est tous au raz du sol.

– Parfois en dessous !

– C'est drôle Paul, à certains moments, ton accent change. Tu es comtois, mais franchement comtois et subitement tu es canadien.

– Ce n'est pas contrôlable. Pour tout le monde, nous avons maintenant une intonation particulière. Au Canada, on me demande souvent d'où je viens, comme si je débarquais du bateau. Avec toi, c'est tout le village qui me rejoint. Un mirage, Boilat devant moi !

Ils avalent la même soupe froide où nagent des rutabagas durs comme des cailloux. Il y eut la même ration de pinard et les quignons de pain que la plupart coupaient en deux pour les heures où l'estomac criait famine.

Malgré leur épuisement, Paul et André se portèrent volontaires comme sentinelles de nuit, cela leur permettrait de bavarder à voix basse. Demain, Boilat regagnerait sa division, et qui sait quand ils se reverraient ?

La nuit s'affala sur la contrée. Une nuit opaque, silencieuse, pas de vent, du froid, pour vous piquer et maintenir la troupe en demi-sommeil. Les deux amis traversèrent la nuit en confidences et souvenirs murmurés face à l'ennemi.

– As-tu peur de la mort, Paul ?

– Je crois que oui. Au début, non. Maintenant, je ne veux pas finir ici. Je rêve de revoir la famille. Tant qu'à mourir que ce soit au bord de l'eau, mais pas celle d'un trou d'obus.

– Alors, tu n'as pas peur de la mort, mais de la mort ici.

– Exact, toi ?

– Au début, j'étais brave. Après ce que j'ai vu, souvent je tremble. Mourir au village, entouré des miens, sans souffrir, après tout, il faut l'accepter, mais ici, non ! Ici, c'est l'enfer. Je suis d'accord avec toi. Pourquoi t'es venu, Paul, t'aurais pu, au Canada, échapper à la guerre ?

– Te voir ici, savoir que toi tu te bats, pour le même pays que moi, toi qui as aussi femme et enfant, et moi je serais resté au Canada ? Non, cela me confirme que j'ai bien fait, mais c'était pure folie.

– Moi, je n'avais pas le choix !

– Et si tu l'avais eu ?

– Si j'avais vécu au Canada comme toi, je ne sais pas. Vivement la fin de la guerre !

– Tu as raison André, on se demande quand elle va se terminer.

– On dit que les Américains vont se joindre à nous, qu'ils ont des troupes jeunes et nombreuses et du matériel. Faut y croire !

– Parfois, je désespère. Si seulement la guerre pouvait cesser ! Avant de retourner au Canada, j'aimerais tant vous revoir tous en bonne santé à Apreval. Oublier cette apocalypse.

– Espérons, Paul, espérons. Prions.

L'aube arriva trop vite pour les deux amis. Heureusement, apparut un ciel de mer, un ciel de Flandre et des nuages qui joyeusement traçaient leurs routes comme des ballons d'enfants. La troupe se réveilla dans le bruit habituel des popotes qui tentaient de faire bouillir une lavasse que l'on ne pouvait qualifier de café.

André salua Paul longuement. Deux Comtois sur la ligne de front, là-bas en Flandre, se quittaient tristement. L'instituteur se retourna vers son copain, il fit un signe d'au revoir. Paul se demanda s'il s'agissait d'un adieu. Qui des deux survivrait ? Il imagina une fête à Apreval. Ce serait en été, les deux familles seraient réunies et après un bon repas on se promènerait au bord de la Saône. Si seulement.

– Espérons, Paul, espérons, avait dit Boilat.

Chapitre 18

PAUL.

Il s'appelait James Cleland Richardson, un jeune Canadien heureux de vivre, fier de servir son pays. Il avait emporté sa cornemuse dans les tranchées. Les jours de brume, sa musique nous emmenait ailleurs. De la boue, montaient des airs guillerets avec ce fond mélancolique qui vous envoûte. Il y avait de l'Écosse, de l'Irlande, de la Bretagne qui flottaient sur la plaine de Flandre. Ce jour-là, nous attaquions une position allemande bien défendue par des barbelés. Le moral de notre troupe faiblissait, tant d'assauts se terminaient par des hécatombes ! En ce 8 octobre 1916, je m'en souviendrai toujours, nous avions pour objectif le village de Le Sars. Nous sommes montés à l'attaque à 4 h 50 du matin, sous la pluie. Nous avancions en vagues vers l'ennemi. Au début, la marche s'effectua sans trop d'embûches, puis nous nous heurtâmes aux barbelés et nos troupes furent soumises aux tirs allemands. Le major Lynch fut mortellement blessé. C'est alors que Jimmy demanda au sergent major Mackie s'il pouvait jouer de la cornemuse. Nous étions en très mauvaise posture, avec ces barbelés et ces tirs incessants. Jimmy, natif d'Écosse et originaire de Colombie- Britannique, surgit de la tranchée et, au vu de tous, narguant l'ennemi, joua de sa cornemuse. J'en frissonne encore. Jimmy nous entraîna, nous souleva ! Sa musique, sa force de caractère, son allure majestueuse, au-dessus du danger, nous exaltèrent. Aussitôt, nous nous ruâmes sur l'ennemi et le délogeâmes.

Personne n'oubliera le cornemuseur et sa musique est gravée dans nos cœurs. Jimmy ramena un compagnon blessé et ensuite des prisonniers. Alors que nous étions repliés, Jimmy retourna chercher sa cornemuse laissée sur le champ de bataille. Pauvre Jimmy, pauvres parents, il perdit la vie.

Jimmy nous avait sortis du guêpier des barbelés et de l'avalanche meurtrière. Sa dignité en jouant de la cornemuse, nous inspira de la bravoure. Sans lui, où serions-nous ?

On te pleure, Jimmy.

Ici, il n'y a ni Canadiens français, ni Canadiens anglais, Écossais, Irlandais, Gallois, ni même Allemands, il n'y a plus que des hommes qui souffrent.

Jimmy, tu n'avais peut-être pas vingt ans. Parfois, les pioupious se prétendent plus âgés afin de partir au combat. Avais-tu seize ans, lors de ton enrôlement ? Tu n'étais pas dans mon bataillon, mais tout le monde te connaissait, tu t'occupais de la nourriture, et on te voyait quérir les gamelles pour tes compagnons. On raconte, qu'égaré de nuit, tu te retrouvas en camp adverse et que, pour ne pas devenir prisonnier, tu tuas l'officier allemand. Est-ce vrai ? Finalement, vous êtes tous les deux dans un autre monde maintenant. Joue encore de la cornemuse, Jimmy, enchante la Somme et les Flandres ! Que ta musique fasse reverdir plaines et vallons et que cet officier allemand et tous les autres lèvent avec toi leurs verres à la paix.

Non, je ne dirai rien de tout cela. Plus tard, les livres raconteront ces histoires. Il y aura des chiffres dans les manuels scolaires. La terre aura séché le sang et les larmes. L'herbe repoussera, des arbres refleuriront, ne resteront que des âmes errantes, du vent, toujours du vent, emportant au loin les cris de douleur et flottera un air mélancolique de cornemuse sur la Flandre.

J'en ai assez. J'ai assez souffert. Trop, c'est trop !

Je veux des oiseaux, un pommier au printemps, des reflets de soleil sur l'eau calme, des roucoulements de tourterelles, des noces de campagne, des cloches de baptême, du pain croûté et du vin gorgé des coteaux lumineux. Je veux des enfants qui rient, des filles sauvages, des vieilles souriantes, des vieux qui jouent aux cartes. Je veux des maisons douillettes, des lits aux couettes duveteuses, des rideaux de dentelle, des verres brillants, des nappes colorées, des chats alanguis, des chiens affectueux, des ruisseaux printaniers, des livrées automnales, des neiges étoilées, des nuits douces, des villes calmes, des femmes à ombrelles, des hommes à grands chapeaux, des landaus joyeux, des marmailles aux rires en cascade, des histoires qui finissent bien.

Je ne veux plus de godillots, de manteaux militaires, de gamelles, de piquette et de trognons de pain, d'eau croupie, de trous d'obus, de pansements, de blessures, de cadavres et de miasmes.

Je veux marcher, libre, dans une ville en paix, prendre le tramway, entendre sa clochette. Je veux serrer les miens dans mes bras, m'asseoir sur la galerie, parler à Madeleine de tout, sauf d'ici.

Je veux toucher des arbres, les caresser, leur dire de rester arbres, de se méfier de la plupart des humains. Je veux laisser les fleurs aller jusqu'aux graines, pour le vent ; qu'il les sème à l'autre bout du monde. Je veux entendre le cancanage des bernaches, sur les flots argentés. Je veux l'île d'Orléans et ses pommes croquantes à l'orée de l'automne fabuleux. Je veux les Laurentides en moisson d'or et pourpre, aux érables ivres de couleurs et aux sages bouleaux. Je veux des neiges pures, sous les sapins et du soleil sur les lacs glacés. Je veux les traces du renard et des chevreuils sous les pruches enneigées. Je veux des soleils couchants enflammant mon Ouest infini et des odeurs d'automne, de fougères et de champignons. Je veux des journées de paix. Je veux nos fils, je veux Louison et Ermance près de nous, à partager la soupe familiale. Je veux les boniments du quartier et les tours fléchées du Parlement. Je veux les ponts sur la rivière des Outaouais, aux rapides vaporeux et givrés. Je veux revoir les chevaux aux marchés d'Ottawa et les légumes du printemps, les robes des belles dames et les lumières des restaurants, le parfum des épices et les couleurs des magasins. Je veux des livres qui chantent, de la poésie et de la musique. Je veux des tableaux impressionnistes et des dunes de neige émaillée d'enfants aux joues écarlates. Je veux rire, rire comme un bambin, me laisser glisser sur un traîneau et rouler de plaisir dans la neige ! Je veux m'endormir dans la douceur d'un chat, au coin de l'âtre ronfleur. Je veux que nos pas dans la neige fraîche disent le monde nouveau, pur et limpide tel un soleil d'hiver.

Je veux sortir de ce bourbier et, oiseau, m'envoler vers le pays de la paix.

La paix ? Au Canada, les hommes qui s'opposent à la guerre sont honnis et même emprisonnés. On les traite d'alliés des Allemands et de lâches. Pourtant, plus la guerre s'embourbe et nous ensanglante, plus je rejoins ces pacifistes. Je ne supporte plus la vue de ce gâchis de jeunes vies fauchées, de tortures, de prisonniers, d'invalides, d'agonisants. Si je dénonce cela, je serai considéré comme traître. Attendre, aider les autres, les blessés, remonter le moral, penser à autre chose ; regarder le ciel quand la terre est laide, voilà ce que j'essaie de faire maintenant. M'imaginer à Hull, dans notre petite maison et la neige qui tombe, silencieuse, sur la ville. Contempler la rivière gelée et la vapeur des rapides, marcher sur la glace, écouter la chanson de nos pas sur la neige, me retourner et voir les traces de la famille, les petits pas des enfants. Ne pas trop naviguer dans ce monde lointain, vivant, l'effleurer pour ne pas perdre pied ici, où la mort guette. Se tenir sur ses gardes et lutter contre le froid, l'humidité. Madeleine, Louison, les enfants, Ermance, que faites-vous en ce moment, où êtesvous ? Je pense à vous, beaucoup.

Lettre de Louison à Paul et à James.

Je suis en France ! Je me suis engagée comme infirmière. Je suis dans un hôpital au bord de la mer, dans le nord de la France. Écrivez-moi au Services de l'armée canadienne qui fera suivre. Je vais bien. Je pense à vous tout le temps. Je suis maintenant près de vous. Je ne peux en dire plus. Je vous embrasse !

Je vous aime de tout mon cœur.

Louison

Un mois plus tard elle reçut les mots suivants :

Chère Louison,

Je te croyais à Hull ! Quelle idée t'a prise ! Sois très prudente, ma fille bien-aimée. Je devine ce que tu vis. Je me porte bien. Je t'embrasse.

Paul

Chère Louison,

Sommes-nous dans la même région ? Les liaisons ne sont pas faciles, ne t'inquiète pas des longs silences. Tu comprends certainement de quoi je parle. Moi aussi je t'aime, plus que tout.

James

Chapitre 19

LES MOIS traînent dans l'angoisse. Impossible de ne pas penser à Paul, à Louison, à James, à d'autres soldats de la rue, du quartier, qui combattent en France. Le Canada ne parle que de la guerre. Les journaux, les conversations, les regards, sont ceux de la guerre. Du matin au soir, on échange, compare les nouvelles venues, on ne sait comment, de l'autre bord de l'Atlantique. À ceux qui sont sous le drapeau on écrit l'essentiel : «Tout va bien, la santé est bonne. On t'aime, on pense à toi, écris-nous. Reviens vite. On t'attend. »

On ne leur raconte pas que le 4 février 1916, le feu a détruit une partie du Parlement à Ottawa. Que la tour centrale s'est effondrée peu après minuit. Acte de sabotage «de la part des Huns, ou oubli d'un cigare... » se demande The Globe de Toronto. Il y eut sept morts. Madeleine ne parlera pas non plus de la catastrophe du Pont de Québec, survenue le 11 septembre de la même année. Ce pont qui s'était déjà effondré le 29 août 1907, causant la mort de soixantequinze ouvriers, dont trentetrois Amérindiens de Kanawake, près de Montréal. Ce nouveau désastre causa la mort de onze personnes. On craignit encore une fois un acte de sabotage, ce qui n'était pas le cas. La travée centrale s'était effondrée par accident. Rien ne serait dit aux soldats de l'explosion d'Halifax du 6 décembre 1917. Le navire norvégien Imo, en route pour aider la Belgique, et le Mont-Blanc, bateau de munitions français, entrèrent en collision. Vingt minutes plus tard, le Mont-Blanc explosa. À Halifax, on compta deux mille morts, neuf mille blessés, de deux cents à six cents personnes aveugles. Non, Madeleine sera discrète, à chaque soldat suffit sa peine. Ce qui se déroule ici, donne une idée de ce qui se passe là-bas. Madeleine taira aussi le mot qui enflamme les esprits, surtout au Québec : la conscription. La guerre dévore les hommes. Les gouvernements, les généraux veulent du renfort, des recrues. Le pays se divise. On parle de « races ». Chaque jour, Madeleine sent l'animosité croître contre les francophones. Certes, elle coud, habille les dames des députés, reste diplomate, s'exprime en anglais, mais le gouvernement de l'Ontario refuse l'enseignement du français dans les écoles ontariennes. À l'été 1917, une loi est votée pour le service militaire des célibataires et veufs sans enfant de vingt à trentecinq ans. Francophones, anglophones, la tension monte, aucun Canadien français ne fait partie du nouveau cabinet fédéral. Madeleine écoute les rumeurs de la colline parlementaire. Les désertions commencent. On ne revoit plus un tel, parti « dans le bois » et tel autre qui «a changé de province ».

Les esprits s'échauffent.

– Pourquoi défendre la France ? lance une cliente dans l'épicerie du coin, sachant bien que Madeleine est d'origine française. Cette dame poursuit : La France, elle n'est pas venue nous débarrasser des Anglais, pourquoi on la délivrerait des Allemands ? Elle paie pour ses péchés, la France ! Elle a fait la Révolution et balancé par-dessus bord les curés ! Elle se retrouve avec quoi maintenant ? La guerre ! J'irais pas me battre pour la France, moi et pas un de mes enfants ! Comprenez-vous ? Ils n'avaient qu'à garder les rois et les curés ! C'est des sauvages qui ont décapité le roi, et ça parle de civilisation ! J'ai mon voyage, de la France, pis de l'Angleterre itou ! Chu cheu nous icitte. Retournez de l'autre bord ! On vous a pas appelés. C'est rien que des troubles que vous nous avez amenés icitte !

Muette, Madeleine quitte l'épicerie, sans avoir rien acheté, sous l'œil narquois du propriétaire.

Du 28 mars au 1er avril 1918, la ville de Québec est le siège d'émeutes contre la conscription. Le 31 mars, jour de Pâques, l'armée avance dans la foule baïonnette au canon. Le lendemain, dix soldats sont blessés. Sabre au clair, l'armée riposte, cinq civils meurent, il y a plus de soixante-dix blessés. Le pays est déchiré. C'est la proclamation de la loi martiale, la suppression des libertés civiles. La guerre s'est infiltrée partout. Avant, c'était le bonheur.

Madeleine attend chaque jour une lettre de Paul, son seul espoir. Vivement la paix ! Assez, et il y en a assez de cette poisse, de cette faucheuse qui détruit les familles, les pays, ruine tout. Pour les enfants, pour eux, continuer, faire semblant, demain tout ira bien, ne pas s'inquiéter. Papa reviendra. Si seulement !

Chapitre 20

Papa est général.

– Non, Benjamin, caporal.

– Voyons, Nicolas, caporal, c'est au-dessus de général.

– Ah !

– Il va gagner la guerre et revenir.

– À la guerre, ils se tirent dessus avec de vraies balles.

– Oui et ils portent des masques à gaz

– Oui, gaz moutarde.

– Pourquoi tu pleures ?

– Papa, je veux pas qu'il meure.

– Moi non plus. Papa, il va rebondir comme notre Minette, quand elle tombe, elle miaule et elle repart aussitôt.

– Oui, c'est vrai. Il est fort.

– Et Louison ?

– Elle va retrouver son petit ami.

– Ils disent qu'il y a des pluies d'obus.

– Et des avions armés.

– On dit que cela va durer longtemps, qu'il faut d'autres soldats pour remplacer les morts.

– On peut pas remplacer les tués. J'ai peur pour papa, pour Louison, pour James. La guerre c'est pas bon. C'est des grands qui se battent, alors que nous on nous interdit de nous battre. Je veux revoir papa !

– Moi aussi, tout le monde est triste depuis qu'il est parti. Même les chattes s'en rendent compte, surtout la rousse.

– Si papa était resté, on l'aurait traité de lâche, déjà qu'on nous appelle les « Français » ! Il y en a qui se moquent de notre accent, ils prétendent qu'on parle drôle et que l'on devrait retourner «cheu nous», mais chez nous, c'est ici. Nous sommes nés ici ! Ça m'énerve d'entendre des choses pareilles !

– Les gens sont pas gentils. C'est pour ça la guerre. Rien que des insultes et voler les jouets des autres et vouloir les commander. Plus tard moi j'veux pas être soldat.

– Général peut être ?

– Ouais…

– Moi non plus je ne voudrais pas être soldat. J'aimerais visiter la France, mais pas maintenant.

– On ne connaît personne là-bas.

– Ça ne fait rien, ça doit être intéressant de voir où il a vécu papa avec la première maman.

– Moi aussi, cela me tente. On pourrait y aller les deux, avec les minettes ?

– Non, elles auraient peur dans le bateau.

– T'as raison.

– Faut d'abord que la guerre finisse.

– Ouais !

– On soupe, les enfants ! À table !

– On arrive ! Maman !

– Tu ne causes de ça avec personne.

– De quoi ?

– Que quand on sera grand, on ira en France.

– T'es fou ! On ira plutôt en Alaska chercher de l'or, vers l'Ouest, Vancouver !

– T'as raison !

– Ben n'en parle pas non plus !

Chapitre 21

Des Noirs, l'hôpital en avait reçus, tous en mauvais état. C'était grande pitié de les voir tant souffrir. Louison en croisait dans les couloirs. On échangeait quelques mots, un sourire, et on continuait le travail. Des blessés, il en défilait jour et nuit. Certains séjournaient plus longtemps que d'autres, ceux dont les poumons avaient été atteints occupaient une section à part. Dès qu'il faisait beau et assez chaud, les « pulmonaires » sortaient, ils aidaient les invalides, et ensemble, ces convalescents prenaient le soleil sur la terrasse.

Le vent, la mer, les oiseaux, quelques rayons de chaleur et le moral remontait.

Un jour qu'elle faisait une pause sur la terrasse, un soldat Noir vint s'asseoir à côté de Louison.

– Vous permettez ?

– Je vous en prie.

Lentement, l'homme s'installa sur la chaise. Il était maigre, comme quelqu'un qui a toujours été maigre, de longs bras fins, un visage triste. Il plia ses jambes. Son manteau trop court, mal ajusté, paraissait pesant pour une silhouette si osseuse.

Les oiseaux de mer s'en donnaient à tire-d'aile, jouant à la crête des vagues, sautillant sur le sable, retournant le varech, picorant ou se laissant planer dans le vent. La mer était fougueuse au large. Le vent ondulait sur le foin de grève aux nuances vertes et jaunes et les dunes de sable ambré. L'écume s'effilochait aux souffles salés. Louison ferma les yeux. À côté d'elle, le soldat s'endormit. Louison l'observa discrètement. Auparavant, elle avait vu peu de Noirs. Aucun n'avait d'ailleurs la même couleur. Noir ? Blanc ? Qu'est-ce que cela voulait dire ?

Heureusement, il y avait la mer, si peu de bateaux et tant de vent.

Elle venait d'être nommée infirmière, déjà, songea-t-elle, oubliant le temps, les soirées d'étude avec ses collègues, les examens auxquels les soumettaient les docteurs, l'assistance auprès des malades et le travail en salle d'opération. Chaque jour elle craignait de reconnaître son père ou James sur un brancard.

Le Noir toussa et se rendormit. Elle pensa à cet homme, confiant, épuisé, loin de chez lui, de sa famille. Ils étaient venus par milliers se battre pour un pays qui n'était pas le leur, comme les Canadiens, mais ces Africains ne connaissaient rien de l'hiver. Lui dormait au soleil, le visage calme. Elle n'osait bouger, pourtant elle devait regagner son poste. La chaise de Louison grinça. L'homme se réveilla, entrouvrit les yeux.

– À la prochaine ! dit Louison en le saluant de la tête.

Il fit un signe de la main et ferma les yeux, cherchant dans le sommeil, sa famille, ses arbres, son village.

Le lendemain, à la même heure, l'homme revint chercher son soleil.

D'un pas traînant, toussotant, il s'avança vers Louison.

– Vous permettez ?

– Je vous en prie. Il s'assit en soupirant.

– Ah ! La mer !

– Vous aimez ?

– La mer ! Elle me relie avec le pays. Je suis venu avec elle ici. Elle m'attend pour me reconduire chez nous. Là-bas, mes enfants et ma femme regardent les mêmes flots. Nous pensons à nous.

– C'est loin.

– Très loin ! Plusieurs jours de navigation. Si seulement je pouvais revoir notre côte, notre famille.

L'homme s'arrêta. Il n'y eut que le vent, les vagues qui roulent, le frisson des herbes, un goéland au-dessus des flots.

Le soldat pleurait.

Louison écouta les vagues s'écrasant et s'enfonçant sur le sable, le même mouvement depuis des siècles.

– Vous avez été gazé ?

– Oui.

– On vous a forcé à venir en France ?

– On nous a conduits, guidés, raconté des histoires, la mère patrie en danger et le voyage... Je préfère oublier. Nos frères sont morts, des frères de toutes les races et il en meurt encore. J'aurais pu fuir dans la brousse on ne m'aurait jamais retrouvé. Pour moi c'était un devoir, la France ! J'ai tout quitté et tout m'a quitté. Je veux revenir au pays. Nos palmiers, nos cocotiers, les nuits à peine moins chaudes que les jours. En ce moment, là-bas, c'est l'heure de la sieste, c'est pour cela que je viens quémander au soleil un peu de sa chaleur. Lui qui est trop généreux chez nous, ici, il se fait prier. Mademoiselle, le froid est entré en moi, je ne parviens pas à l'expulser. Le poison a brûlé mes poumons. Froid et feu, nous avons subi les tortures. Je ne devrais pas raconter cela. Peut-être avez-vous des hommes à la guerre et vous nous voyez échouer ici, lutter pour le reste de vie qui nous est alloué. Pardonnez-moi.

– Ne vous excusez pas. Je comprends.

– En Afrique, mademoiselle, au milieu de la journée, hommes et bêtes cherchent l'ombre des arbres, des cases, la douceur de l'eau. Rien ne bouge, sauf quand le souffle du désert, un air sec, chargé de sable, nous griffe, pas ce poison de gaz qui a tué mes frères soldats. Quand reverrai-je les pirogues sur le fleuve, et les femmes au puits ? Les enfants et leur tendresse, les reines qui portent l'eau sur la tête et les petits princes dans le dos ? On nous prend pour des sauvages ! Ce que j'ai vu ici me prouve que c'est celui qui le dit qui l'est ! Bien sûr que nous sommes capables de cruauté et c'est ce qui m'attriste, l'homme progresse dans l'horreur. Cette guerre est un cataclysme, elle répand la douleur partout, jusque chez nous. J'ai peur pour demain. Qu'est-ce que je dirai à nos enfants ? D'avoir confiance ?

L'Africain toussa, ferma les yeux.

– C'est à moi, Monsieur, de m'excuser, je dois aller au travail.

– Vous voyez, je ne suis bon à rien, je me lamente, je traîne, je tousse, je n'ai presque plus de force. J'essaie de mettre de l'ordre dans ma calebasse, là-haut, mais les mauvais esprits y font du boucan.

– À bientôt j'espère !

– À demain, mademoiselle, s'il fait beau.

– On se le souhaite.

Pour la troisième fois, le beau temps aidant, Louison fut au rendez-vous. La brise mariait les ondes de varech aux piaillements des oiseaux.

Le soldat africain était là, plus frileux que les autres jours, la mine renfrognée.

– Bonjour, quelque chose ne va pas aujourd'hui Abdoulaye ?

– Ah ! Vous savez mon nom !

– Les habitués, on les connaît. Moi, c'est Louison.

– Nous, les malades, on repère vite qui est qui, surtout lorsque l'infirmière est charmante !

– Merci. Vous êtes triste ?

– Le médecin dit que ma vie n'est plus en danger. Que je garderai longtemps des séquelles, mais que maintenant, il faut que je retrouve la chaleur. On va m'envoyer en maison de repos vers Bordeaux ou Marseille.

– Finie la guerre ! Vous devez être heureux ?

– Je suis une loque, une épave. Je n'ai plus de force, je ne pourrais presque plus travailler aux champs.

– Marseille, Bordeaux, vous vous rapprochez de chez vous.

– Ensuite, ils parlent de me renvoyer en Afrique. Je ne suis plus bon à rien ! Ce sera la honte pour moi ! Retour au village, vous imaginez ?

– Mais vous êtes un héros, vous vous êtes battu, la preuve !

– Qu'est-ce que je vais devenir ? Un poids pour la famille, qui est déjà pauvre !

– Vous n'en êtes pas là. Il faut encore vous soigner. Le docteur vous a dit : « longtemps des séquelles », cela signifie que vous vivrez vieux !

– Ou que je souffrirai beaucoup ! Au moins, je vais revoir ma famille. Je n'ai aucune nouvelle d'eux depuis mon départ.

– Ils ne vous ont pas écrit ?

– Mademoiselle, l'école ce n'est pas pour nous. Moimême, je ne peux ni lire ni écrire.

– Pourtant, vous vous exprimez très bien.

– J'écoute, j'observe, j'apprends, comme les pauvres. Ainsi, je sais que vous êtes Canadienne, que votre pays est très froid. Alors, tout nous oppose, le chaud, le froid, les pays, l'océan qui nous sépare, d'après ce que l'on m'a expliqué.

– L'océan, nous sépare ou nous unit, c'est selon.

– Vous avez de la parenté au front ?

– Mon père et mon ami de cœur.

– Je vais vous faire une confidence, j'ai une dette envers les Canadiens.

– Ah oui ?

– Lorsque les Boches ont lancé le gaz mortel, nous étions en première ligne, nous les Africains, et à côté de nous, il y avait des Canadiens.

Abdoulaye tousse, grimace, se plie, reprend son souffle :

– Et le médecin dit que je vais mieux !

– Il faut voir dans quel état vous êtes arrivés à l'hôpital, entre la vie et la mort, plus près de la deuxième que de la première.

– Et si je suis parvenu jusqu'ici, je le dois à l'un de vos compatriotes. Je ne saurais même pas le reconnaître, mais lui, je l'aime comme un frère. Un frère très cher. Il est venu me chercher quand je me suis effondré. Il m'a désaltéré. Il m'a redonné la vie ! Vous vous rendez compte, Mademoiselle ! Il a risqué sa vie pour moi. Alors qu'il était à l'abri, il m'a ramassé, pris dans ses bras, traîné jusqu'à la tranchée. Un esprit, au-dessus de tous les esprits, a mis cet homme sur mon chemin et lui a prodigué la force de me dégager des crocs de la mort. Pourquoi ? Pourquoi ?

– Savez-vous le nom de cet homme ?

– Non. Un jour, je demanderai au service de l'armée de trouver l'adresse de ce soldat et je dicterai une lettre pour le remercier de m'avoir sauvé la vie et si je suis de nouveau avec ma famille, ce sera grâce à lui. Je veux attendre d'être auprès des miens, pour lui témoigner ma reconnaissance. Chaque jour, Mademoiselle, je prie pour la santé et le salut de ce frère. C'est un Canadien, comme vous, un sourire au milieu de l'enfer, comme vous, et cela fait du bien !

Chapitre 22

LA MER, l'écume, les nuages au raz de la plage, les gouttelettes d'eau, l'air salin, des perles marines, la nature soigne aussi les blessés.

Louison ferme les yeux, écoute tous les bruits. Elle imagine la scène du sauvetage d'Abdoulaye.

– Abdoulaye, en plus, je me répète, mais vous vous exprimez très bien.

– Ah oui ? Merci ! Des gens prétendent que nous parlons petit nègre. Ils ignorent tout de nos langues et osent nous reprocher de commettre des erreurs dans la leur. Le français n'est pas une langue facile, croyez-moi ! Ce sont les coloniaux qui parlent petit-nègre, pour nous cela serait plutôt petitfrançais ! Hélas, le Noir, pour beaucoup d'individus, n'est qu'un grand enfant, un sauvage !

– C'est bien aussi d'être un enfant.

– Pas lorsqu'on est dominé ! Fini l'esclavage ! J'ai été serviteur dans une famille française, boy, comme on dit làbas. J'avais de la chance, c'était une bonne famille. Il y en a des mauvaises. Je n'étais pas si mal. Je n'ai presque rien gagné, juste de quoi nourrir les miens. C'est tout de même avec regret que nous nous sommes séparés, en raison de la guerre. Mais Louison, parlez-moi de votre petit ami.

– J'ai peur. Il a peut-être été blessé. Il a dû maigrir. Les soldats qui rejoignent notre hôpital sont en mauvais état. C'est un solide gaillard. Chez nous, au Canada, il portait les cheveux longs. Ses cheveux sont noirs et ses yeux aussi sont noirs et vifs.

– Vous aimez le noir, Mademoiselle !

– Vous, vous êtes plutôt brun.

– Ça c'est vrai ! Les Noirs ne sont pas d'un seul noir ! Comme les Blancs. Ici les Blancs sont plutôt bleus ou verts ! Il faut dire qu'on en voit de toutes les couleurs !

– J'aime quand vous riez !

– Et moi lorsque vous souriez !

– Oh ! Excusez-moi. Je dois reprendre mon service. Merci infiniment.

– Ne me remerciez pas.

– À bientôt, Monsieur Abdoulaye.

– À bientôt, Mademoiselle Louison.

Abdoulaye toussa, remonta son manteau, enfonça son calot. Le soleil perça entre les nuages. Abdoulaye le cueillit et ferma les yeux pour garder au fond de lui un peu de la lumière d'Afrique. Il pensa à sa famille, là-bas. Une larme coula sur ses joues.

Il se revit au moment de l'engagement. Il était paysan, on le poussa sous la toise, le sermonna. Il fallait être soldat en métropole, et on leur demandait d'être volontaires ! Combien ont été conduits de force devant les autorités françaises ? Volontaires de force ! Sinon on punissait les chefs de village récalcitrants. Les chefs devaient livrer des jeunes. Comme au temps de la traite. Abdoulaye a courbé l'échine, alors que quelques-uns de ses amis se sont mutilés, suicidés, ou se sont laissés mourir de faim. À la guerre, il a vu les Français mourir près de lui, pleurer, saigner, hurler. Le Blanc n'était plus invincible. Abdoulaye se demande comment il pourra obéir aux mauvais ordres d'un administrateur qui n'aura pas fait la guerre. Comment dire à ceux du village que l'on sort de l'enfer qui a aussi tué le Blanc ? Personne ne peut raconter. Personne ne peut croire à tant de souffrances. On le prendra pour un fou. Il craint ce retour. Il a peur de tout. Réapprendre à vivre, que de chemin à parcourir ! Trop de venin, que ses poumons recrachent. Comment décrire aux villageois ces grands Français qu'il a rencontrés autant parmi les simples soldats que les chefs, et aussi ces imbéciles de première classe. Il a vu l'homme nu, cloué par la terreur, seul face à Dieu. Des milliers de ses compatriotes sont morts, on les appelait tirailleurs sénégalais, les voici Poilus d'outre-mer, P.O.M ! Eux, ils n'avaient pas le droit de se reposer dans des familles françaises ! Au front, ils étaient des Français, au retour les voici anciens combattants sénégalais ou autres. Il a rencontré, en ce pays, des personnes extraordinaires et des pauvres types, des âmes charitables, des frères et des sœurs et des pourris, des minables, des arrache-cœur, et Louison, son sourire, Louison la consolatrice, Louison de toutes les femmes !

Chapitre 23

DES LETTRES, Louison et James en échangèrent durant des mois. Ils s'écrivaient : « Je t'aime, je vais bien, je pense à toi, ne prends pas de risque ». Louison utilisait du papier à lettres et un crayon. Au début, elle se servait d'un porte-plume, bien vite James lui signala que les lettres arrivaient lavées par la pluie ou la neige et qu'elles étaient illisibles.

Les réponses de James étaient toujours courtes. Il ne disposait ni du temps, ni du minimum de confort pour rédiger. James restait vague sur les lieux où il se trouvait et sur ses déplacements.

Pour l'un comme pour l'autre, les mots en apparence anodins portaient l'essentiel, la vie et l'amour. Ils communiquaient réconfort, encouragement, espoir. James et Louison se souhaitaient des rendez-vous dans les prochains mois. Ils pensaient à l'avenir, à leur rencontre. Ils évoquaient le passé, la beauté des heures sur le bord de la rivière, leurs promenades en canot dans l'automne outaouais. James demandait des nouvelles de toute la famille du Québec. De lui-même, il ne disait presque rien, discrétion personnelle, souci de ne pas inquiéter, consignes militaires, manque de papier. Louison apprit à lire entre les lignes. Malgré les messages souvent semblables, elle devinait l'humeur de James. Son écriture révélait sa hâte ou son calme. L'alignement des mots, l'état du papier, l'aspect de l'enveloppe dévoilaient son humeur et la situation autour de lui, s'il avait écrit durant le jour ou à la clarté vacillante d'une lampe de casemate. Louison touchait ces lettres avec respect. Elles avaient franchi tant d'obstacles, elles apportaient la preuve de la vie de James, un bonheur suprême pour Louison. James gardait sur lui les lettres de Louison. Dans sa poche, près de son cœur. Les mots de Louison lui insufflaient la force de durer, de survivre, de penser à la beauté du bref passé commun, d'entrevoir des jours meilleurs. Sa raison de vivre logeait dans ces quelques feuillets pliés.

Dès qu'ils le pouvaient, James et Louison se répondaient aussitôt, sachant que rien n'est pire que le silence, porteur d'angoisses. Lorsque le courrier arrivait dans la tranchée, chaque fantassin écoutait attentivement l'appel du vaguemestre. On s'avançait vers la précieuse enveloppe, comme un fidèle vers l'hostie de la communion. Il y avait les amoureux qui recevaient chaque fois une ou deux lettres, et ceux qui n'attendaient plus rien, ceux dont l'amour s'était brisé et qui vous regardaient tristement. Si, par hasard, leur nom était prononcé, incrédules ils tendaient la main, cela ne pouvait être que de mauvaises nouvelles : la maladie des enfants ou de l'épouse, la mort d'un parent. Le soldat s'asseyait en retrait, examinait l'enveloppe, l'ouvrait craintivement et, les lèvres formant les mots, lisait lentement la feuille venue d'un village où d'habitude l'on n'écrit pas. Certains restaient assis, le dos voûté, la tête entre les épaules, les larmes coulant sur leurs joues rugueuses. Une lettre, c'était le rappel de la vie ailleurs, la confirmation que l'on stagnait dans des tranchées, que l'on n'était plus que des instruments entourés de violence et de souffrance. Une lettre enflammait l'esprit, elle conduisait directement aux images du passé, aux lieux d'avant. Pour James et Louison, ces liens devenaient l'énergie indispensable. Si les lettres tardaient, leurs visages se fermaient, leur esprit appelait inlassablement l'autre. Alors s'établissait une autre forme de communication, celle de l'invisible, cette distance et cette proximité que l'on a parfois avec des êtres lointains, disparus ou en partance.

Que devenait l'autre, souffrait-il, où était-il ? Louison et James pensaient être dans la même zone géographique, mais ni l'un ni l'autre ne pouvait préciser où il se trouvait.

Si l'arrivée du courrier était un moment privilégié pour les soldats, parfois même redouté par certains, c'était aussi un instant de guerre parmi d'autres. On évitait de trop exprimer sa joie de peur d'attrister ceux qui n'avaient aucune nouvelle des leurs. On tentait de partager les peines et les chagrins que le courrier apportait aussi avec lui.

James se souvint de cette distribution de lettres qui faillit tourner au cauchemar. Retardé par les durs combats et les difficultés d'atteindre les soldats avancés, le courrier fut réparti durant la nuit. Exténués par la rude journée, certains oublièrent les consignes de prudence. Trois d'entre eux, exaltés par les nouvelles qu'ils venaient de lire, décidèrent de fêter l'événement en fumant. Le premier fit craquer une allumette et tira une bouffée. En raison du vent, le second dut, lui aussi, utiliser ses allumettes. Lorsque le troisième alluma sa cigarette, les tirs ennemis s'abattirent sur la casemate. James et ses compagnons furent pris entre les balles allemandes et les réprimandes du caporal. Heureusement, cette fois-là fut démenti le dicton : « La troisième allumette est mortelle ».

Ce jour-là, ce fut la vraie bonne nouvelle !

Dans chacune de ses courtes lettres, Paul exprimait ses craintes à Louison. Chaque missive s'accompagnait de conseils de prudence, alors qu'il était le plus exposé des deux ! Maintenant, il se sentait moins seul. Il avait un refuge, sa fille et cet hôpital qu'il parviendrait à dénicher. On finit par tout savoir, même à l'armée, il n'est de secret qui se dévoile, quelles que soient les précautions. Louison n'était pas loin, ses lettres parvenaient plutôt rapidement à Paul, en comparaison des autres courriers.

Louison et Paul se fixèrent un rendez-vous. Ils entreprendraient ensemble une visite à Apreval, avant le retour au Canada. On évoquait ce futur dans chaque écrit. C'était le but, l'issue, le bonheur. Paul rêvait de retourner travailler à Ottawa, de se retrouver tous dans la maisonnette hulloise. Du présent, ils ne mentionnaient que le positif, évitant d'ouvrir les vannes de l'Apocalypse qui se déroulait sous leurs yeux. Louison et Paul ne se jouaient pas la comédie, conscients de ce que l'autre endurait. Ils profitaient des quelques lignes de confidences pour s'évader, marcher en rêve dans Apreval, se promener au bord de la Saône ou de la rivière des Outaouais. Comme des enfants, ils se créèrent un monde peuplé de souvenirs chaleureux, de chevaux robustes, de vaches paisibles, d'arbres vigoureux. De la bonne nourriture, ils ne parlaient pas. Inutile d'évoquer ce manque. Ni l'un ni l'autre n'était affamé et, si les plats de Louison à l'hôpital n'avaient rien à voir avec les minables rations de Paul, un vrai repas, ce n'était pas cela, il fallait d'abord la paix. Ils l'évoquaient souvent. La paix les conduirait à leur horizon. C'était elle qu'ils souhaitaient ardemment et qui constamment se dérobait. Les combats engloutissaient tout, le jour et la nuit. Insatiable mécanique, infernal engrenage, la guerre était assoiffée de vie, humaine, animale ou végétale. La guerre ingurgitait la vie, ne recrachant que les morts et les blessés, pour bien montrer aux humains que, même si elle finissait un jour, elle serait encore là, sous leurs yeux, dans leur esprit, sur les corps mutilés, sur les murs des villes, et dans les campagnes, dans la souffrance. Longue crevasse, la guerre serpentait sur le sol français, avalant sans vergogne jeunes ou vieux, cités ou forêts. L'homme l'alimentait, poussé par ses ambitions, son orgueil et ayant méthodiquement préparé les batailles qui le dépassaient. Voilà pourquoi les lettres de Paul et de Louison n'étaient pas des plaintes, ni des réflexions sur la Bête, mais des bouffées de vie, d'amour filial, paternel, des témoignages simples et des élans vers l'ailleurs, ces lieux où l'esprit tentait de se dépouiller de l'insupportable poids de la guerre.

Chapitre 24

C'EST le début de la fin, Madeleine !

– Encore de la propagande ! Ermance, depuis des mois, on nous chante à cœur de jour que nos valeureuses troupes sont sur le point de remporter une bataille décisive, que la victoire est au bout du canon, que nous les aurons !

– Je vous lis le journal, écoutez : « Le général John Pershing lance sa première offensive à Saint-Mihiel, près de Verdun, le 12 septembre 1918 » et cela continue : « Le 26 octobre, l'empereur Guillaume II obtient la démission du Generalquartiermeister Éric Ludendorff, chef des armées allemandes. » Quand ça brasse en haut, ça chavire en bas. Je poursuis : « Le 7 novembre, le roi de Bavière est déposé. Les alliés de l'Allemagne signent des armistices. Le 9 novembre, la révolution secoue Berlin. » J'ai l'air savante, mais tout ça est là, noir sur blanc : « Guillaume II abdique et part en exil aux Pays-Bas. » Avec quatre millions d'hommes venus en renfort des États-Unis, les Français et les Anglais sont plus forts que jamais.

– Espérons, Ermance.

– Nous voici en novembre, encore un hiver sans Paul, sans Louison, et tant de morts enterrés là-bas ! Il y a des veuves et des orphelins jusque dans notre rue. Quelle tristesse !

– Qui sait ? Ermance, comme vous le disiez, la guerre a peut-être pris un tournant. Il ne reste plus qu'à prier.

– Ah ! Ne mêlez pas trop Dieu à ces affaires. Qu'est-ce qu'il fait Dieu ? Ses enfants se tuent et lui est assis sur son trône et regarde. Est-ce que Dieu va nourrir les orphelins, soigner les blessés, consoler les veuves ? Dieu, vous savez parfois, je doute de lui !

– C'est pourtant lui que vous priez tous les soirs.

– Je le supplie d'arrêter cette maudite guerre au plus sacrant !

– Ce n'est pas Dieu qui a construit les fusils et les canons !

– Ça c'est sûr, l'enfer c'est l'homme qui le crée.

– Dieu a clamé : « Aimez-vous les uns les autres », pas «Armez-vous les uns les autres ».

– Des ruines et des cadavres, elle est belle notre civilisation !

Ces premiers jours de novembre passèrent dans l'attente d'une nouvelle porteuse de paix.

Chaque jour, si Madeleine était à la maison, attelée à sa machine à coudre, elle se levait vingt fois dans la matinée pour guetter le facteur. Elle le suivait des yeux, de maison en maison. S'il neigeait trop, ou que le froid chassait dans la rue, elle calculait les retards, les difficultés, les pas du facteur. Lorsqu'il avançait vers leur maison, Madeleine se retirait du côté de la cuisine de façon à ne pas être vue et dès qu'il s'éloignait, elle se ruait vers la fente de courrier de la porte. Elle reconnaissait l'écriture de Paul ou de Louison. S'il y avait deux lettres, c'était une joie folle ! Elle s'installait dans la cuisine, faisait une courte prière de reconnaissance et d'espoir devant le crucifix, confiait ses vœux à Notre-Dame de la Garde et, les doigts tremblants, ouvrait les enveloppes. Elle lisait lentement. Quelqu'un l'observant depuis la galerie aurait pu deviner les mots sur les lèvres de cette femme aux cheveux longs et bouclés que le soleil miellait de douceur flavescente. Elle soupirait, relisait, regardait le ciel, pensait à eux là-bas, qui interrogeaient le même ciel.

Aussitôt, elle répondait à la lettre. Sous les yeux de la chatte rousse qui suivait la plume sur le papier, voulait la mordiller, se frottait les joues contre le plumier en bois, Madeleine choisissait ses mots pour exprimer la tendresse et informer sans inquiéter.

Aujourd'hui, Paul répétait, comme un message dicté, que : «Tout allait bien, que sa vie n'était nullement en danger, qu'ils étaient à l'arrière et qu'ils ne doutaient pas de l'issue du conflit. » C'était daté, mais cela venait d'on ne sait où. Il était vivant, c'était l'essentiel. De son côté, Louison expliquait qu'elle travaillait beaucoup, que ses collègues étaient sympathiques et dévouées, que James lui écrivait qu'il était en bonne santé. Elle ne disait rien ou presque des blessés. Pour un peu, on aurait cru qu'elle œuvrait dans l'hôpital d'une ville en paix ! Louison allait bien. Madeleine savourait cette lettre que d'autres mères, femmes ou pères de la rue lui enviaient.

Hull, lundi 4 novembre 1918
Cher Paul,
Tes lettres me font grand plaisir ainsi qu'à toute la famille. Continue à nous écrire quand tu le pourras. Nous nous doutons que cela n'est pas

toujours facile. On souhaite que vous soyez vite de retour au pays. Tu imagines comme nous serions heureux !

Nous avons eu de la chance, la famille est sortie indemne de la grippe espagnole. Dieu merci ! Heureusement que les autorités avaient pris des mesures d'hygiène. Des écoles ont été fermées, les messes annulées, ainsi que beaucoup de rassemblements. On a interdit de cracher ! Il était temps ! Les enfants ne se sont pas plaints des congés forcés. J'ai laissé les petits jouer dehors et j'ai fait attention à ce qu'ils ne prennent pas un coup de froid. Tu sais combien d'énergie ils dépensent en jouant au hockey dans la rue avec leurs camarades. Il fallait constamment leur répéter de se laver les mains. Nul d'entre nous n'a été touché, pourtant la grippe a mortellement frappé autour. Nous sommes sains et saufs, Dieu merci ! J'espère que vous n'êtes pas affectés par la grippe. Je prie pour vous, et pour toi spécialement Paul.

Nous t'embrassons.

Je file à la poste pour envoyer cette lettre au plus tôt. J'apprends à l'instant que la grippe bat de l'aile. On nous recommande la plus grande prudence, de respecter les mesures d'hygiène, d'éviter la contagion, de prendre un peu de soleil pour tuer les germes et d'aérer nos maisons. Je ne pense pas que ces conseils s'appliquent à votre situation !

À bientôt.

Ta fidèle Madeleine

Chapitre 25

ON APPROCHE de l'été de la Saint-Martin.

– On va avoir quelques jours de chaud, mais avec cette guerre on ne sait pas, tout est déréglé.

Le jour de la Saint-Martin, la nouvelle éclata de partout : l'Armistice !

Les journaux exultèrent :

« L'Armistice, arrêt des combats ! L'Armistice est signé à Rethondes, en forêt de Compiègne, dans le wagon spécial du généralissime Foch, ce 11 novembre à 5 h 15 du matin. »

« Sur le chemin de la paix ! »

«Aujourd'hui, lundi 11 novembre 1918 à onze heures, les cloches de France ont sonné à la volée ! »

« La Marseillaise est chantée dans les tranchées ! »

« Le prix de la victoire : huit millions de morts, six millions de mutilés. »

– Je vous l'avais dit d'espérer,

Madeleine ! C'est fini ! Fini ! Madeleine relit la dernière ligne du journal : « Le prix de la victoire ». Oui, il faudra encore espérer et prier, Paul, Louison, James, les derniers combats peuvent encore être dangereux. Elle fait le signe de croix, murmure une prière à Notre-Dame de la Garde. Elle pense à son père, mort dans la rue, sans amour, sans amis ; à sa mère, qu'elle ne connaît pas, ou qui ne la reconnaît pas, allez savoir ! Mon Dieu, faites que les nôtres reviennent en bonne santé.

– Profitez au moins de la bonne nouvelle !

– C'est vrai, Ermance, réjouissons-nous.

– Je sais, le cœur n'y est pas.

– Je me demande où ils sont, comment ils vont, quand reviendront-ils ?

– Allez ! Allez ! C'est la paix !

– L'Armistice.

– Oui, la guerre est finie ! On respire !

– Et on espère.

– Madeleine, je vais faire un grand gâteau pour les enfants ! Un vrai !

– Merci Ermance de votre réconfort durant cette période.

– On est une famille, non ? Pis on n'a pas fini d'attendre ! Autant se sucrer le bec et penser positif ! Vive la paix ! La sainte paix ! Dieu merci !

– Ah ! Dieu qui revient en grâce chez vous, Ermance !

– J'aime ça quand vous me taquinez. On peut tout de même le remercier et pis c'est juste à l'été de la Saint-Martin ! Les enfants vont être contents ! Et vive la vie ! Pis, vive la France ! Voyez-vous, je suis une Canadienne française pure laine, tricotée serré. Vous vous souvenez, mon mari était parti durant des siècles sans s'occuper de moi. Il est revenu de l'Ouest, il voulait la maison, et vous chasser. L'or qu'il avait trouvé dans l'Ouest lui avait tourné la tête. À ce moment-là, vous m'avez soutenue. Vous m'avez protégée, vous m'avez aimée. Josephat, mon mari, a été retrouvé mort, flottant dans la rivière. J'étais bouleversée et c'est vous qui m'avez aidée. Ceusses qui vous reprochent d'être des Franças, comme ils disent, des gens d'ailleurs, qu'ils viennent pas vous insulter, parce que moi, je vas leur parler, foi d'Ermance ! J'sais que vous êtes du maudit bon monde !

– Ça fait longtemps que je ne vous ai pas vue ainsi !

– La paix ! C'est la paix qui me stimule ! Pis j'peux plus sentir les reproches qu'on vous lance parfois. Même Louison a souffert d'imbéciles qui se moquaient de son accent soidisant pointu.

– Vous savez, Ermance, des gens comme ceux-là il y en a partout.

– Ben vrai ! Et nous les Canadiens français, on ne prétend pas être pires, ni meilleurs que les autres. Ça fait qu'icitte c'est chez vous, point final ! Pis qui viennent pas vous écœurer, pis moi avec !

– Je pense que la pâte du gâteau sera ferme !

– Oui, vous avez raison Madeleine. Faut que j'me calme, à moins que j'fasse une crème fouettée ? Elle va vite monter celle-là ! À plus tard, chère amie.

Chapitre 26

Lorsque le clairon retentit, les soldats restèrent immobiles. La guerre était finie. C'était inimaginable ! Inespéré ! Après tant de mois, subitement, on posait les armes. Ceux d'en face, n'étaient plus des ennemis, ils étaient des vaincus. Des cris, des hourras jaillirent des tranchées alliées. Les hommes s'embrassaient, riaient, chantaient et on commença à regrouper son barda pour déguerpir au plus vite. On enveloppa les petits souvenirs taillés dans les culasses ou les balles. Nombreux furent ceux qui ne croyaient pas à l'Armistice. C'était trop irréel. Pourtant, les armes s'étaient tues. Canons, fusils, refroidissaient. Les barbelés, les protections devenaient inutiles. Ce qui avait été de la plus haute importance, une redoute, une butte, on n'y prêtait plus attention. Plus besoin de se cacher, mais on restait prudents. Et si c'était une fausse nouvelle ? Quelle stratégie ! On fête, et hop ! L'ennemi s'abat sur vous et vous met en pièces. Pourtant, rien, un silence déroutant. Un coup de plume, et la guerre s'arrête. On est désorienté, fou de joie. On pense à demain, aux retrouvailles, on passera peut-être Noël en famille, pour la première fois depuis longtemps.

On regarde le champ de bataille, les croix de bois, les trous d'eau, les cratères des bombes, les fosses communes et là-bas, on voit les autres, les ennemis, ceux d'en face, eux aussi plient bagages ! Tout ramasser, quitter les lieux, terminé !

Paul s'assied. Il soupire. Les yeux rivés à ses godillots, il est assommé. La paix, la paix tant désirée, la voilà enfin !

Cette capote, ce fusil, les gamelles, les mitrailleuses, le matériel important, essentiel, deviennent dérisoires. On a été immobilisés dans des tranchées durant des semaines. Tendre le cou était risqué, et subitement plus rien, la vie revient au point de départ, mais avec la tête et l'âme chargées de scènes atroces. On a hâte de boire du bon vin, de la bière fraîche, de manger de la vraie nourriture, de se saouler, de voir femmes et familles, de dormir dans un lit. Habiter une maison où ni l'eau ni le vent, ni la neige ne pénètrent, une maison sans bombes, sans armes, sans menace. Comment vont ceux du pays ? Parents, enfants, épouses ? Les forêts, les rivières, les étangs, les lacs, les villes, on en veut à pleins poumons ! Oublier, effacer est-ce possible ? On a soif de vie ! De l'eau pure, du pain chaud, un oreiller blanc, se laver, être propre, se parfumer d'eau de Cologne, s'habiller de neuf, marcher en paix, regarder les vitrines, lire un bon livre, sommeiller à l'ombre d'un arbre. Attendre, voici quelques minutes seulement que l'on est en paix, c'est trop beau, serait-ce un piège ?

Chère Madeleine,

Tout va de mieux en mieux depuis la signature de l'Armistice. Je vous espère en aussi bonne santé que moi. Nous avançons à grands pas dans cette partie de la France qui était occupée par les Allemands. Ils ont laissé armes et bagages le long de la route et dans les villages, comme ils en avaient reçu l'ordre : rassembler les armes dans des endroits bien visibles. Beaucoup de villages ont souffert. Comment exprimer la joie que nous ressentons lorsqu'on nous applaudit, qu'on sourit aux fenêtres, que les enfants courent à côté de nous, que les gens nous offrent de la nourriture, se privant pour nous. Notre cœur se gonfle. Et les villageois crient : « Vive les Canadiens !» Bravo ! » À cet instant, je pense à mes compagnons qui ne rentreront pas au Canada, à leurs familles. J'ai vu des soldats canadiens traverser, les larmes aux yeux, des villages français meurtris, d'où éclatait la reconnaissance. Que d'émotion, ma chère Madeleine ! La France qui nous applaudit, la plus belle France, la grande France, touchante, aimable, fraternelle. Au point qu'un copain m'a confié : « Cela valait le coup ! C'est un bon pays, de bonnes gens. » Je n'osais lui répondre que les Allemands, que beaucoup détestent, sont sûrement aussi de bonnes personnes, mais il faudra du temps pour panser les blessures. Les troupes canadiennes qui avancent en Allemagne ne sont point applaudies, elles, même si nos cornemuses ouvrent la marche.

La pluie nous accompagne, inlassablement. Peu importe, maintenant le moral est au beau fixe. Nous avons eu un Noël sous la neige, bien appréciée cette fois, puisque nous avons dormi au chaud et que nous avons été dorlotés par les cuisiniers. Je te salue. Le temps de notre rencontre ne saurait tarder. Je t'aime.

Paul, qui embrasse aussi toute la famille

Dans les semaines qui suivent, Paul demande une permission. Il désire se rendre à Apreval et ensuite vite retourner au Canada.

105

James n'a qu'une idée en tête, rejoindre Louison qui est sur la côte, mais où ? James partira dès qu'il aura l'adresse de Louison.

L'hôpital est en émoi. Les cloches d'Opale-sur-Mer carillonnent dans le vent marin ! Vive la paix !

Louison a enquêté. Abdoulaye a été conduit par des soldats du régiment canadien en position au nord, à quelques heures d'ici. Paul et James sont-ils dans ce coin ? C'est possible, mais des Canadiens, ont été envoyés dans différentes régions. Elle demande, elle insiste, pour aller au front avec le camion qui transporte les blessés. Elle obtient l'autorisation.

– Bonne chance Mademoiselle, moi on m'expédie vers le sud. Bientôt, je repartirai au Sénégal. Vous avez été mon soleil en France, petite Louison.

– Abdoulaye vous avez été mon ami, vous le resterez.

– Au revoir. Je vous aime.

– Au revoir Abdoulaye, vous êtes un grand Monsieur, un sage !

– Un ancien combattant, blessé, mais vivant comme vous dites. Que Dieu vous protège !

– Vous aussi.

Quelques minutes plus tard, un camion ambulance bâché cahotait sur la route, direction plein nord. Il faisait froid, Le long du trajet, on croisait des régiments quittant la zone des combats. Des hommes fatigués, maigres, barbus, moustachus, sales, comme ceux qu'on avait vus arriver durant des mois à l'hôpital. Ils souhaitaient tous se débarrasser de leurs paquetages, rompre les rangs, oublier les ordres et les bruits de la guerre. Des souvenirs pesaient sur leurs cœurs meurtris, des scènes qu'aucun mot ne pourrait décrire. L'horreur, ils la fuyaient, mais elle leur collait à la peau.

Chapitre 27

Sur des chemins défoncés, le chauffeur roula vers le nord. Louison était assise à ses côtés, ainsi qu'une autre infirmière. En arrière, deux aides infirmiers s'accrochaient à leurs bancs. Louison scrutait un à un les visages des soldats qu'ils croisaient. Les fantassins se ressemblaient tous. Les uniformes étaient boueux, dépareillés, on portait ce que l'on trouvait. Certains étaient même chaussés de bottes allemandes. D'autres avaient leur capote rapiécée et le casque cabossé. Ils avançaient du même pas, hagards. Poilus, moustachus, osseux, les yeux las, ils s'écartaient pour laisser passer le camion. Parfois, un soldat qui avait repéré les infirmières, tendait la main et souriait. Les autres économisaient leurs forces, transportant leur attirail de cuisine et leur fusil. Des prisonniers allemands, la tête basse, marchaient au milieu d'eux, sous la menace des armes. C'est à peine si on pouvait les différencier des troupes alliées, tant ce fleuve humain ondulait tristement dans la plaine. Plusieurs fois, Louison lâcha un cri, le chauffeur ralentissait. James ! Paul ! Ce n'était ni l'un ni l'autre.

Lorsque le chauffeur devait s'arrêter en raison de l'encombrement, des charrettes chargées de matériel de toutes sortes, Louison posait toujours les mêmes questions :

– James Miller, Paul Javelier, des Canadiens, connaissezvous ?

Les hommes haussaient les épaules, blaguaient :

– C'est moi, ma belle !

– Présent, pour vous servir !

– Quelle voix ! Ah ! des yeux de rêve !

– Mademoiselle, je suis malade, mon cœur ne bat que pour vous !

– Y a pas une petite place à côté de vous ?

– À ce soir, j'espère !

Certains ne répondaient même pas. La guerre les avait rendus sauvages, amers, repliés sur eux. Ils étaient dans l'armée qui avait tout décidé pour eux, qui avait dévoré leurs amis et ils ne comprenaient plus ce qui se passait, ce qu'ils allaient devenir. Ils étaient habitués à obéir, tout le temps, sans discuter, ils marchaient, marchaient, sans penser. Les jeunes filles, qu'elles fassent ce que bon leur semble, nous, on doit être là-bas, à trois heures d'ici, après on attendra les ordres. On a attendu tant de saisons, on ne fait que cela et sauver sa peau. Des femmes, des infirmières, cela fait si longtemps qu'on n'en a pas vues. Il faudra se réhabituer à vivre, trouver du travail, on en prendra le chemin chaque jour, on s'assiéra dans un café, à une petite table pour boire une absinthe ou un canon et on attendra encore, quoi ? Le Canadien ira à la taverne, et devant ses bocks de bière, lui aussi ne reconnaîtra pas son pays. La guerre est finie, on se répète cela à cœur de jour, mais lorsqu'on quittera l'uniforme, que restera-t-il de nous ? Anciens soldats, anciens combattants, nous voilà anciens dans un monde nouveau. Alors on marche, comme on a marché depuis des années pour libérer la France. Les chefs décideront pour nous, ils ont sûrement des idées pour notre avenir.

Trop de visages, de silhouettes, même si le camion roule lentement, qui sait si cet homme, le dos courbé, ou qui regarde de l'autre coté, n'est pas James ou Paul ? De quoi ont-ils l'air ? Sont-ils encore vivants ? Les combats sont à peine terminés et il y a tant de blessés.

Pourquoi penser ainsi ? La peur vous dicte : « que cela serait trop idiot, mourir, être blessé le dernier jour, juste avant d'atteindre la rive tant espérée ! » Trouver parmi cette cohorte les yeux que l'on reconnaîtra tout de suite. Suis-je sur la bonne route ? Il y en a plusieurs, mais elles vont toutes au même village, près des lignes. Sont-ils sur cette route, eux ?

La nuit s'étend. On a parcouru les trois quarts de la distance. On s'arrête, la route est encombrée. Un cheval vient de s'effondrer. Louison regarde la pauvre bête couchée sur le flanc. Les chevaux ont tout donné pour les hommes, et lui s'écrase au bout de ses forces. La voiture était trop lourde, le chemin défoncé. Son palefrenier est à côté du cheval. Il observe son compagnon couché dans la boue. L'homme pleure.

Le camion repart. Louison a le cœur en boule. Un cheval qui meurt, parmi tant d'autres, un homme qui pleure, parmi tant d'autres. Mauvais présage ?

Louison essaie d'identifier les silhouettes surgissant sous les phares, des joues, des yeux, que la nuit déforme, que l'ombre avale. Des personnages gris longent le camion, parmi eux, peut-être deux êtres chers que l'obscurité engloutit ?

Chapitre 28

JAMES avance d'un pas fourbu. Il pense à ses copains qui ont été enterrés rapidement, à peine le temps d'une prière, une croix de bois et on se planque dans les tranchées. Ensevelis dans leurs uniformes crasseux, on leur a juste enlevé les papiers et la médaille pour prévenir les familles.

– Elles étaient belles, tu les as manquées ! Des infirmières que j'aurais aimées pour la nuit, ou la vié !

James ne répond pas au compagnon. La troupe continue sa route.

– J'en rêverai toute la nuit, et il y en avait une qui nous regardait intensément. Si tu n'étais pas plongé dans tes tourments, tu les aurais vues.

À la tombée de la nuit, le camion atteignit le poste avancé. Aussitôt, le personnel médical se mit au travail. Les derniers jours avaient été moins violents, les blessés moins nombreux. On étendit les plus mal en point sur des civières et on les monta à l'arrière du camion, jambe ou bras cassés, éclats d'obus, visages malmenés, maladies de la peau, poux, plaies ouvertes, infections oculaires, tuberculose, maladies gastriques, autant de termes que les combattants n'employaient pas, maux qui pourtant les rongeaient. Et puis, il y a ceux qui ont perdu la raison, qui ressassent les mêmes phrases incohérentes, un obus tombé trop près, une balle qui siffla au tympan.

On entasse le maximum de malades, les uns caleront les autres et le camion repart à vitesse réduite sur la route cahoteuse. Des régiments entiers sont couchés sur les accotements, soldats tout habillés, épuisés. Les phares éclairent les fusils, les corps, les chevaux aux yeux affolés, aux pattes exténuées. Le camion saute, les malades glissent. Louison et sa collègue serrent les cordons des civières, donnent de l'eau, calment les inquiétudes. On gémit, on râle, le chauffeur va au pas, rien n'y fait, les fondrières sont profondes.

– Hey ! James, elles viennent de repasser, les beautés !

– Tu dérailles ! Laisse-moi dormir !

– Deux perles rares, quelles magnifiques créatures ! Ah ! ces deux femmes à l'arrière du camion ! La bâche était ouverte, moi j'aurais pu les réchauffer, les belles !

– Comment peux-tu les avoir vues dans la nuit ? Tu divagues !

– Crois-moi, James, la lampe-tempête pendait au-dessus d'elles. Les deux divines s'inclinaient vers les blessés comme des madones !

– T'as bu ou quoi ?

– C'était un tableau, une peinture, des visages dorés par la lumière vacillante.

– Tu dois faire de la fièvre, mon vieux. Un camion avec la bâche relevée en pleine nuit et deux donzelles qui te font tourner la tête ! Allez ! Moi je dors.

– Et moi, je rêve à elles.

À l'aube, le camion rejoignit l'hôpital d'Opale-sur-Mer.

Aussitôt, les infirmières et les docteurs aidèrent leurs collègues du camion. Certains blessés exprimèrent leur satisfaction de quitter « ce corbillard ! calvaire ambulant ! lit de fakir ! machine à agonie ».

– On espère que ce seront les derniers, soupira le médecinchef. Quelle souffrance ! Vous pouvez aller vous reposer. Beau travail.

Louison et sa collègue rejoignirent la chambrée. Louison ne parvint pas à dormir. Le voyage repassait : colonnes de soldats boueux, chevaux et mulets squelettiques, casseroles, carrioles, d'une armée à bout de souffle. Louison avait espéré trouver Paul ou James, elle avait traversé la nuit comme un cauchemar, que les plaintes des blessés scandaient atrocement. Ils avaient dû relever la bâche, tant cela puait l'essence, ils avaient eu froid. Les malades gémissaient, leurs mâchoires serrées, leurs joues creuses, leur barbe sale, leur tignasse pouilleuse, leurs vêtements déchirés, raccommodés, leurs mains faibles, leur tristesse de naufragés, assaillaient sans cesse l'esprit de Louison.

– Sale guerre, qui salit tout, murmura-t-elle, Elle se leva et rejoignit les nouveaux venus.

Déjà, ils avaient meilleure apparence. On venait de les débarrasser de leurs bandeaux crasseux et ensanglantés, de leurs vêtements boueux. Sommairement lavés, peignés, ils redevenaient un peu plus humains.

– Mamezelle !

Louison s'approcha de l'homme au fort accent canadien.

– Vos collègues m'ont dit que vous êtes Canadienne.

– Oui.

– Vous venez d'où ?

– Hull.

– J'connais pas, j'viens de la Côte-Nord.

– Je n'y suis jamais allée.

– Fait rien, on vient du même boute !

– Et puis, vos bobos ?

– La jambe, maudite affaire ! Je me suis enfargé dans une marmite de bombe ! Au moment ousque la guerre achevait ! Pis me v'là emmanché de même ! Moi qui voulais gambader, pis même courir jusqu'au pays !

– Que vous a dit le docteur ?

– J'sais pas exactement. J'dormais à moitié. La diligence qui nous transportait devait avoir des roues carrées. Ça fait que je cognais des clous quand le docteur est passé ! C'est sûr que j'ai une fracture, pis une belle !

– Ils vont vous arranger ça.

– Pour me faire arranger, je me suis fait arranger, pour pas dire autre chose. Engagez-vous ! Qu'ils disaient ! Niaiseux, épais comme j'suis, j'me suis dit que j'allais voir du pays. Ben, j'en ai vu du pays ! Je reviens de l'enfer. Mamezelle, l'enfer ! Pis, il y en a qui y sont restés. On était douze enfants à la maison, sur une terre de roches, moi je dis : je pars ! Mais cette fois, icitte, dès que possible, je sacre mon camp, dret à la maison ! Veux plus rien savoir de leur maudite affaire ! Excusez, moi c'est Vincent, vous ?

– Louison.

– Beau nom, ça !

– Vous n'auriez pas connu James Miller ou Paul Javelier ?

– Non. Ils ont l'air de quoi ?

– En ce moment ? Je ne sais pas trop. James avait les cheveux longs et noirs, mon père…

– Des cheveux longs ! Les gradés nous font raser la tignasse, c'est vite une forêt de poux ! D'autres signes ?

– Pour James, grand, épaules plutôt larges, cheveux noirs, yeux noirs, perçants, vifs. Pour mon père…

– Oh ! Là ! Commençons par James. Un gars discret ?

– Peut-être, timide oui.

– De votre âge ? Je suppose.

– Un peu plus vieux.

– Laissez-moi me souvenir, il savait cuisiner ?

– Je ne sais pas, quoiqu'au Victoria Yacht Club il devait cuisiner un peu.

– Des yeux noirs, cela me rappelle quelqu'un, il faudrait que vous demandiez à l'autre Canadien, celui qui tousse souvent. Nos boyaux, façon de parler, communiquaient.

– Je vais lui parler tout de suite. Comment s'appelle-t-il ?

– Joseph ! Jo, pour les intimes. Revenez vite me voir Louison. Qu'on jase du pays. Pis je voudrais savoir si Jo le connaît. Et quand on va m'opérer ?

– Je l'ignore. Dès que j'ai du nouveau pour vous, je vous en fait part.

– Faut bien qu'on s'entraide entre Canayens.

Louison s'approche du lit de Joseph.

– Maudite grippe, elle lâche pas.

– Bonjour Monsieur Joseph, moi c'est Louison.

– Monsieur Joseph, ça fait des siècles qu'on ne m'a pas appelé de même. Pis, qui vous a révélé mon prénom ?

– Monsieur Vincent.

– Monsieur par-ci, monsieur par-là, nous voilà des messieurs ! Ça parle au baptême ! La guerre est donc ben achevée !

– Eh ! Oui !

– Pis ma grippe va finir quand elle ?

– Qu'est-ce que le docteur vous a dit ?

– Tuberculose ! C'est pas un cadeau.

– Au moins, vous êtes vivant.

– Pis entier, tous mes muscles, mes membres, ma tête, mes yeux, tout, je suis chanceux d'avoir la tuberculose ! Ben ben chanceux !

Il toussa, se racla la gorge, se pencha au-dessus du crachoir.

– Regardez pas ça ! Ça vient de loin.

– Je suis habituée.

– Pas moi.

– Vincent vous fait dire bonjour.

– Moi aussi, ça fait qu'on est quitte.

– Vous le connaissez bien ?

– Plus ou moins. On a souffert ensemble. Vous venez d'où ?

– De la ville de Hull.

– Moi, de Montréal. Je rêvais des vieux pays. Je suis servi ! Tu parles d'un rêve ! Jamais allé à Hull, c'est dans le bois, hein ?

– Pas tout à fait. Je cherche mon fiancé et mon père.

112

– Pour le fiancé, me v'là ! sourit-il, avant une remontée de glaire qui le courba de nouveau sur le crachoir. Hé ! que je suis donc chanceux d'avoir cette charogne dans les poumons ! Une vraie *swamp* qui déboule avec les herbes. Oh ! Pardon. Vous savez, au front on est un peu cru.

– Parlez, Monsieur Joseph.

– C'est vrai, il faut que je m'habitusse.

– Mon père se nomme Paul Javelier, mon fiancé, James Miller.

– Moi, Joseph Gagnon. Pis ?

– Vous ne les connaissez pas ?

– Il y avait tant de Canadiens ! Maudite guerre !

Il toussa, se racla de nouveau la gorge et avala ses mottons.

Louison eut un haut-le-cœur.

– Je rêvais des vieux pays.

– Vous me l'avez déjà dit.

– Quand ça ?

– Tout à l'heure.

– Vous êtes qui vous ?

– Louison, l'infirmière.

– Je vous ai jamais vue.

– On vient de se parler.

– Vous venez d'où ?

– Hull.

– Hull ?

– Je crois que vous avez besoin de repos, Monsieur Joseph.

– Monsieur Joseph ! Ça fait longtemps qu'on m'a pas appelé de même !

– Je vais vous laisser dormir un peu.

– C'est ça Armande, à la prochaine !

– À bientôt, Monsieur Joseph.

– Monsieur Joseph, tu parles, on est des messieurs maintenant.

Une toux le secoua de nouveau. Il dégurgita dans le crachoir.

Des malades se plaignaient. Louison s'éloigna sans bruit.

Les jours suivants, chaque fois qu'elle le pouvait, elle interrogeait les blessés canadiens, Paul, James, les descriptions ne leur évoquaient rien.

Monsieur Vincent fut évacué vers l'hôpital canadienfrançais de Saint-Cloud. Monsieur Joseph avait besoin de soleil, de nourriture et de beaucoup de repos. Il resta à Opale-sur-Mer. Louison s'attacha à cet homme blessé qui avait des moments de lucidité et de grandes dérives où ses souvenirs poursuivaient la guerre. Il accueillait toujours Louison avec un sourire, l'appelant « fille », parlait des tramways de Montréal, de la rue Saint-Laurent, la Main, puis replongeait dans ses ténèbres, oubliant Louison, ne sachant plus rien, sauf ces bruits de guerre, de canons, de fusils. Il se cognait les mains contre la tête comme s'il voulait en extirper le Mauvais qui s'y amusait. Puis, Joseph toussait et s'endormait.

Dès que le soleil brillait, Louison conduisait Monsieur Joseph sur la terrasse, protégé d'une couverture, elle lui parlait, à l'endroit même où elle venait avec Abdoulaye.

C'est là qu'elle le vit, devant elle, sur la terrasse !

Chapitre 29

ELLE s'élança vers lui.
— James !

Il ouvrit les bras, elle fondit en lui !

— James ! James ! Comment as-tu su que j'étais ici ?

— Un hôpital avec quelques infirmières canadiennes, il n'y en pas partout en France. Tu m'avais mentionné que tu étais au bord de la mer, dans le Nord.

— Et toi que tu étais près de la frontière belge.

Il la fit tourner. Elle ferma les yeux, lui aussi. Monsieur Joseph regardait la scène en toussant, non pas à cause de la tuberculose, mais parce que le médecin major les observait.

— Mademoiselle, vous êtes en service !

Ni Louison, ni James n'entendaient les remontrances. Ils étaient vivants, tous les deux !

— Mademoiselle ! Quel comportement, quel laisser-aller ! Qui est cet homme ? demanda le médecin major au malade.

— Qui ? demanda Monsieur Joseph.

— Le soldat ?

— Vous voyez un soldat vous ?

Le médecin examina Joseph et haussa les épaules.

— Je vais écrire un rapport.

— Un rapport ? répéta Joseph en souriant. Rapport ! Rapport ! Rapport ! cria Joseph. Il se leva, saisit sa couverture et hurla : aux bécosses les ordres, aux chiottes ! Plus d'ordres ! Plus de rapport !

La toux le courba. Louison accourut. Le médecin observa Louison, Joseph et James.

— Mademoiselle, c'est inadmissible, quelle honte ! pestait le médecin.

— Monsieur Joseph, calmez-vous, insistait Louison.

Elle réussit à asseoir le malade.

– Il est-u niaiseux, épais ce chef ! grommelait Joseph, en fixant méchamment le médecin major. Furieux, ce dernier se tourna vers James :

– Soldat ! Que faites-vous là ? Vous n'êtes pas malade que je sache.

James se mit au garde-à-vous. Il salua respectueusement.

– James Miller ! À vos ordres. Je suis venu voir ma fiancée.

– Sans permission, sans aviser les autorités de l'hôpital ! C'est de la désertion ! Je vais rédiger un rapport.

Joseph gronda :

– Rapport ! Rapport ! Niaiseux !

Louison le raisonna, en espérant que le médecin n'écoutait pas.

– Retournez immédiatement à votre section, rappelez-moi votre nom, soldat ?

– James Miller.

– Rompez ! Vous, mademoiselle rentrez ce malade illico, vous ne voyez pas dans quel état il est. Votre supérieur vous a-t-il donné l'ordre de sortir ce malade ?

– Non, je l'ai fait de moi-même.

– Je vais rédiger un rapport ! Un long rapport ! C'est scandaleux ! Un hôpital, c'est un hôpital ici ! Pas une maison close, ni un asile ! Vous comprenez ?

– À vos ordres, répondit Louison.

James passa devant elle et lui lâcha un beau sourire. Elle lui répondit de la même façon. James salua militairement le médecin major et s'éloigna. Le médecin serra la mâchoire et les poings et partit. Les talons de sa colère résonnèrent dans les couloirs froids. Joseph, au bras de Louison, regagnait le dortoir.

– Un rapport, un rapport, ça fait longtemps que je n'ai pas eu de rapport, moi, soupira Joseph, le sourire en coin.

Louison le coucha, il était fatigué.

– C'était beau la mer sur la terrasse, plus grand encore que cheu nous sur la Côte-Nord, pourtant c'est grand là-bas itou !

– Vous m'aviez confié que vous venez de Montréal. C'est Vincent, votre collègue, qui d'ailleurs est parti, qui est de la Côte-Nord.

– En plein ça !

– Bon… enfin, vous avez vu mon James.

– James ? J'ai vu personne, moi.

– Mon fiancé, il était là, c'est pour ça qu'on s'est fait engueuler et qu'il va écrire un rapport, le chef.

– Un rapport ?

Louison lui remonta la couverture, lui serra la main. Elle le quitta le cœur joyeux. Elle regagna ses collègues qui riaient de la colère du médecin major :

– Il fulmine. Ca va chauffer, Louison !

James était vivant ! Vivant, entier ! Dieu merci !

Elle chantonna : « Partons, la mer est belle… »

Chapitre 30

LE SOIR MÊME, le médecin major convoqua Louison à son bureau.
– Mademoiselle, votre scène de dévergondage sur la terrasse avec votre petit ami est un scandale pour notre établissement !

– C'étaient nos retrouvailles ! Je n'ai pas vu mon ami depuis si longtemps. Je ne savais même pas s'il était vivant.

– Ce n'est pas une raison pour vous exhiber de cette manière grotesque et lascive devant le personnel et les patients !

– Si ce sont des excuses que vous attendez, je peux vous les exprimer. Sachez, cependant, que je suis follement heureuse de savoir James en vie, après tout ce que ces hommes ont souffert, c'est un miracle.

– Donc, vous vous excusez ?

– Je vous présente officiellement mes excuses. À vos ordres.

Subitement, le médecin major sourit.

– Joseph a raison. Pas de rapport. Fallait que je gueule, sinon cela devient un lupanar ici. On n'est pas à Pigalle, ni aux Folies Bergère. Hélas, murmura-t-il et, reprenant sa voix grave, il poursuivit : bien sûr que je vous comprends, mais je suis responsable de la morale de cet établissement. Allez, soyez heureux et n'ayez pas trop d'enfants !

Décontenancée, Louison était sur le point de pleurer, de joie. Elle retrouvait le médecin major comme il avait toujours été jusqu'à présent, aimable, respectueux de toutes et de tous, un être avec qui on avait le sentiment de travailler en équipe. Elle observa cet homme qui depuis longtemps aurait pu arrêter de travailler en raison de son âge. En plus d'être sage, efficace, il avait le sens de l'humour.

– Je vous remercie, docteur.

– Nous apprécions votre travail ici, Louison.

– Merci, docteur, je retourne à mon poste.

Elle alla porter la nouvelle à Joseph.

– Monsieur Joseph, il n'y aura pas de rapport.

– Parfait. J'ai bien fait de pousser ma crise. Ils m'auront pas. Ils m'ont pas eu et m'auront jamais. Je suis plus ratoureux qu'eux ! Oui, même la tuberculose, je vais la coincer ! Du gin, ma belle du gros gin, de l'air du fleuve, de la mer, de la forêt ! C'est la guerre qui rend malade.

– Vous allez mieux, Monsieur Joseph. Vous ne perdez plus la tête ?

– Pas fou, le bonhomme hein ! Fallait que je leur montre que j'étais ben ben malade. Sinon, ils m'auraient pas soigné les poumons. Ils m'auraient négligé ! J'en ai rajouté un peu. Finalement, c'était peut-être point nécessaire !

Le lendemain, un gamin se présenta au concierge de l'hôpital. L'enfant déposa une enveloppe.

– Pour Mademoiselle Louison. Il courut vers un soldat qui lui remit une pièce de monnaie.

– Il y avait ce courrier pour toi, Louison, lui dit une collègue en lui tendant l'enveloppe.

Louison,

Je dois repartir ce matin, nous sommes cantonnés à des lieues d'ici. Maintenant que la guerre est finie, je vais demander une permission pour être près de toi avant de rentrer au Canada et te retrouver pour la vie, ma Louison. Dès que je serai en congé, je te rejoindrai à ton hôpital. De ton côté, essaie aussi d'obtenir une permission. Nous pourrons enfin nous payer un peu de bon temps. Même si je suis totalement fauché, nous serons ensemble, c'est ce qui compte. J'ignore si ton médecin major a fait un rapport me concernant, mais pour l'instant je n'en ai pas été avisé. J'espère que mon comportement n'aura pas de conséquences fâcheuses pour toi. Tu es ma Louison des bois. Quel immense bonheur de te revoir, entendre ta voix, te serrer dans mes bras !

Je t'aime !
À bientôt.

James

Louison lit et relit la lettre. Il pleut, comme si toute la mer voulait se déverser sur la côte. Pourvu que James ne soit pas trempé. Il en a vu d'autres. Dans le cœur de Louison il fait beau, un temps magnifique, la vie entre partout ! Elle revoit James, ses traits presque anguleux, sa maigreur qui accentuait son regard toujours vif, envoûtant et tendre. Elle ferme les yeux, elle et lui voguent en canot sur la rivière. Des érables, des chênes, des pins blancs se reflètent dans l'eau, Louison des bois, James des bois, ils vont vers l'ouest, ils sourient. Ils avancent en raquettes sur la neige qui poudroie. Des dunes, des buttes, des sillons de blancheur, de bleu, de gris, il floconne sur leurs bonnets, les cheveux qui en dépassent volettent au vent. James prend Louison dans ses bras. Leurs chaleurs s'unissent, leurs lèvres se caressent. Il neige jusqu'à la fin du monde, en silencieuse douceur. Les cristaux dansent. Un hiver, c'est un vrai hiver, de neige et de bouleaux, de pins aux ramures cotonneuses, de frimousses d'écureuils, un renard roux va son chemin, un loup appelle au loin. Le manteau de James est une maison, une solide chaloupe en haute mer. Le vent, la houle de neige, plus loin, une cabane, une cheminée qui fume, les traces de leurs pas. La neige glisse et chante sous les raquettes, un rêve, ce n'est qu'un rêve. Elle ouvre les yeux.

– Mademoiselle Louison, vous êtes dans la Lune ou quoi ? C'est le médecin major qui l'interpelle et qui ajoute : votre Monsieur Joseph, il s'est volatilisé ! Avec vous on ne s'ennuie pas !

– Pardon ?

– Évaporé, parti ! Vous ne l'avez pas caché quelque part, non ?

– Mon Dieu !

– Cela fait une demi-heure que nous le cherchons. Pourvu qu'il ne soit pas en ville. Dans son état, il est contagieux.

– Le concierge l'aurait vu sortir.

– Vous croyez qu'il serait parti par la grande porte ! Quelle idée ! Quand on fugue, on se glisse en arrière, par les portes dérobées. On se cache dans les sacs de linge sale, que sais-je ? Pas par la porte en disant : « Bonjour Madame la concierge, je fugue. » Et elle de répondre : « Eh bien ! Bonne fugue Monsieur Joseph ! Prenez pas froid. »

– Si vous permettez, docteur, je vais demander à la concierge.

Le médecin major hausse les épaules, désespéré par ce raisonnement. Il s'en va en claquant des talons comme un métronome débridé.

– Joseph m'a vaguement montré un papier, certifiant qu'il avait un permis ! J'ai fermé les yeux, au même moment, il y avait le gamin avec la lettre pour vous. Vous l'avez eue la lettre, au moins ? Je suis concierge moi, pas garde-chiourme, Mademoiselle Louison. D'habitude, ils vont au bistrot de La Marine, voir si la Marine est là, voyez ce que je veux dire ? Pas besoin de vous faire un dessin, et pour se rincer le jabot.

– Merci, je vais aller vérifier. Pouvez-vous me prêter votre manteau ?

– Pis quoi encore ? De l'argent ? Tenez, c'est pour une bonne cause. Salissez-le pas !

Louison se hâta vers le bistrot de La Marine. Pas de Monsieur Joseph. Elle entra au bistrot du Grand Large, la clochette de la porte tinta. Au fond, dans la fumée des pipes et des cigarettes, la buée, la chaleur du fourneau à charbon, Monsieur Joseph, assis seul à une petite table, un verre de rouge devant lui, le col de la capote relevé, avait les yeux hagards.

– Qu'est-ce que je vous sers, Madame ?

– Rien pour l'instant, merci.

Louison salue de la tête. Monsieur Joseph ne répond pas. Il est dans les nuages. Puis, il lève la main, le verre tombe, le vin s'étale sur le manteau de la concierge.

Monsieur Joseph fait la moue, ferme ses mains et tousse.

– Je vais le nettoyer. Ça arrive souvent, dit la patronne. Ça tache ce jus, après c'est foutu. Allez, je vous remets ça ! Donnez-moi le manteau.

– Alors, la même chose pour lui, et un thé pour moi, s'il vous plaît, merci.

– Il en a besoin le monsieur, c'est votre père ?

– Non, un ami.

Monsieur Joseph lève la tête :

– Un ami ! Elle est bonne ! Un ami ! Qu'est-ce que vous fichez là, vous ? Tanné, suis tanné, perds la boule, moi !

– Parfois oui, parfois non.

– J'sais pu où je vas, ce que j'dis.

– Vous le faites exprès ?

– Est bonne celle-là. Exprès ! Ben au début, vrai, pis maintenant, cette guerre, les blessures, la maladie, les médicaments, j'contrôle pus bien.

– Vous jouez la comédie.

– Ou ben la comédie me joue ! J'veux dégager de là au plus sacrant ! J'veux mourir au bord du fleuve, pas dans un hospice de même ! C'est plate en maudit, c'te place !

– Un hôpital, pas un hospice.

Joseph prit tout son temps pour déguster son ballon de rouge. La patronne rapporta le manteau. Il était mouillé, pas trop taché. En maugréant, Joseph consentit à retourner à l'hôpital.

– On va repartir ensemble au Canada, promis, affirma Louison. Vous seriez mon père, j'agirais de même. Je vais en parler au médecin major.

– Pas commode, celui-là. Merci fille.

– Je ne vous lâcherai pas tant que vous ne serez pas à Québec. Votre famille viendra vous chercher.

– Famille ! Famille ! C'est vous ma famille.

Quelques jours plus tard, Louison et James obtinrent de leurs autorités respectives des permissions exceptionnelles pour convenances familiales.

C'est avec fébrilité qu'ils se retrouvèrent sur le quai de la gare où ils prirent le train pour Paris, ensuite direction Apreval.

Chapitre 31

L E TRAIN roule vers Paris. Louison et James se regardent, heureux d'être ensemble. La campagne porte peu de traces de la guerre. C'est un autre pays. Louison et James n'osent se prendre la main, toutes les personnes du compartiment ne cessent de les observer. Leur uniforme n'est pas celui des troupes françaises. Quelques sourires finissent par rassurer les voyageurs. Des vaches, chevaux, haies, arbres, villages, clochers, et des enfants, parfois pieds nus, qui observent le train, des paysannes et leurs sabots boueux, des bûcherons au coin d'un bois, la fumée de leur feu, James écarquille les yeux.

Les bruits du train sont une musique, comparée aux canons, aux obus, aux gémissements, aux pleurs. Sur la vitre James revoit des corps que l'on jette dans les fosses communes, bras mous, jambes tordues, rangées de soldats, d'officiers, sur lesquels un aumônier, quand il y en a un, récite une prière, donne la bénédiction, ensuite on pellette la terre. Ils étaient jeunes, ils riaient, ils étaient en vie. D'eux, ne restent que des plaques de métal, des lettres que les services enverront aux familles. Villes détruites, villages en ruines, chevaux tués, bêtes qui souffrent, qui ne comprennent pas, c'est miracle de sortir vivant de ce charnier ! Trop de cadavres. La nausée. Espérer, les disparus, sont-ils prisonniers ?

James secoue la tête. Louison est assise à côté de lui. Les autres passagers somnolent. Des soldats rentrent chez eux, des paysans, un curé, des enfants. La vie reprend. La campagne est paisible sous le froid de décembre.

Peu de bêtes dans les champs, on a tout réquisitionné pour nourrir l'armée et tirer les convois. La campagne est triste, pourtant James sourit à Louison. Le mauvais passé, on ne peut l'oublier, on peut en réduire la place. Les soldats ivres, les enfants rieurs, les mères qui chantonnent, le train qui brinquebale, le vent, la pluie sur les vitres, quel bonheur ! Plus besoin de se baisser aux sifflements des balles, de se cacher à l'explosion des obus, de se tenir au garde-à-vous devant l'officier. Une soutane, une cornette de bonne sœur, Louison et James en uniforme, découvrent le pays.

Les hommes commencent à revenir dans les campagnes. Pas tous, hélas. Il faut réparer les granges, les toits, les étables, les écuries. Les femmes ont pris les commandes, les veuves, si nombreuses, continueront la tâche de leur mari. On était pauvres, on l'est encore plus.

À chaque arrêt, à chaque gare, il y a des bonheurs qui éclatent aux retrouvailles ; des pleurs qui se répandent aussi, souvent. On questionne les premiers arrivants, a-t-on des renseignements sur les autres, sont-ils vivants ? Des femmes et des enfants retournent seuls à pied vers le village, peutêtre papa sera-t-il dans le prochain train.

Louison pense à Paul. Elle n'a aucune nouvelle de son père depuis quelques mois. Ce qu'ils savent, Paul et Louison, c'est que l'on a convenu de se rendre à Apreval dès que la guerre sera finie. Et voilà maintenant deux semaines que l'Armistice a été signé. Paul a-t-il combattu jusqu'aux dernières heures ? Louison a besoin de James, de sa chaleur. Parfois, la tête de Louison frôle l'épaule de James. Le bonheur suprême, serait que Paul soit déjà à Apreval, ou qu'il les y rejoigne. James et Louison n'ont droit qu'à quatre jours de permission, deux jours de voyage, deux jours à Apreval. C'est peu, c'est beaucoup. Jamais Louison n'aurait pensé retourner dans son village natal, surtout pas dans de telles circonstances. Elle vêtue en infirmière, James en soldat, deux Canadiens dans un petit village. James ne passera pas inaperçu dans le Val de Saône.

Le train s'arrête en rase campagne. Un cheminot parcourt la voie en ordonnant de garder les portières fermées, de demeurer dans les voitures.

– C'est un wagon qui s'est décroché et qui est tout seul là-bas avec ses passagers !

Les gamins rient, tandis que les soldats poussent le wagon.

Une demi-heure plus tard, on repart.

Louison souhaite prier avec James sur la tombe de sa mère. Elle pense souvent à ce moment, présenter James à sa mère. Elle est fière de lui. Il est solide, il est franc, il est beau. Renée aurait aimé ce fiancé. La joie est discrète, partout les survivants côtoient les veuves, les orphelins. Les soldats qui reviennent ont partagé les derniers instants de cet époux, père, oncle, fils. On est heureux de voir les siens, mais on rentre de la guerre et il y a trop d'absents. On tente de réconforter les uns et les autres, de donner un coup de main à la veuve, de dire aux enfants que leur père est décédé en héros, qu'il n'a pas trop souffert, qu'il faut prendre la relève maintenant. On recommande d'être forts, dignes du soldat mort pour la France. On quitte la maison, la famille décapitée, en pleurs et, soi-même, on éclate en sanglots. Cela s'appelle l'Armistice. Cela vous serre la gorge, mouille les yeux, inonde le cœur. Cela vous casse en deux. On raconte des histoires, puis on ne peut plus rien dire, on veut oublier, comme si cela était possible !

Chapitre 32

APREVAL.
Les maisons s'alignent immuablement le long de la rue boueuse. Apreval sent le purin, la paille des écuries, la vapeur des vaches, l'eau âcre des puits. Aujourd'hui, Louison aime ces odeurs. Apreval, ce sont des tas de bois, des monticules de fumier, des volets gris, des murs sans crépi, des fenêtres aux rideaux blancs, des poules et, sur le bord de la route, des enfants qui braquent leurs yeux sur les deux personnes marchant vers eux. Ce ne sont pas des soldats français, pas des Allemands n'ont plus. Que font-ils là, égarés dans ce coin ? D'où viennent-ils ? Les enfants reniflent leur morve ou l'essuient du revers de la main. La paille sort de leurs sabots, les pantalons et les robes sont rapiécés, les cheveux ont été coupés en bol. La fumée monte des cheminées. Une femme jette l'eau de sa bassine devant sa maison. La fermière s'est donné ce prétexte pour mieux examiner les étrangers.

Le café, l'école et sa vieille croix de pierre, à côté la maison de l'instituteur, et à droite, oui la revoici, la maison familiale ! Louison s'arrête. Elle saisit la main de James.

– C'était là !

Dans le café, les rideaux se sont écartés, les hommes se sont levés.

– Deux soldats !

– Non, un soldat et une soldate.

– Non, une infirmière !

– Sont pas des Français.

– Pas des Boches non plus ?

– Pas des Anglais ?

– Non.

– Alors, sont des quoi ?

– Des tirailleurs sénégalais !

– Tu parles d'un coco celui-là, des Sénégalais blancs ! T'as trop bu le vieux !

– Moi, c'est drôle, je la reconnais, la femme.

– Hein ?

– Ne me faites pas dire ce que je n'ai point dit, mais vous voyez ce que je veux dire !

– Tout à fait, tout à fait.

– Ce serait-il pas… ?

– Ben si que ça serait elle !

– Pis lui, c'est qui c'lui-là ?

– Ben une connaissance, pardi !

– Elle a grandi la petiote !

– Si vous montez, descendez donc, vous viendrez voir la petite comme elle est grande !

– Arrête tes conneries !

– La Louison ! Vingt Dieux ! C'est elle !

– J'aurais jamais pensé la revoir de ma vie !

– Et en uniforme !

– Ils étaient partis au Canada et la rev'la en infirmière canadienne !

– Garde-à-vous ! Messieurs !

– Vous avez trop bu ! Admirez donc, c'est une belle pouliche, qui revient de loin !

– Au bras de qui ? Il a pas l'air de la région c'lui-là !

– Un Indochinois ?

– T'es bourré ou quoi ?

– C'est comme un Annamite, mais c'est pas un Annamite !

– C'est quoi la différence entre un Annamite et un Indochinois ?

– Comme kirsch et gnôle, peut-être ? Un qu'est plus large que l'autre ? En parlant de goutte, on remet ça !

– Bon ! c'est pas tous les jours qu'on fête l'Armistice !

– Ma foi, ça fait deux semaines que l'Armistice est déclaré et pis que vous trinquez à ça !

– La Louison ! Manque plus que l'Paul et nous revoilà comme dans l'temps ! Sauf qu'elle est devenue infirmière la petite, ça gagne des sous, ça !

– Et ça peut te faire de beaux pansements, tu sais !

– Regardez, s'en vont directement à son ancienne maison.

– Elle va peut-être la racheter !

– À qui ? On est sans nouvelles du père Boilat depuis des semaines. Si ça se trouve, sa femme est veuve en ce moment. Et l'Paul, il est peut-être mort aussi. Ça sera pas long qu'on saura tout !

Chapitre 33

LE CŒUR battant, Louison examine la maison. Tout est là. Comme dans son souvenir. La fenêtre de la cuisine avec la pierre en gouliche (pierre entaillée d'une rainure par où l'eau s'écoule) de l'évier, les deux fenêtres en haut ; à droite, la porte de grange et ses deux petites ouvertures en losange ; une remise ; un tas de bois à côté ; la vieille vigne qui grimpe sur le mur. Tant d'années ont passé, la maison est identique.

Une silhouette s'agite dans la cuisine. Quelques secondes plus tard apparaît une femme. Louison hésite. Est-ce Madame Boilat ? Elle avance vers eux.

– Louison ! Mon Dieu ! Louison ! Ce que tu peux ressembler à ta mère ! C'est pas croyable ! C'est Renée, Renée !

– J'allais te dire la même chose, Suzanne. J'ai cru que tu étais ta mère !

– Ah ! Que je suis heureuse ! Ma seule, ma vraie, ma grande amie ! Nous parlons souvent de vous ! On ne vous a pas oubliés !

Elles pleurent.

– Suzanne, je te présente James Miller, mon bon ami.

– Enchantée, cela me fait grand plaisir. Entrez ! Entrez ! Excusez, c'est tout en désordre. Vous allez avoir une surprise ! Il y a une personne que tu connais dans la cuisine, près du poêle.

– Qui ?

– Surprise !

Une vieille dame est collée au fourneau. Elle dévisage Louison qui est à contre-jour. Louison s'écarte, la lumière éclaire mieux son visage.

– Louison ! La petite Louison !

La dame applaudit et continue :

– Dieu soit béni ! Louison, comme tu as grandi ! Oh ! Que tu es belle ma petite !

– Flavie, quel bonheur !

Elles se serrent les mains, s'embrassent et pleurent.

Suzanne triture le bout de son tablier bleu marine.

– Mon Dieu, mais asseyez-vous donc ! Où est-ce que j'ai la tête ? Regardez pas le désordre.

Flavie intervient :

– Asseyez-vous, Monsieur ! De la visite du Canada ! Vous êtes aussi du Canada, je suppose ?

– Oui, Madame.

– Appelez-moi Flavie et elle Suzanne.

– Je sors la gnôle. Faut arroser ça, pas vrai Flavie ?

– Ben oui Suzanne ! J'en prendrais bien un peu ! Et, se tournant vers Louison : Je pense si souvent à vous au Canada, moi qui suis collée au poêle, et vous dans les grands froids ! Heureusement, la guerre est finie !

Suzanne revient de la cave avec une bouteille. Un chat la suit, il sent James, puis se colle contre Louison et saute sur ses genoux.

– Figure-toi Louison, que c'est la nième génération de ton minou. C'est un de ses arrière-petits-fils ! Et il t'a tout de suite adoptée ! Que d'émotions !

– Et tes parents, Suzanne ?

– Je vais tout t'expliquer, Louison. Bon, je vous sers d'abord.

– Doucement, Madame, euh ! Suzanne.

– C'est ça, James, Suzanne ! D'abord, vous n'êtes pas pressés, vous restez ici autant que vous voulez.

– On a juste deux jours de permission.

– C'est pas long, Louison.

– On a pris ce qu'on nous a accordé. Suzanne, tes parents ?

– Voilà.

Elle se cale dans sa chaise et commence :

– On est sans nouvelles de papa depuis deux mois. On est vraiment inquiètes. D'après ses copains de régiment, il a disparu. Ils attaquaient une fortification allemande, une casemate en béton. Je ne sais quoi. Ils pensaient avoir terminé, lorsqu'il y eut une contre-attaque. Les nôtres ont dû battre en retraite. D'après ce qu'ils disent, papa était en avant, à l'intérieur des lignes allemandes. Il est porté disparu. Pas de corps retrouvé. Est-il prisonnier, dans quel état ? On espère, on prie, Notre-Dame de Gray, de Faverney, toutes.

– Et ta mère ?

– Elle a pris la place de papa. Elle est à l'école en ce moment. Dans une demi-heure, elle aura fini. On ira la voir.

– Au moins, ton père n'est pas mort.

– On espère, Louison. Pas de nouvelles, bonnes nouvelles. Et Paul ? Papa nous a écrit qu'ils s'étaient rencontrés à la guerre, c'est incroyable !

– Oui, quelle coïncidence ! Pour Paul, je ne sais pas non plus. Rien depuis un mois, il nous écrivait régulièrement. Nous nous étions dit, qu'advenant la paix, Paul et moi, on tenterait de se retrouver à Apreval, avant de repartir au Canada.

– Quelle bonne idée ! À la vôtre, et à nos papas !

– À la vôtre aussi !

– Vous dormirez en haut, James, dans l'ancienne chambre de Flavie. Maintenant, elle dort en bas. Nous lui installons un petit lit.

– Ma pauvre Louison, je ne suis plus capable de monter les escaliers ! James, vous aurez ma chambre, comme ça personne ne pourra rien dire !

– Louison, ma mère et moi nous dormirons dans l'autre chambre.

– Le village n'a pas beaucoup changé depuis notre départ au Canada.

– C'est vrai. Sauf que la plupart des hommes valides sont partis à la guerre. Restent les anciens, et quelques réformés, des fidèles clients du café. On a réquisitionné des chevaux, des ânes et même des bœufs ! On les reverra plus, ils ont dû être mangés. On était attachés à nos bêtes.

Après des ronrons sonores, le chat s'endort sur les genoux de Louison.

– Je ne l'ai jamais vu comme ça ! Dès qu'arrive quelqu'un, il s'enfuit dans la grange. C'est le digne descendant de ton chat, Louison. Il vous a cherchés longtemps celui-là, puis il a repris ses habitudes, et nous a apporté bien des rejetons ! Il a eu une bonne vie, il s'est endormi de vieillesse, comme notre chien, que tu as connu Louison, le Glapiat, ils s'entendaient bien ceux-là et le Poilu, le chien que tu avais recueilli à la mort du Breugnot, notre berger communal ! Un vrai trio d'amis !

– Si seulement cela pouvait m'arriver, m'endormir pour l'éternité. Maintenant que j'ai revu ma petite Louison, je peux partir.

– Ben non, Flavie, faut que vous saluiez Paul et puis Monsieur Boilat !

– C'est vrai, je ne peux pas mourir sans eux. Faut que je m'accroche.

– La vie au Canada ? Ça va ? Tu m'as écrit qu'au début, cela n'a pas été facile. Et puis, j'ai reçu tes deux lettres en même temps, celle du 2 novembre 1904 et 1913. Je t'ai répondu.

– Ton courrier ne m'est jamais parvenu. Cela m'aurait réconfortée.

– On se retrouve, c'est l'essentiel !

Louison caresse le chat. James observe la cuisine.

– Nous avons eu des difficultés, mais nous en avions ici, des douleurs, et des joies. La vie quoi ! Il y a des gens qui nous aiment, d'autres pas.

– C'est drôle, Louison, tu as un accent canadien.

– Et pour les Canadiens j'ai un accent français. Certains même me le reprochent, trouvant que je suis hautaine.

– Et moi un accent anglais, dit James en souriant.

– James, vous parlez français et anglais ?

– Oui, Suzanne, mais mal les deux langues.

– Êtes-vous Indien ?

– Chinois.

– Il y a des Chinois au Canada ! Vous êtes sûrement le premier Chinois de passage dans notre village perdu ! Et vous venez du Canada ! C'est un honneur pour nous.

– T'es comme moi Suzanne, pas encore mariée ? demande Louison.

– Oh ! Qui veut de la fille de l'instituteur ? Hein ? Tu connais le village. Le seul beau gars, intelligent en plus, est parti à Paris ! Il étouffait ici. Lui je l'aurais bien épousé, quelqu'un de bien.

– Écris-lui !

– Je n'oserais jamais, Louison.

– Vous vous aimiez ?

– Juste amis, une bluette, mais je tenais à lui. Il était timide, dommage.

– Qu'est-ce qu'il fait à Paris ?

– Ils veulent tous monter à Paris, pour travailler aux chemins de fer, aux postes, ou dans la gendarmerie. Il souhaitait devenir peintre, artiste peintre ! Ce n'est pas tout à fait le genre d'emploi à Apreval !

– Et ?

– Qu'est-il devenu ? Il a dû aller à la guerre, comme les autres, pas le choix. L'autre jour, les piliers du bistro m'ont lancé : «Ton peintre, il doit en voir de toutes les couleurs, au front ! Pas besoin de te faire un tableau, Suzanne ! » Le ton était tellement méchant, que je ne les salue plus depuis ce temps-là.

Le chat leva la tête, tendit les oreilles, Madame Boilat entra dans la cuisine.

– Ah ! C'est donc bien vrai ! Vous êtes de retour ! Les garnements n'avaient pas tort. Et Louison est accompagnée d'un beau monsieur. Louison je t'embrasse, toi mon autre fille. Ah ! Mon Dieu ! Que mon mari serait heureux d'être ici.

Tout le monde pleure. Le temps s'est arrêté, sauf pour l'horloge comtoise qui égrène méthodiquement les secondes. Le balancier cuivré luit à la clarté du jour.

– Tout à l'heure, les petits qui ne vont pas à l'école sont venus colporter la nouvelle à mes élèves. Un des miens a prétexté qu'il devait aller aux toilettes et ensuite il a murmuré ce qu'il savait. J'ai fini par reconnaître ton prénom, mais je me suis dit que cela devait une autre Louison, et puis, j'ai demandé que l'on me dévoile tout. Heureusement, c'était la fin de la classe. J'ai donné les devoirs pour demain et me voici ! Quelle joie ! Vous devez être aux anges, Flavie !

Flavie lève son bras frêle et sourit en cachant, de l'autre main, ses mâchoires édentées.

– J'aurais jamais pensé revoir notre Louison ! J'ai bien fait d'attendre avant de mourir. C'est la bonne, la sainte Renée qui nous l'envoie !

– Et qui va nous envoyer mon mari !

– Si seulement !

Tout le monde se rassied. Le minou revient sur les genoux de Louison.

– Vous restez combien de jours ?

– Nous devons repartir après-demain, pas plus tard.

– Quel dommage ! Bon, il faut que je vous informe tout de suite, je viens de l'apprendre par un courrier reçu à l'école, un pli de quelqu'un de la sous-préfecture. Il y a de l'espoir pour papa. Écoutez, j'ai le papier là.

À Madame Irène Boilat, Institutrice, Apreval
Madame,
En réponse à votre lettre du 3 courant relative à la situation de votre mari, nous tenons à porter à votre connaissance les faits suivants :
Le caporal André Boilat a combattu à Verdun et courageusement contribué à la défense des forts français. Comme vous le savez, les combats dans ce secteur ont été très difficiles et nous avons eu à déplorer de nombreuses pertes dans nos rangs. Jusqu'à hier, nous sommes restés sans nouvelles de votre époux. Nous l'avions considéré jusqu'à présent

comme «disparu au front ». Aujourd'hui, d'après les renseignements émanant des autorités allemandes, votre époux a été fait prisonnier par les soldats de ce pays. Déplacé en zone allemande, puis transféré en Allemagne, le nom de votre mari figure parmi la liste des prisonniers qui seront bientôt libérés et rapatriés en France, en vertu de l'Armistice signé le 11 novembre de cette même année. Nous n'avons aucune indication sur l'état de santé votre mari, le caporal André Boilat.

Dès que nos services en seront avisés, nous vous ferons parvenir tous les renseignements disponibles. Au cas où le caporal Boilat réintégrerait son domicile par une voie directe, nous lui demandons de rencontrer, au plus vite, les autorités militaires de sa région immédiate, afin de remplir les documents de démobilisation et de compléter ses papiers militaires.

Nous vous prions de croire, Madame, en nos salutations distinguées.

Signé : pour le chef militaire en sous-préfecture.

– Ah ! ben ! Ah ben ! soupire Flavie.

– Prisonnier, pourvu qu'ils ne lui aient pas fait de mal ! Enfin, il est vivant ! ajoute Suzanne.

– C'est une excellente nouvelle, renchérit James, votre époux et père est vivant ! Après tout ce qu'il a dû endurer ! Bravo !

– Je suis heureuse pour vous, répond Louison.

– Il ne manque que Paul, poursuit Madame Boilat. C'est comme si chaque fois que nous avons du bonheur, le diable voulait s'amuser, nous agacer, nous punir ! On ne se laissera pas abattre, hein Louison ! On va imaginer que Paul va bien, qu'il pense et qu'il veut que nous soyons joyeux de ces retrouvailles.

– Aujourd'hui, il se passe tant de choses en un si court instant, que j'en suis toute élourdie (étourdie), émeillée (troublée, émue). Cela fait du bien d'être avec vous, les jeunes !

– Les jeunes ! Pas si jeune que ça, Flavie, vous me flattez. Louison, je sens que tu as une demande.

– Oui, Irène. J'aimerais, si c'est possible, avant la fin de la clarté, prier sur la tombe de ma mère avec James.

– On y va ensemble, répond Irène. C'est un grand jour ! Je veux être avec vous. Renée sera ainsi parmi nous.

– Allez-y, moi je garderai le chat, ou l'inverse, déclare en souriant Flavie.

Chapitre 34

L À NON PLUS, rien n'a changé. Le même mur de clôture, qui croule depuis des années, les mêmes tombes aux « Regrets éternels », les mêmes croix que le lichen orne de vert et de gris. Louison, James, Irène, Suzanne, longent les portes rouillées. Un chien les suit. Il reste à l'entrée du cimetière. Les voici devant la pierre tombale sur laquelle est écrit : Renée Javelier. Au pied de la pierre, un pot de chrysanthèmes que le vent a bousculé. Irène le replace. Louison s'agenouille, fait le signe de la croix, se relève. Elle essaie de prier, mais trop d'images défilent. L'agonie de Renée dans la chambre de leur maison, les ravages du tétanos sur son corps, son visage, les spasmes, les nuits d'angoisse. Le docteur qui n'arrive pas. Les prières, les bougies et leur odeur forte. Paul et son chagrin. Elle, une enfant devant la mort, l'incompréhensible, le trou sans fond. Puis, le départ pour le Canada, Madeleine à Paris, l'étape de Charny, Hull, le Grand Feu, Ermance, la petite maison, les jumeaux, la Grande Rivière, les moqueries à l'école à cause de son « accent pointu de France », James. « Notre père qui êtes aux cieux, notre mère qui êtes au ciel. » Elle ferme les yeux. « Je vous salue Marie, je vous salue ma mère. » Elle ouvre les yeux. Des oiseaux volettent de tombe en tombe, picorent quelques graviers. Elle prend la main de James et le regarde. Suzanne et Irène se serrent contre eux, ensemble ils pleurent.

Ils pleurent parmi les tombes, sous un ciel froid. Des lueurs de soleil couchant annoncent qu'il fait beau, tout làhaut et plus loin encore, que demain portera sa nouvelle lumière, que la vie est belle, malgré tout. Le temps a passé, on se retrouve devant une pierre tombale qui, elle aussi, vieillit. Irène enlève quelques feuilles mortes, fait le tour de la tombe de Renée et serre Louison dans ses bras.

– C'est Renée qui nous protège, c'est elle qui t'a envoyée ici, c'est elle qui a gardé Paul et mon mari vivants.

– Tu crois ?

– J'en suis certaine. Dieu donne vie aux morts qui nous guident, protègent, inspirent. La souffrance des humains, ce n'est pas Dieu qui la crée. Renée nous aime. Dieu aime l'homme, qui ne l'aime pas souvent.

James observe attentivement le cimetière. Jamais il n'a été si près de l'enfance de Louison.

Louison est en larmes. Depuis qu'elle est partie pour le Canada, elle a souhaité rendre hommage à sa mère. Après-demain, avant de quitter le village, elle reviendra saluer Renée.

À la sortie du cimetière, le chien saute de joie et tourne autour de James.

– Son maître est enterré ici. Chaque fois que je viens, ce chien m'accompagne jusqu'à la porte, explique Irène. Hein ! Pataud ! Tu attends toujours ton maître. Je ne sais pas qui le nourrit, il est très maigre comme vous pouvez le constater. (Le chien se colle contre Irène.) Pataud s'arrête parfois chez nous, je lui donne à manger et il repart à son ancienne maison, occupée par de nouvelles personnes. Mais toujours, il pleure son ami. Cela me fend le cœur. C'est du vrai amour, ça fait mal.

Pataud et le petit groupe regagnent le village. Devant son domicile de jadis, Pataud hésite. Louison observe le chien. Il lui rappelle le Poilu et le berger du village.

Au café, effaçant la buée des vitres, les consommateurs examinent de nouveau les visiteurs. Il fait presque nuit et, à part les fenêtres éclairées du café, le village est sombre. La seule lumière vient du bistrot, le port de tous les départs, l'île de tous les naufrages. Des autres maisons, c'est à peine si les rais des lampes filtrent à travers les volets fermés, tirés, comme on dit. La nuit glacée et humide tombe sur Apreval. Une nuit que James ne passera pas dans la tranchée, à entendre les rats qui courent, les ronflements et les pets des voisins. Une nuit sans godillots, sans le gel qui vous relance, là, dans le bas du dos, aux oreilles, aux pieds, surtout. Ce froid humide qui vous tord les os, vous crispe les muscles, vous ronge l'échine, vous courbe sur une couverture raidie et boueuse, sous une bâche crevée. Une nuit au vent, lorsqu'on est de garde, à compter les heures de guet, les jours de tranchées avant le repli à l'arrière, à panser ses plaies, à évoquer les disparus. Une nuit à tenter de dormir dans une grange détruite, sur de la paille moisie, non loin des coups de canon, des fusées éclairantes, des mitrailleuses. Nuits de cris atroces, d'agonisants, de blessés écartelés morts sur les barbelés, d'invalides qui supplient qu'on les achève. Marcher ainsi dans le village aux côtés de Louison, sans le bruit de la mitraille, c'est plus qu'un rêve.

Flavie les accueille d'un large sourire. Le chat saute de ses genoux, se frotte contre Louison et la regarde tendrement. Elle le prend dans ses bras.

– T'es bien le descendant du minou. Tu as les mêmes yeux verts et bleus.

– C'est mon médicament contre les rhumatimes. Il me donne sa chaleur, moi des caresses ! Pas trop émue, Louison ?

Louison embrasse Flavie qui lui tapote la joue.

– Tu seras toujours ma petite Louison. Tu étais tellement heureuse, je te voyais dans le jardin, tu jouais, tu riais, tu m'appelais. Tu te souviens ? Tu grimpais sur le mur, ton père ne voulait pas. Tu venais voir ce que je faisais. C'était hier. Louison, c'était le bon temps. Après, il y a eu l'affreuse maladie de Renée, là, tout a chaviré. Vous êtes partis longtemps. Ensuite la guerre est arrivée. Chaque jour, le pire qui s'empile sur le pire. La seule chose de bonne dans cette guerre, ce sont nos retrouvailles ! James est là, je suis contente de vous connaître James. C'est du bonheur qui revient à Louison. Pas vrai, petite ?

– Oui Flavie, c'est du bonheur, du vrai !

Ils épluchèrent ensemble les pommes de terre. Le chat jouait avec les pelures. James alla chercher du bois dans la grange. Il notait les détails, comment cette maison était construite, en pierres, les petites fenêtres, les poutres, le foin, l'étable vide, les nids d'hirondelles, vides eux aussi à cette saison, les outils de Monsieur Boilat, le jardin sous la nuit.

Les odeurs n'étaient pas les mêmes que celles des fermes désertées de l'arrière, dans lesquelles parfois ils se repliaient. Ici on sentait les poireaux, les oignons, les raves, les sacs de haricots secs, les treuffes (pommes de terre), un parfum de vin rouge, de barriques. Des sabots pleins de paille, des poules que l'on dérange, un laurier-sauce dans un petit pot, James promenait la lanterne, découvrait une maison que chaque habitant avait chargée de son âme, ses vieux outils, ses instruments rouillés qui attendaient une autre vie.

Il regagna la cuisine où la buée des patates amidonnait la pièce.

Les yeux de Flavie brillaient de l'amour pur que seules savent prodiguer les personnes très âgées ou les petits enfants ; ses yeux recueillaient la douce lumière de la pièce. L'horloge comtoise dialoguait avec la maison en rythmant le bonheur présent et celui que l'on se souhaitait. Le chat se cala contre Flavie et s'endormit.

Louison laissait courir son regard sur la cheminée. Les objets de son enfance se trouvaient aux mêmes endroits. Le porte-allumettes en métal ; la boîte à sel en porcelaine couverte de petites fleurs roses et au couvercle de bois ; l'évier et sa pierre ocre, la planche pour fermer le trou de l'évier ; la maie, ou huche à pain, ventrue ; les crochets en bois pour les manteaux ; les sabots à l'entrée. Tout était là, et c'était bon de toucher les reliques du passé, comme on reprend un livre aimé et qu'on relit la page si intense, celle qui vous reconduit à un jadis, aussi vrai et fort qu'avant.

Irène sortit une miche de pain du placard. Cela faisait longtemps que Louison n'avait pas vu une miche de campagne. Louison admira la croûte brune et dorée, les alvéoles blanches, les minuscules cavernes. Le pain fondait sous le palais, comme au temps de l'enfance. Lorsque le pot de cancoillotte apparut, Louison applaudit. Il ne manquait que les êtres chers pour que l'on soit au paradis.

– Qu'est-ce que cette affaire ? ne put s'empêcher de s'exclamer James.

– Cancoillotte ! James.

– Grand coyote ?

Ils s'esclaffèrent.

– Le fromage d'ici ! expliqua Louison.

– C'est onctueux, nota poliment James.

– Le meilleur fromage, selon moi, ajouta Louison. On y regoûtera après la soupe.

Louison prit un grand plaisir à mouiller des lichettes de miche dans la soupe. Comment avait-elle pu se priver si longtemps de ces joies ? À l'hôpital, le pain était bon, et elle le trempait, mais la soupe était souvent presque froide à force de traverser les couloirs jusqu'au réfectoire et rien n'équivalait cette miche.

Chapitre 35

ON ÉTAIT ENSEMBLE, on était bien. Sans cesse, le chat quémandait les caresses de Louison, comme pour lui dire que le bonheur, les petites âmes y ont droit aussi, elles qui souffrirent tant au cours de ces années de guerre. La joie montait dans la maison. Parfois, l'absence des êtres chers taraudait le cœur. Une peine lancinante, que l'on taisait, mais qui s'incrustait. Alors, on cueillait le moindre mot d'espoir, la plus petite blague, pour la faire rebondir et ne pas laisser le grappin dominer les esprits. Au loin, un chien aboyait, la nuit se déployait dans le silence et c'était un plaisir d'écouter cette paix.

Louison et Irène installèrent Flavie pour la nuit dans son lit près du poêle.

On conduisit James à une chambre. C'était celle de Renée et Paul. Il dormirait dans le lit où Renée avait agonisé et cela, Louison ne le lui révéla pas. Ce lit fut aussi celui de Paul, devenu veuf, puis des Boilat eux-mêmes. Si les lits parlaient, combien d'histoires ils raconteraient !

Avec son édredon couvert d'une dentelle blanche, le lit ressemblait à une vieille barque arrondie et sage. Sur la commode, une horloge du siècle passé s'abritait sous son verre galbé. Un page saluait le cadran doré rehaussé de palmiers et de drapeaux. L'horloge indiquait 5 h 20 du matin, ou du soir, le temps s'était arrêté.

Dans un coin, à côté d'une pile de journaux, un pot de chambre pour l'usage exclusif de James. Quel luxe ! pensat-il.

Il enleva son uniforme et se glissa dans le lit douillet. C'était confortable, trop doux même.

Rideaux et volets fermés, la maison s'endormit après les derniers craquements de plancher et un bonsoir discret de Louison.

On ne pourrait rien insinuer dans le village, la pudeur et la morale ne seraient pas menacées cette nuit-là.

Pour la première fois depuis longtemps, James dort dans une vraie maison, un vrai lit. Il a du mal à trouver le sommeil. Tout cela est irréel. Il y avait eu un souper exceptionnel, maintenant des draps, des couvertures, des fenêtres et des volets qui ferment !

Il repense à ses camarades, à ceux qui furent fauchés en quelques secondes à ses côtés ou qui agonisèrent plusieurs jours en attendant les secours. Les blessés pleuraient, parlaient de leurs parents, familles, enfants, villages. Les gens en paix savent-ils leur bonheur ? Les pays en guerre savent leurs malheurs. Trop de cauchemars se succèdent, visages, cris, croix de bois, fosses communes, et tout à coup, cette chambre, ce lit, Louison dans la même maison, à quelques mètres. Il a la tête pleine de projets, un avenir, mais comment oublier les mois de calvaire ? La guerre parcourut la nuit de James, comme elle surgissait parfois en plein jour, en ravivant les plaies.

James pense à sa famille et son cœur s'étreint. Un jour il se confiera à Louison. Le sommeil l'emporte. Rien de paisible. Pourtant, le lendemain, James prétend qu'il a très bien dormi. À quoi bon raconter l'inénarrable ? Pourquoi laisser le mauvais se répandre vers les autres ?

La vie est belle, vivons-la intensément ! Repoussons les assauts déprimants ! Il faut continuer ! James cherche dans son enfance la joie qui d'habitude fleurit dans les jeunes années et qui réconforte l'homme mûr, hélas ce ne fut pas une vraie enfance. Alors, il savoure au maximum sa présence dans une famille française, au cœur d'un village comtois. Il apprécie l'accueil de ces gens qui ne lui posent presque pas de questions et qui, comme Louison, respectent son espace de silence, le privé de sa vie la plus intime.

Chapitre 36

L E PIÉTINEMENT et les clarines des vaches réveillèrent Louison. Depuis des années, elle n'avait entendu sonnailles et sabots ! La dernière fois, c'était ici ! Elle ouvrit rideaux, fenêtres et volets et elle vit un berger et son chien qui regroupaient les bêtes près de la fontaine publique. Louison se souvint qu'enfant, de cette même fenêtre, elle saluait le Breugnot, le berger communal et son fidèle Poilu. Comme le temps avait passé ! C'en était vertigineux ! Quelqu'un avait pris la relève du Breugnot, la vie continuait.

Le chat grimpa les escaliers et miaula à la porte. Irène était déjà en bas. Elle aidait Flavie dans sa toilette. James s'habilla. À son tour, il ouvrit les volets. La journée s'annonçait ensoleillée. Tant mieux, car demain ce sera le retour.

Louison et James s'enlacèrent enfin. L'un contre l'autre, ils restèrent immobiles sans dire un mot. Dans la pénombre de la chambre, elle plongea ses yeux dans ceux de James, respira l'odeur de son cou, de sa poitrine. Il passa les mains dans les boucles de Louison. Le chat ronronnait à leurs pieds, se frottait contre les jambes de Louison, les pantalons de James.

Ils s'embrassèrent à perdre haleine. Elle sentait le corps de James, sa chaleur. Quelqu'un cogna à la porte de la maison.

– Voilà, voilà !

– Qui ça peut ben être, à cette heure-là ? s'inquiéta Flavie.

Louison replaça ses cheveux, James rajusta sa veste, et ils descendirent. Devant eux, le chat, la queue en l'air, ne semblait pas inquiet de la visite.

– Mon Dieu ! Le curé Dumont, notre ancien curé ! Entrez donc ! Mais que faites-vous par ici ? Je vous croyais dans une autre paroisse ! lança Irène.

– Bien sûr, et puis j'en ai servi une autre encore en Lorraine. Eh bien ! C'est donc vrai ! Voici notre Louison !

– Mon Père ! Comment avez-vous su que nous étions ici ?

– Pardi ! Tout le monde est au courant !

– Voici James Miller, mon bon ami.

– Enchanté, un Canadien aussi ?

– Exact.

– Oh ! Flavie ! Vous êtes bien ! On vous gâte !

– Monsieur le curé ! J'en crois pas mes yeux ! Des gens qu'on ne voit pas durant des siècles et qui arrivent tous en même temps ! Je délire ou quoi !

– Non, non, Flavie ! C'est bien nous ! Vous parlez d'une coïncidence !

– Le café est prêt, Irène invita tout le monde à la table.

– Vous prendrez bien des œufs, vous aussi Monsieur le curé ? demanda Suzanne.

– Non, non… Et puis, après tout, nous avons tellement été privés, merci ! Ce n'est pas tous les jours que je suis avec Louison. Dis-moi, ton père ? Il est au Canada ?

– Il s'est engagé. On est sans nouvelles de lui depuis quelques semaines. On s'était dit, papa et moi, qu'après la guerre, si possible on se donnerait rendez-vous à Apreval. Nous venons juste d'arriver et nous devons repartir demain.

– C'est pas long !

– Des permissions exceptionnelles et réduites.

– Tu portes un insigne d'infirmière. Tu es devenue infirmière ?

– Oui, mon Père.

– Tu soignes les corps, et moi les âmes ! James, comment ça va ? Quelle idée de la France vous aurez eue !

– Ça va, je ne vais pas me plaindre, surtout pas ici.

– Vous étiez au front ?

– Dans le nord, les Flandres.

– Je sais ce que tu as vécu. Je viens d'être démobilisé. Ma dernière paroisse avait été évacuée, puis bombardée. J'ai décidé d'être aumônier des armées. Au début, ils ont prétendu que j'étais trop vieux, avec l'afflux de morts et de blessés, ils n'ont plus refusé mes services. J'ai fini par être parfois infirmier des corps.

– Et nous des âmes, ajouta Louison.

– Tout à fait, Louison. Tu n'as pas changé, toujours le même beau caractère. James, prenez soin de ce trésor, un pur bijou ! Ma Louison, si tu n'avais pas été infirmière, je te dirais qu'il te faudrait beaucoup de temps pour comprendre ce qu'a enduré ton fiancé ! Je ne pensais jamais subir cela. Heureusement, c'est terminé. On va prier pour Paul et Monsieur Boilat. On me dit, Madame, que vous l'avez remplacé à l'école, je vous félicite. Avez-vous des nouvelles d'André ?

– Prisonnier, Monsieur le curé.

– Prions pour eux et remercions Notre Seigneur pour ce bonheur d'être ensemble ici ce matin. Prions aussi pour les soldats de Terre, de Mer, de l'Air, morts sous les drapeaux, pour les veuves et les orphelins, pour nous ici, rendons grâce à Dieu : Notre père...

– Amen.

– Bon, je prépare les œufs et servez-vous donc de café ! C'est du vrai, pas des racines de je ne sais quoi ! Le sucre, on n'en a plus depuis belle lurette, on a notre miel, c'est meilleur, affirma Suzanne.

– Et puis, James, Louison, comment avez-vous vécu cela ? Vous étiez séparés, allez-vous vous marier ? Oh ! Je pose trop de questions ! Je suis curieux comme un enfant.

Ils parlèrent d'eux, de la guerre, du Canada, le curé rappela qu'il se sentait un peu coupable de leur départ vers le Canada, puisque c'était lui qui avait apporté des revues sur ce pays et qui avait donné l'adresse d'une congrégation à Paris, qui œuvrait au Canada. James admira cet homme qui avait souffert en première ligne, avait dit la messe dans des conditions innommables, donné l'absolution dans des casemates ou entre deux barbelés, recueilli le dernier souffle des mourants. Combien de soldats étaient morts dans ses bras ? Combien de fosses communes avait-il aspergées en hâte d'eau bénite ? Combien de repas insipides et de nuits sans repos avait-il vécus dans le froid, la boue, le vent, la neige ? C'était un homme parmi les hommes, portant la même croix, allégeant la souffrance de ses frères et sœurs. Ils finirent par se taire, comme deux compagnons qui avaient lutté côte à côte et que le silence unit.

Louison retrouva vite le curé jovial, de bons conseils, qui était là aux heures les plus douloureuses de leur vie, lors de l'agonie de sa mère, qui avait aidé son père et l'avait guidé sur la route du Canada, qui avait permis à son père de ne pas sombrer lors du décès de Renée et de contrer les quolibets et médisances du village. Il y avait une force dans ce corps un peu voûté, pas très haut, une chaleur, une bonté qui vous enveloppaient de douceur.

Flavie souriait et, comme hier, cachait sa bouche édentée.

– Père, avez-vous le temps de rester un peu avec nous ? J'aimerais aller avec James au bord de la Saône et, cet aprèsmidi, rendre une dernière visite à la tombe de Renée.

– Si je ne dérange pas, volontiers. J'ai tant de choses à apprendre sur vous, sur le Canada. Et quel plaisir de montrer notre coin à James. En plus (il baissa la voix), cela fera taire les bruits, qui courent déjà sur vous deux !

– Apreval n'a pas changé !

– Rien ne bouge en ce monde villageois, ici comme ailleurs.

– Et si vous faisiez un pique-nique ? Je sais, on est en hiver, mais regardez cette douceur, au soleil vous seriez bien ! suggéra Irène.

– Excellente idée, maman acquiesça, Suzanne.

– Et toi, Suzanne, il faut que tu me racontes ta vie aussi. Enfin, nous aurons la journée pour la confession générale ! s'esclaffa le curé.

Irène partit pour l'école. Comme d'habitude, elle rentrerait à midi et mangerait avec Flavie. Les autres prirent des paniers et préparèrent le repas.

– Dommage que vous ne puissiez nous accompagner Flavie, et vous aussi Irène.

– Oh ! Monsieur le Curé, c'est tout de même pas très chaud pour une vieille comme moi, et puis le chat me garde. On ne s'ennuie jamais auprès d'un chat et parfois j'ai même la visite du chien du cimetière. Il vient faire la sieste avec nous. Louison, ce chien me rappelle le Poilu, si ça se trouve, c'est un de ses petits, petit-fils, comme le chat, c'est un arrière arrièrepetit- fils du tien ! Mais je pense que je te l'ai déjà dit. Je perds un peu la tête, surtout avec ces émotions. Et Monsieur le curé, en personne ici ! Ça va en discuter un coup au café ! Ils en ont pour des années ! Bonne promenade, les jeunes !

– C'est ça, nous les jeunes ! répondit en riant le curé.

Sous le soleil matinal, ils sortirent de la maison et se dirigèrent vers la Saône.

– Tu verras James, c'est beau. Je t'en ai déjà parlé, mais c'est pas comme la rivière des Outaouais.

– Là quoi ? demanda le curé.

– La rivière des Outaouais, voilà, je vais vous expliquer, Monsieur le Curé.

Quatre joyeux bavards traversèrent le village sous les yeux discrets de bien des habitants. Les quatre prirent le chemin des pâquis pour la confession générale !

Chapitre 37

ON A BEAU se convaincre que l'on ne part que demain matin, chaque geste, chaque mot, prend une ampleur inusitée. Demain, la porte du train se fermera et adieu !

Revoir un village, une famille aimée, après une longue absence et savoir que l'on va bientôt tout quitter de nouveau avive les sens. On respire à pleins poumons, on touche les êtres et les choses, capte des détails. On ne veut rien oublier, on cherche à tout graver dans son cœur.

La joie est encore parmi eux, mais le chagrin se profile. Heureusement, Monsieur le Curé est là, il porte un peu de l'éternité en lui, l'espérance de grandes retrouvailles, même si l'on n'est pas pressé de se réunir pour l'éternité !

On se dit que l'on s'aime, oh ! pas directement, par de petits gestes, des mains que l'on serre, pas comme des habitués, mais comme des voyageurs, aux regards profonds, intenses, messagers de l'âme qui tangue entre présence et absence. Les mots, les silences vont à l'essentiel. Capter chaque seconde, intensément ; étirer le présent, retarder la galopade des heures, partager la vie, les arbres, le vent, les prairies, la vue des vaches qui comprennent bien plus qu'on ne croit et ce chien qui vient de les rejoindre, le chien du cimetière, le petit petit-fils du Poilu, allez savoir ! Le chien gambade autour d'eux, mordille la soutane, grosse voile noire que le curé doit relever en raison de la boue.

– Vous ne portiez pas de soutane au front ?

– Non, juste à certaines occasions, à l'arrière. Pour les services, l'étole, on doit pouvoir nous reconnaître. Nous revêtions l'uniforme comme tout le monde et notre croix, tous les soldats croulaient sous leur croix, visible ou non, n'est-ce pas James ?

– Et des médailles religieuses, pas des médailles militaires ! sourit James.

– Êtes-vous croyant, James ?

– Plus ou moins.

– C'est-à-dire ?

– Votre religion n'est pas la mienne et je ne m'y reconnais pas trop. Avec cette guerre, je ne comprends pas plus. J'ai vu des prêtres comme vous, agir de façon admirable et j'ai rencontré des minables, qui sont devenus extraordinaires, des êtres que je n'aurais jamais fréquentés avant et qui ont grandi dans mon estime. Je reviens plus petit, plus humble, plus tolérant, plus fragile.

– Écorché aussi.

– Vous avez tout compris, Monsieur le Curé. Le Dieu que vous portez est le mien, mais les gens ne sont pas tous comme vous. Vous êtes un frère d'armes, de misère, de détresse.

– Et vous, James un frère. Comment va votre famille ?

James baissa la tête. Il sembla totalement absorbé par ses pensées.

– La plupart sont morts.

– James, je vais prier pour les vôtres. Prier, c'est à peu près tout ce que je sais faire.

– Vous avez prodigué bien plus au front.

– Comme vous James, comme vous.

– Je n'aurais pas dû m'enrôler. Un coup de folie, cela m'a encore plus démoli, confia James.

– Encore plus, vous aviez donc beaucoup souffert auparavant ?

– Oui…

– Oh ! la vie, je ne suis pas grand-chose ! Il paraît que l'on apprend aussi dans la noirceur. On s'en passerait bien. Moi-même, souvent je traîne des ombres, mais j'essaie d'avancer vers la lumière.

– Si seulement, moi aussi j'allais vers la lumière…

– Inévitablement on y arrivera à cette clarté, les bons et les autres, nous sommes tous des enfants d'un Dieu d'amour. Rejoignons nos amis, là-bas. James, vous êtes mon fils et mon frère, si vous le voulez. Est-ce que je pourrai vous écrire au Canada ?

– Volontiers, Père Dumont. Vous savez me parler. Cela me soulage.

– Vous aussi, écrivez-moi, à votre manière, directe, franche. Je suis Franc-Comtois, de la forêt, on est ainsi, sans détour, pas assez parfois. Je vous donnerai mon adresse.

– Ah ! Messieurs vous voilà, vous étiez en grande conversation ! lance Louison.

– D'anciens troufions, on avait besoin de se parler, et vous ? répond le curé.

– Oh ! rien de spécial.

– Nous sommes dans la confession générale, gratuite et bucolique, ironise le curé. Toi, Suzanne il y a quelque chose qui te tracasse. Allez, vas-y, on n'est pas si souvent ensemble.

– Non, non, je vous assure, tout va bien.

– Tu as une connaissance ?

De rose, Suzanne passe à vermillon.

– Ben, c'est normal à ton âge. Vous vous fréquentez ?

– Pas vraiment.

– Bon, je n'ai pas à m'immiscer dans tes affaires de cœur, mais si je peux t'aider, va jusqu'au bout de ton histoire.

– On s'est à peine vus, il y a longtemps.

– Écrivez-vous !

– Hein ! J'aurais l'air de quoi ?

– D'une amie qui veut connaître les sentiments de l'autre. Avant, on forçait les jeunes à se marier. Maintenant, tu as le choix, alors qu'est-ce que tu attends ?

– Vous me soulagez. Je vais lui envoyer une lettre. Il faut que je trouve son adresse. Il habite chez une parente à Paris.

– Suzanne, à la guerre, c'est fou ce que j'ai entendu de soldats qui regrettaient de ne pas avoir dit davantage aux leurs qu'ils les aimaient : « J'aurais dû embrasser les mioches plus souvent, jouer avec eux, pas toujours les gronder. J'aurais dû être plus doux avec ma femme, la pauvre, qu'est-ce qu'elle va devenir ? On ne s'est pas donné de bon temps ensemble, elle et moi. On a toujours trimé dur, pourquoi ? » Suzanne, conseils d'un vieux, pas de « j'aurais dû», c'est maintenant ou jamais. Si c'est lui, vraiment lui, tu le sauras vite. Je te connais !

– Eh bien ! pour un curé, vous êtes jeune d'esprit !

– J'ai beaucoup appris à la guerre, chaque soldat que je servais, c'est le Christ que je servais. Quel honneur ! Aimezvous les uns les autres, voilà, tout est là. Partir-rester, iciailleurs, présent-futur, vie-mort, bonheur-souffrance, tout est double. Il y a le contraire de tout, Dieu-diable, joie-peine, pauvre-riche. Comment expliquer cette souffrance que nous avons vue et vécue, comment l'homme a-t-il pu chuter si bas ? Et si c'était fini, la der des der, comme on le prétend, espérons !

Se tournant vers James encore pensif, il ajouta :

– Tu t'interroges, James, La souffrance, si le Christ ne l'avait pas éprouvée lui-même, cela serait désespérant. Il s'est fait homme. Bon, cela n'est que prêchi-prêcha, peut-être, moi aussi je ne suis qu'un homme.

– Des prêtres qui ne sont pas au niveau des hommes, qui nous obligent à faire ce qu'ils ne font pas, qui vivent mieux que nous, dans des presbytères de luxe, non, je ne les crois pas eux, lui répondit James.

– Tu vois, toi aussi tu fais prêchi-prêcha !

– C'est vrai !

– Allez, cessons d'être sérieux, la vie est belle !

– La vue aussi !

– James, je te présente la grande dame de la région, la Saône ! déclara Louison.

La Saône coulait paisiblement. Des peupliers dénudés se miraient dans les nuages de l'eau. Quelques remous animaient la surface. Des vaguelettes caressaient l'argile et les roseaux de la rive.

– James, c'est ici que papa a failli perdre la vie pour sauver Monsieur Grosperrin.

– Je m'en souviens comme si c'était hier, Louison.

Suzanne ajoute :

– Depuis ce jour, le Grosperrin n'a pas arrêté de boire, mais il ne dit plus jamais de mal des autres. Il se rattrape sur le vin, tellement il a eu peur de l'eau !

Un soleil tendre les accompagnait dans leur promenade. Le chien ouvrait fièrement la marche. Parfois il plantait sa truffe dans une touffe d'herbe, puis reprenait son poste de guide.

– Nous venions pique-niquer ici, c'était, malgré tout, le bon temps, raconte Louison.

– Et il n'y a jamais eu d'autres pique-niques depuis votre départ, confie Suzanne.

– Ma chère amie, le jour où tu trouveras un homme comme James, tu revivras.

– Louison, si mon artiste peintre avait les mêmes sentiments que moi, que je serais heureuse.

L'herbe était trop mouillée et trop froide pour s'y asseoir. Ils se rendirent jusqu'à « La barque» où, il y a quelques années encore, le passeur sur sa grande barque et à l'aide de son câble à manivelle faisait traverser la rivière aux villageois. Depuis la construction du pont, légèrement en amont, l'habitation est déserte.

Assis sur le banc de pierre de la maison, ils admirent la rivière. Dans la vallée, le soleil de décembre est une faveur que l'on cueille comme une gourmandise. Les rayons éclairent le petit groupe et le chien couché à leurs pieds. Le chien se sent bien avec ces personnes qui ne lui jettent pas de cailloux, ni ne le frappent de coups de pieds. Il connaît Suzanne qui a toujours des réserves de câlins et de nourriture pour lui. Il s'étend au soleil. Les yeux se posent sur lui. La chaleur inonde son flanc clair. Il donne aux humains la leçon de la joie immédiate, l'art de goûter l'instant à vivre. Sa vie est d'éviter les pierres, les bâtons, de chercher refuge et pitance. Observer : les yeux, les mains, le corps de l'homme, expriment tout. Ces gens sont en paix, immobiles, silencieux. On dirait que la façade de lumière et toute la maison ne demandent qu'à revivre avec un gardien comme lui et des amis comme eux. Ils restent assis là, dans la clairière que dessine le soleil, comme une échappée de lumière sur un tableau. Les teintes sont nettes et vives, elles ont aussi la douceur que donne le feu des rayons bas de l'hiver.

– Que Dieu bénisse ce pain, cette eau, ces aliments pour notre corps et pour notre âme. Qu'il en donne à ceux qui sont affamés de nourriture, de grâce divine, de paix, d'amour. Qu'il en fournisse à ceux qui ont faim, et aux plantes, aux animaux, spécialement à frère chien qui nous accompagne en ce moment, et à toutes les créatures animales, végétales ou humaines. Qu'il protège les nôtres, dont nous attendons des nouvelles. Qu'il donne la paix aux souffrants ; aux malades, qu'il donne la santé ; aux angoissés, qu'il donne le repos ; et à vous cher frère et chères sœurs, la fraternité et l'amour, amen.

– Ça, c'est la vraie communion, murmura James.

Le curé fit une croix sur la miche. Elle fut coupée en tranches et l'on distribua le fromage.

– Ici, même l'eau est bonne, ne put s'empêcher d'affirmer James. Là-bas, c'était imbuvable. On était malades, le ventre, les intestins et la peur en plus ! Pardonnez-moi, cela me poursuit. Je suis en train de vous gâcher la journée.

Le chien soupira de contentement. Le groupe sourit. Le chien leva une paupière et glissa dans un somme. Ses pattes s'agitaient sous la tension des nerfs. Lui non plus n'avait pas une vie de tout repos. Aujourd'hui, il n'y avait pas que le pain qui était béni, mais aussi l'instant. La vie ne repasse pas deux fois par le même bonheur. Une heure ou deux de soleil, dans le creux de décembre, cela se dégustait. Il dormait dans l'harmonie des voix douces qui se répondaient à l'unisson de la lumière irréelle qui se fixait sur le mur de « La barque ». Dans la vie, tout l'art est là : trouver les bonnes niches et s'y tenir.

– Tiens, mon chien, ça, c'est pour toi, tu l'as mérité.

Lentement, le chien mangea le pain et les croûtes de fromage. Puis, Suzanne le caressa.

– Tu vois, le curé Dumont te considère comme un frère. Il dit que saint François d'Assise vous respectait et vous aimait ainsi.

– Sans parler de l'âne et du bœuf dans la crèche ! ajouta le curé. Suzanne, continue à prendre soin de ce chien, comme nous il a besoin d'amour.

– C'est vrai, comme nous.

Il fallut quitter « La barque », ce lieu où Suzanne n'était passée que furtivement jadis et qui venait de s'inscrire dans son cœur. Les volets étaient fermés aux fenêtres comme à la porte. Le jardin était en friche. Jadis, de la fenêtre, le passeur voyait la Saône. Des générations s'étaient succédé dans cette maison. Il ne restait que des souvenirs, le frôlement des âmes d'antan, et cet après-midi, le cadeau inespéré reçu par les visiteurs.

– Quelle bonne idée que de nous avoir conduits ici, Suzanne !

– Merci, Louison et vous tous.

Le groupe se mit en route. Le chien les fixa, sans comprendre pourquoi l'on était si pressés, puisque rien n'avait changé d'une seconde à l'autre. Il clopina en arrière, montrant sa réprobation, puis, se remit joyeusement à la tête de sa meute.

Au loin, on apercevait le village, les cheminées qui fumaient, les toits de tuiles rouges, le clocheton de l'école. « La barque », c'était fini. Le temps avançait implacablement. Demain. Ils essayaient d'oublier cette échéance.

Ils revinrent des pâquis par le chemin d'en bas. Les vaches broutaient. Les saules dénudés, la terre spongieuse, la nature entière semblait regarder passer les visiteurs. Ils longèrent l'école, d'où une volée d'enfants sortit en piaillant. Sur le pas de la porte, Irène Boilat invita le groupe. Ils entrèrent dans la cour. Le chien s'assit et attendit. Des graviers de cette cour, le chien en avait tant reçu de la part des galopins qu'il se méfiait d'eux !

Louison revit les portemanteaux alignés. Elle ne se souvenait pas qu'ils fussent si bas. La classe était identique à celle qu'elle avait laissée avant de partir au Canada.

Suzanne souriait. Sa mère effaça le tableau noir. Quelques gravures représentaient Jeanne d'Arc, Napoléon, Paris. C'était le même globe terrestre que jadis, toujours chancelant sur son pied de bois. La poussière de craie enneigeait encore le pôle Nord. James fit tourner le globe et le curé traça le trajet de la France vers le Canada. Deux fenêtres basses, un petit poêle à un pont, la caisse de bois, la carte de France avec ses départements, préfectures et sous-préfectures, à mémoriser ; la rangée de mesures en étain : le double litre, le litre et les petits frères ; les Bons Points sur le bureau de la maîtresse ; sur une étagère, une chaîne d'arpenteur côtoyait la balance Roberval et ses poids en laiton, et un herbier poussiéreux. Quelques livres recouverts d'un papier bleu qui avait viré au gris, des cahiers, avec à l'endos la table de multiplication à apprendre par cœur, et au mur le visage de Pasteur incitait à la réflexion. Les encriers blancs à chaque place, les porte-plume, les plumiers, le potager sous les fenêtres, plus loin, à droite, on apercevait les latrines, *Garçons, Filles.*

Sur le planisphère, on pouvait situer facilement les colonies françaises et les comptoirs de l'Inde : Pondichéry, Karikal, Mahé, Yanaon et Chandernagor ! Au tableau était écrit en belles lettres : *Mètre (m) : le prototype international en platine iridié est au Pavillon de Breteuil à Sèvres (S.-et-O.)*

Irène enleva sa blouse.

– J'ai fini pour la journée.

Louison s'assit à la place qu'elle avait occupée lors de la dernière année en France. Elle avait de la difficulté à ranger ses jambes sous le pupitre.

Suzanne souriait.

Le chien se hasarda par la porte et, craintif, vint se serrer contre Suzanne. Il s'assit sur ses pattes arrière. C'était la première fois qu'il traversait la cour et entrait dans la classe. Suzanne le flatta.

– Tu devines tout, toi. Qu'est-ce qui t'arrive aujourd'hui ? Tu veux me protéger de quoi, mon chienchien ? Veuxtu que nous nous souvenions de ces heures ? Tu veux t'associer à mon grand bonheur, le partager. Tu m'aides à retenir le temps.

Personne n'osa briser le silence. Comme au long de cette journée, on aurait pu croire que des anges tournaient autour d'eux.

Chapitre 38

Avez-vous passé une belle journée ? demanda Irène.

– Magnifique ! répondit James en se dirigeant vers l'estrade.

Il prit un morceau de craie.

– Vous permettez, Madame.

– Je vous en prie.

Il écrivit : « Vive la France ! »

Il se retourna, le groupe souriait.

– On pourrait ajouter : et vive Dieu ! dit le curé.

– Vous voulez ? questionna James.

– Non, c'est ma version, et n'oubliez pas, l'Église et l'État sont séparés en France.

Madame Boilat descendit de l'estrade.

– Vous êtes tous ici chez vous et vous d'abord, Monsieur le curé.

– L'humour et l'amour nous sauvent !

– Vous resterez à souper ce soir ?

– Je dois rentrer à Belval où on m'y attend. Ils vont s'inquiéter.

Ils sortirent de l'école. Louison caressa les pupitres. Ici non plus, rien n'avait été facile. Les gamins n'étaient pas gentils avec elle, parce que le village les considérait comme des gens venus d'ailleurs, de la montagne, alors qu'elle était née ici. Heureusement, il y avait eu Suzanne, plus qu'une amie, une sœur.

Ils traversèrent la cour, le chien suivait.

Au carrefour du village, face à la petite place, dans le café, les hommes encore une fois écartèrent les rideaux. Le curé raccompagnait ses amis vers la maison des Boilat, lorsque la clochette de la porte du café tinta. Un homme voûté, à la moustache blanche, aux sabots usés, aux pantalons et veste noirs les héla :

– S'cusez, s'cusez !

Ils se retournèrent. Le chien battit en retraite derrière les jambes de Suzanne.

– S'cusez, vous me reconnaissez point ? Ah ! ben, Grosperrin, j'suis Grosperrin. J'ai donc tant changé que ça, Louison ? Vingt dieux ! Oh !

Pardon M'sieur l'curé. Je viens d'apprendre, enfin hier, que vous êtes au village. Mais j'ai point vu votre père. L'Paul va bien, j'espère ?

– J'espère aussi, répondit Louison.

– Louison, t'as un peu changé. Oh ! Mais on te reconnaît bien. Ce que tu peux ressembler à la Renée ! C'est pas croyable, vingt Dieu, Oh ! Excusez encore Monsieur le curé Dumont.

Grosperrin ôta son béret, découvrant une chevelure clairsemée et d'un blanc sale.

– Louison, c'était pour vous remercier, surtout l'Paul. J'voudrais que tu lui dises, à ton père, quand c'est que tu le verras, que j'ai jamais pu l'oublier.

Il triturait son béret entre ces gros doigts.

– J'peux pas oublier. J'allais être noyé dans la Saône. L'Paul m'a sauvé la vie. Je le remercie tous les jours. Heureux de vous avoir revue Mademoiselle et j'me répète, je souhaite que l'Paul va bien.

– Je lui transmettrai.

– Dites-moi, il va bien ?

– On aimerait…

– Comment ? Vous savez pas ?

– Il était au front. Il est revenu du Canada pour défendre la France.

– Ah ! ben ! Ah ! ben ! Il était si attaché au pays que ça ? J'pense à lui, souvent, dites-lui !

– Comment va la famille, Monsieur Grosperrin ?

– Oh ! Toujours pareil, Louison, sont grands maintenant. Ils vivent à droite à gauche, même un qu'est monté à Paris ! C'est la vie hein ! Vous êtes ben partis au Canada, vous autres ! C'est quoi l'avenir au village ? Pis la ville les attire, qu'est-ce que vous voulez, c'est comme ça avec les trains, et maintenant l'avion qui fait la guerre ! C'est plus comme avant. Non plus comme avant.

Il tendit la main et reprit la direction du café où les silhouettes des clients se détachaient au-dessus des rideaux. Il rajusta son béret et la porte du café chanta de nouveau.

Le groupe continua vers la maison des Boilat. Le chien s'arrêta à l'entrée de la cuisine. Le chat ne bougea pas des genoux de Flavie qui somnolait.

– Le chien, si tu veux, tu entres, lui dit Suzanne. Le chien se coucha au pied de l'escalier.

Flavie se réveilla.

– Mon Dieu, une apparition, ou je rêve ? Monsieur le curé en plus ! C'est pas pour l'extrême-onction, ironisa Flavie.

– Non, c'est pour vous dire au revoir, chère Flavie. Se tournant vers ses amis, il ajouta : Merci pour cette belle journée. Je m'en souviendrai et je prie spécialement pour vos papas, Louison et Suzanne. Louison, beaucoup de bonheur à toi. James, ravi d'avoir fait votre connaissance.

– C'est moi, dommage que vous ne soyez pas au Canada. Vous nous auriez mariés.

– Eh bien, merci ! Voilà une excellente nouvelle ! s'exclama le curé.

– James ! C'est la première fois que tu mentionnes cela ! Je t'embrasse !

– Et moi, je vous bénis et vous souhaite d'être heureux. Flavie et Madame Boilat, mes salutations ! Je prie pour vous tous. À bientôt, qui sait ?

Ils accompagnèrent le prêtre qui attela le cheval qu'ils avaient mis au repos dans l'écurie. La calèche partit en direction de Belval.

On se retrouva autour de la table. James caressa le chien.

– Tu seras bien ici. On dirait que le minou t'accepte.

– Oh ! Ils se connaissent déjà, intervint Flavie, ils dorment souvent collés l'un contre l'autre dans le foin, pis on fait la sieste ici les trois ensemble ! Pas croyable, n'est-ce pas ?

On aida Madame Boilat à préparer la potée. Flavie éplucha des pommes de terre. Le chat observait la scène du haut du bahut. L'horloge comtoise cadençait sa douce musique. James alla à la grange chercher du bois. Le poêle ronflait. Suzanne ferma les volets. La nuit étendait un brouillard ténu sur le Val de Saône. James se rendit à la pompe avec deux seaux. Il écoutait le village, un chien aboyait, la porte du café sonnait, au loin les cloches des vaches jouaient un air léger. Des bruits de paix. Il sourit. Louison serait sa femme pour la vie et il le lui avait annoncé dans la maison de son enfance, là, près de sa mère.

Demain, il restait la nuit, quelques heures, la visite au cimetière et puis le train vers Paris et Opale-sur-Mer. Le temps de la guerre s'était trop longtemps étalé, et ils venaient de vivre ces bijoux d'heures fulgurantes au bord de la Saône, à « La barque ». La vie si rude, cache parfois des bonheurs qui luisent au milieu des tourments. On cueille délicatement ces précieux souffles de tendresse, ces joies ont la beauté transparente des boules de gui sur les peupliers en hiver. James n'avait jamais vu de gui auparavant et ces perles végétales l'intriguaient.

On mangea en refaisant le monde, en renforçant l'amitié et en retenant le temps. On se coucha plein de soleil et de mélancolie. Le sommeil fut émaillé de pensées qui sèment les peurs et qui vous guettent au seuil du matin pour encore tenter de s'agripper à vous. Paul ? André ?

– Ah ! La cancoillotte, il faudrait bien que j'en fasse chez nous. Louison se surprit avec ce « chez nous ». Autour d'elle, Flavie et le chat, Suzanne, Irène, James, ici c'est aussi « chez nous ».

James se rase au-dessus de l'évier. Louison contemple le petit tableau de lumière matinale. Le bruit de l'eau sur la pierre de l'évier, l'éclat des gouttes sur les joues savonneuses de James, lui rappellent son père ici, au temps de l'enfance, au même endroit, dans la même pose. Ainsi roule la vie, on franchit le pas de la porte, de l'aventure, pour finalement répéter les mêmes gestes dans le même lieu ! Ils voulaient le Canada, pourquoi ? C'est si loin ! James est là, dans ce village, où ils ont projeté ensemble leur nouvelle vie.

– Au revoir, Irène.

– Au revoir Louison, James. On vous aime.

– Nous aussi.

– Au revoir Flavie !

– Ma petite Louison, James, soyez heureux ! répond Flavie, d'une voix faible.

Ils s'embrassent, en sanglots.

Les yeux en larmes, ils vont vers Belval, leurs sacs sur le dos, Ils marchent en compagnie de Suzanne vers le cimetière, pour un adieu à Renée. Le chien suit les marcheurs, il ne lâche pas Suzanne.

Ils passent devant le café du village. Les rideaux s'écartent, les têtes se tournent. À la sortie d'Apreval, ils aperçoivent deux gamins depenaillés qui détalent en criant :

– Chinetoque ! Chinetoque !

James hausse les épaules en souriant. Le chien aboie férocement. Il connaît ces enfants qui lui envoient autant de cailloux qu'eux-mêmes reçoivent de coups.

James calme le chien. Les nuages cavalent dans le ciel en laissant percer quelques rayons obliques. Les marcheurs avancent en silence, heureux d'être encore ensemble, le chien ouvre la route, reniflant les herbes de l'accotement, sentant le pied d'un arbre, et reprenant sa position en avant.

Le lierre et le chèvrefeuille s'accrochent à la porte du cimetière. Le chien s'arrête à l'entrée. Louison, James et Suzanne se recueillent devant la tombe de Renée. Louison ne peut retenir ses larmes. Suzanne passe sa main sur les épaules de son amie. James les serre toutes deux contre lui.

Penaud, le chien se lève et s'assied, aux pieds de Suzanne.

Louison ramasse un gravier de la tombe, le met dans sa poche.

Ils se signèrent et partirent vers la gare du tacot. Dans l'abri, ils attendirent le train à trois wagons. Un quart d'heure plus tard, on l'entendit qui soufflait dans la côte. Louison prit Suzanne dans ses bras. James embrassa Suzanne désespérée, caressa le chien inquiet. Le tortillard s'arrêta. Quelques personnes descendirent. Louison, le cœur chaviré, et James, le visage grave, montèrent, ils fermèrent la porte. Le train démarra lentement dans son bruit de ferraille et sa poussière de charbon. Sur le bord de la voie, Suzanne en pleurs saluait de la main son amie, sa grande amie. Le chien était effrayé par les roues qui grinçaient sur les rails. Suzanne suivit du regard le tortillard qui, à chaque courbe, semblait vouloir s'affaisser dans les champs. Elle rangea son mouchoir dans sa poche. Le chien implora. Elle se baissa, il s'avança tout près d'elle. Subitement, d'un coup de langue, il recueillit les larmes de Suzanne.

– Merci mon vieux, je ne t'abandonnerai jamais. Viens à la maison, chez nous c'est chez toi, pour toujours.

Suzanne et le chien retraversèrent Belval, longèrent le cimetière. Il y a quelques minutes, ils étaient les trois près de la tombe de Renée. Personne n'avait pu arrêter le temps. Suzanne revint devant la tombe. Le chien attendit. Elle priait. Elle pleurait.

– Que ta volonté soit faite Seigneur. Protégez-les, protégeznous. Renée, protégez-nous tous et ce chien aussi. Faites que papa et Paul reviennent en vie, en bonne santé. Merci pour ce cadeau de la visite de Louison et James. Amen.

Elle se signa et repartit vers Apreval, le chien trottant à ses côtés.

Les jours allaient s'écouler comme avant, avec l'espoir constant de revoir son père et Paul.

Dans le tacot, James et Louison côtoient des paysans avec leurs paniers, fichus, manteaux, sabots, grosses chaussettes de laine. Les enfants ont la morve au nez. La voiture sent l'étable, les poules, les canards. Des hommes chiquent, d'autres fument, leur haleine répand des remugles de tabac bon marché, des relents de piètres vins rouges et d'ail. Dans un coin, dorment deux soldats, les joues creuses, pas rasées depuis longtemps, les uniformes grossièrement lavés, le bleu d'origine est maculé de taches brunes, de terre, peut-être de sang.

Le tacot roule et tangue à travers la campagne. À chaque arrêt, le même va-et-vient de paysans, de fermières, et d'enfants qui fixent ces deux personnes en uniforme, une femme aux cheveux bouclés et un soldat aux yeux en amande, à la peau bistre, aux cheveux noirs. Les bébés les montrent du doigt à leur mère gênée.

– Français ? questionne une dame.

– Canadien, répond James.

– Elle ?

– Moi aussi, affirme Louison.

La paysanne écarquille les yeux. À l'arrêt suivant, elle murmure :

– Merci, bonne chance, bon voyage !

– Vous de même Madame, répond-il en l'aidant à descendre du tacot, lui passant ses cabas et ses enfants joyeux.

Sous l'abri, la femme, les pommettes rouges, replace son fichu et les salue.

Ils descendirent à la gare de Gray.

Ils avaient deux heures d'attente pour le train de Dijon.

– J'aimerais aller à l'église. James, nous avons juste le temps.

– D'accord !

Une calèche les conduisit d'Arc à Gray. La gracieuse silhouette de la ville se détachait au-dessus des flots de la Saône qu'enjambe le solide pont de pierre. À l'écluse, des enfants observaient les jeux de l'eau, tandis que des mariniers buvaient du rouge au comptoir d'un café. La tour de l'ancienne forteresse des ducs de Bourgogne et le clocher à impériale de l'église, immuablement dominaient la ville. Les vastes maisons des commerçants en vin s'alignaient en bords de Saône. Les barriques de vin roulaient entre les péniches et les chais. Des portefaix s'affairaient près des silos. Des usines Millot s'échappaient les bruits de tôles de la fabrication des machines agricoles. Des soldats du 12e Hussards dévisageaient les jeunes filles qui entraient et sortaient du Grand Bazar Franc-Comtois. Le magasin proposait des cannes, des ombrelles, des articles de ménage, de la chapellerie, bonneterie, lingerie et le reste ! Entrée libre en plus ! Le commerce reprenait, la vie aussi. Louison retrouva avec plaisir les anciennes rues de la cité grayloise, les cortèges d'élèves en blouse grise, les vénérables boutiques de la Grand-Rue, l'Hôtel-Dieu, la Tour ou vécut saint Pierre Fourier, la place du marché, l'Hôtel de Ville et ses tuiles vernies. La calèche atteignit le parvis de l'église.

– Entrons par la petite porte d'en avant.

– C'est haut ! s'exclama James.

L'église était froide. Les vitraux filtraient leurs vibrations colorées dans la nef élancée. Des cierges brûlaient devant la statue de Notre-Dame de Lourdes entourée d'ex-voto.

– Viens à gauche.

Ils descendirent l'allée jusqu'à la chapelle.

Louison s'agenouilla, James l'imita. À côté d'eux, une dame, le foulard noir sur la tête, récitait son chapelet.

– Avant de prier, je t'explique. C'est Notre-Dame de Gray. Cette petite statue est en chêne. Notre-Dame de Gray a sauvé la ville des flammes plus de trois fois : Triplex victoria flammis, c'est la devise de la ville. Notre-Dame a épargné à Gray de nombreuses malédictions. J'ai toujours prié la vierge de Gray pour Renée, papa, le voyage au Canada, je l'ai priée durant toute la guerre. Maintenant, je vais l'implorer pour papa, pour Monsieur Boilat, Suzanne, Flavie, tous et pour nous.

– Pour le chat, et le chien aussi, j'en suis sûr !

Louison sourit.

– Tu me comprends vraiment. Tu sais que nous avons une petite statue d'elle chez nous à Hull ? Prions pour les nôtres au Canada.

– Pardonnez-moi, j'entends le mot Canada, vous venez du Canada ? chuchota la dame au foulard.

– Oui. Mes parents sont d'Apreval.

– Tu ne serais pas la fille de Renée ?

– C'était ma mère.

– Mon Dieu que tu lui ressembles ! Je suis Germaine Rigny. Vous ne me connaissez point. Lorsque nous étions petites, votre mère et moi étions les meilleures amies du monde. Plus tard, quand elle venait à Gray, elle me rendait toujours visite. Nous avions une teinturerie dans la Grand-Rue. Comme elle a souffert ma Renée, quelle femme ! Je l'aimais beaucoup.

La dame essuya ses larmes.

– Maman m'a souvent parlé de vous, Madame.

– Je suis heureuse de vous rencontrer. C'est votre fiancé, ce beau soldat ?

– Oui, je vous présente James, mon futur !

– Enchantée. Venez me voir au magasin.

– Nous devons reprendre le train pour Paris aujourd'hui.

– Quel dommage ! Écrivez-moi, c'est facile, Grand-Rue. Votre père, comment il va ?

– On ne sait pas. On attend des nouvelles, il était au front.

– Courageux et bel homme en plus votre père. Oh ! Je ne devrais pas dire cela ici ! Vous voyez Notre-Dame de Gray, je vais vous confier un secret à propos d'elle.

Ses yeux pétillèrent comme ceux d'une gamine :

– Il y a un lien entre vous, cette statue, et le Canada.

– Ah ! oui ?

– La statuette fut taillée en 1613 dans un morceau de chêne de Montaigu en Brabant par un Salinois nommé Jean Brange. Des sculptures de Notre-Dame de Montaigu, il y en a en Belgique, plusieurs en Franche-Comté, une à Nancy, d'autres dans le Midi, en Italie, en Espagne. Marguerite Bourgeoys, cela vous dit quelque chose ? C'est Notre-Dame de Montaigu qui sauva le Baron de Fouencamps. Il offrit, en 1672, une sculpture de Notre-Dame à Sœur Marguerite Bourgeoys, la fondatrice de la Congrégation de Notre-Dame à Ville-Marie, l'ancêtre de Montréal ! Un peu de Montaigu et de Gray vous protège ici et là-bas !

– Où avez-vous appris cela ?

– Cette statuette, je la vénère. J'ai posé des questions aux prêtres, aux sœurs, et j'ai lu. Il y a, en cette vieille ville, des documents passionnants. Avant la Révolution, nous avions beaucoup de religieuses et religieux, de beaux couvents, mais je n'étais pas née ! L'histoire de la statuette est un peu racontée dans le vitrail de cette chapelle. Mais ça, c'est du bavardage. Le silence de la prière, je ne connais rien de mieux !

Ils prièrent. Louison avec la même ferveur que les enfants, qui ouvrent leurs cœurs, lui comme un garçon qui a vécu trop jeune des épreuves trop douloureuses. Il pria pour ses compagnons fauchés à côté de lui, pour ses copains brûlés, gazés, déchiquetés. Il pria pour les soldats presque enfants qui avaient à peine goûté à la vie. Il pria pour les pères de famille qui lui avaient montré les photos de leurs enfants, qu'ils ne verraient plus. Il pria en demandant à Dieu pourquoi cette douleur, ces flots de sang, ces mains sans corps, sans vie, ces yeux éteints, le visage défoncé, pourquoi ces horreurs ? Il pria pour bâtir avec Louison leur vie, reconstruire la sienne. Il pria pour les Canadiens, les Français, les

Allemands, les Noirs, les Nord-Africains, tous les hommes, les chevaux, les mulets, les vaches, la création brûlée, détruite, anéantie, fauchée. Il pria sans dire un mot, sans un Ave, sans un Pater, il pria en silence, au fond de lui. Il revit les corps qui tombent, les yeux qui se retournent, les mains qui implorent, les fosses communes où se mêlent les uniformes de toutes les armées. Il pria en silence.

Louison se releva, James aussi. Ils saluèrent Germaine, elle pleurait.

– Tu ressembles tant à ta mère ! J'ai l'impression de revoir notre jeunesse ! Bonne route ! Que Dieu et Notre-Dame de Gray vous protègent. C'est Notre-Dame-de-Bon-Secours, qu'elle guide votre voyage de retour, que Stella Maris soit le phare de votre vie ! Écrivez-moi ! Je vous aime.

– Nous aussi, tante Germaine.

– Oh ! Que tu me touches, Louison !

Ils s'embrassèrent.

Elle s'agenouilla, reprit son chapelet. La lumière des cierges vacillait. Dans sa châsse dorée, la statuette brillait. Louison glissa l'argent d'un cierge. Leurs deux mains sur le cierge, Louison et James, l'allumèrent et le posèrent dans le porte-cierges. Ils s'agenouillèrent, firent le signe de la croix, échangèrent un sourire triste avec Germaine. Leurs pas résonnèrent dans la nef.

Chapitre 39

ILS DESCENDENT la Malcouverte, traversent la Saône sur le pont de pierre. Les eaux glissent en dentelles sur le déversoir du barrage. Des péniches s'alignent près de l'écluse. Sur les quais, des hommes font rouler des tonneaux. Des pêcheurs, la cigarette au bec, regardent leurs bouchons danser.

Louison et James atteignent la gare de Gray. Le train pour Dijon partira dans quinze minutes. Le contrôleur vérifie leurs titres de transport, tamponne leurs papiers militaires, qu'il leur remet en observant leurs uniformes canadiens.

Le train quitte Gray, il longe la Saône. Louison contemple une dernière fois la rivière tant aimée. Elle pense à Apreval, Suzanne, Madame Boilat, Flavie, le chat, le chien. Le temps a passé si vite, trop vite. Elle a rempli son cœur d'émotions.

Dans toute cette tragédie, ce furent des instants de bonheur. Dommage que Paul ne fut point au rendez-vous.

À Dijon, ils montent dans le grand train pour Paris. Ils somnolent, se regardent tendrement, discrètement. Le contrôleur passe, jette un coup d'œil sur les papiers. Le train continue sa route dans la nuit. La campagne est noire, à peine quelques lueurs de villages au fond des vallons boisés.

Le train entra dans Paris. Louison et James changèrent de gare. Ils prirent le métro. James et Louison ouvraient grand les yeux. Paris ! Ils n'en apercevaient que des miettes. Ils s'en contentaient. Les gens les ignoraient. Des étrangers, les Parisiens en avaient tant croisés depuis les fastueuses expositions coloniales ou internationales !

Le train traversa la campagne. Quelques heures plus tard, ils atteignirent Opale-sur-Mer endormie.

Ils sortirent de la gare. Les rares voyageurs accéléraient le pas dans la nuit brumeuse. Les cafés et les petits hôtels étaient fermés.

Il était trop tard pour que James puisse rejoindre son unité. Le camion qui reliait l'hôpital à la troupe, ne partirait qu'à l'aube.

– James, il n'y a qu'à l'hôpital que nous trouverons un peu de chaleur.

– Je ne peux pas dormir à l'hôpital !

– Et pourquoi pas ? Tu es un soldat. Tu as fait ton devoir. On n'a pas le choix.

Louison évita le grand portail et ils passèrent par la petite porte qui accédait à la cour. Louison alla directement frapper à la loge de la gardienne.

Cinq minutes plus tard, la femme apparut :

– C'est pas une heure pour les chrétiens ! Mademoiselle Javelier ! Que faites-vous là ? Pas un blessé, pas à cette heure ! Entrez !

– Nous sortons du train de Paris. Je vous présente le soldat James. Il souhaite dormir ici. On va bien lui trouver un lit ?

– Un lit ! Mais vous n'y êtes pas Louison ! Depuis que la guerre est finie, tous les éclopés affluent. Vous êtes partie au bon moment. Il n'y a plus un seul lit. On a des blessés sur des brancards dans les couloirs. Il faut voir dans quel état ! Non, le mieux serait qu'il dorme sur une chaise dans la salle d'attente. C'est pas luxueux, mais mieux que dehors. Qu'en pensez-vous ?

– On n'a pas le choix, se résigna Louison.

Il ne faisait pas chaud dans la pièce. Louison décida de rester auprès de James. Les chaises étaient dures. Ils passèrent la nuit ainsi, à tenter de somnoler. James en avait vu d'autres. Parfois, on entendait les gémissements des blessés, les cris et les soupirs, les ronflements et tout retombait dans le silence, tandis que la ville s'enveloppait de brume marine. Ils attendirent l'aube, se regardant dans la pénombre, fermant les yeux, heureux. Enfin, l'hôpital s'anima du côté des cuisines, par des bruits de casseroles, de vaisselle, et de robinets crachotants. Les cloches des églises sonnèrent cinq, puis six heures du matin.

Louison conduisit James au réfectoire. Les premières infirmières les rejoignirent. Louison présenta James à ses collègues.

Ils déjeunèrent.

– Comme je te le disais, Louison, je ne sais pas quand ils vont nous renvoyer au Canada. J'espère qu'on ne transitera pas par le camp de Salisbury.

– Moi, j'ai l'impression que l'on va rester ici assez longtemps. Il y a tellement de blessés ! Je vais demander au médecin major.

– Celui qui est toujours de mauvaise humeur ?

– Oh ! C'est un genre qu'il se donne. Il est bourru en apparence, mais il comprend, la preuve il m'a accordé cette permission. Maintenant nous débordons de rescapés.

– Prends bien soin de toi, Louison. Jamais je ne pourrai oublier Apreval.

– Sois prudent James. Merci pour ta déclaration.

Il l'embrassa discrètement. Elle l'accompagna dans la cour. Le camion arriva quelques minutes plus tard. Louison et James aidèrent le personnel à charger les brancards. James s'assit à l'arrière avec les brancardiers. Le camion sortit de la cour. Louison salua James qui agita la main. Le camion disparut dans l'aube fuligineuse.

En regagnant le dortoir, pour aller se changer et revêtir l'uniforme de jour, Louison rencontra les patients habituels et, allongés sur des lits de fortune, des soldats arrivés récemment et en piteux état. Elle les dévisagea le cœur battant, peut-être que Paul se trouvait parmi eux. Il y avait des Français, Canadiens, Anglais, Américains, Sénégalais, d'autres Africains, des Asiatiques, tous égaux dans la douleur, égaux, du simple tirailleur à l'officier. La Faucheuse avait rôdé de près, taillant dans la chair vive.

Louison retrouva ses collègues. Elles blaguaient sur la beauté de James et certains soldats ajoutaient leurs plaisanteries. L'œil sévère, le médecin major accueillit les équipes et, le demi-sourire aux lèvres déclara :

– Au boulot, Mesdames, Messieurs, la salle de billard est ouverte, nous avons du pain sur la planche.

– Ou plutôt de la viande, lui répondit un blessé sur une civière.

– Si on veut, si on veut. Pour plaisanter, vous, cela ne doit pas être si mal ?

– Comme vous dites docteur, si on veut !

Les bandeaux, les pansements cachaient des plaies atroces. La mitraille, les obus, les scènes apocalyptiques avaient aussi atteint le fond des êtres.

Rapidement, chaque infirmier ou infirmière s'attachait à l'un ou l'autre de ces combattants. On l'écoutait un peu plus, on le rassurait. Un soldat sec comme un arbrisseau en hiver, aux yeux torturés, était allongé au fond du couloir sur un lit pliant. Louison lui prit la main. Elle était froide. On sentait tous ses os. L'homme regarda Louison.

– Vous ressemblez à ma fille.

– Je me nomme Louison Javelier.

– Moi, je crois que c'est Adélard Tremblay.

– Pardon ?

– Vous savez, la guerre… on n'est plus rien.

162

– En tout cas, c'est bien le nom qui est inscrit sur votre plaque métallique.

– Des plaques, j'en ai plein les poches. Quand un gars meurt, on lui enlève avant de l'enterrer. Les chefs les enverront à la famille. Oh ! Je suis bien fatigué.

– Avez-vous besoin de quelque chose ?

– Je boirais bien, mais j'évite, peux pas aller seul à la bassine. Je suis tanné d'uriner dans mes caneçons.

L'homme pleura, renifla, ferma les yeux.

– J'en peux plus, mamezelle, j'en peux plus.

– La guerre est finie. Ça va aller mieux.

– Est pas finie pour moi. Non !

– Vous êtes un héros !

– Ah ! Ben non ! Me fâchez pas mamezelle !

– Excusez-moi.

Adélard Tremblay répliqua :

– Autant de morts pis de misère, c'est plus des héros, ça n'a pas de nom. Il y a des coins, dans certains régiments, où ils ont tué ceux qui ne voulaient plus se battre. Eux aussi sont des héros. Et pourtant, ils passent pour des traîtres, des lâches, alors qu'ils avaient plus de courage et de lucidité que beaucoup d'entre nous. Moi, je suis fichu, plus bon à rien.

– Voyons ! Je vous apporte de l'eau.

Louison revint avec un verre. Adélard but lentement, comme si c'était une bière onctueuse, un vin fin. Sa moustache sale baignait dans le verre. En même temps, il observait Louison.

– Mamezelle, sortez-moi vivant de là. Je vous en supplie.

– On est là pour ça, on veut vous guérir tous le plus vite possible.

– Aidez-moi. J'ai confiance en vous.

– On fera tout ce qu'on peut.

– Non ! Pas on ! Vous ! Vous !

– Je ferai tout ce que je peux.

– Promis ?

– Promis.

– Merci, soupira-t-il, en fermant les yeux.

Louison rejoignit aussitôt ses collègues, échappant aux sollicitations des malades qui requéraient de l'aide.

– Mademoiselle, Mademoiselle, je veux uriner.

– Mademoiselle, j'ai mal.

163

– Infirmière, j'en peux plus… Je veux mourir…

Les cas les plus urgents arrivaient un par un devant le médecin major. La salle d'opération était constamment occupée. Toute la journée, des plaintes montaient, des cris s'échappaient de la salle. Épuisés, les infirmières, les chirurgiens, se relayaient.

Heureusement, au bout d'une semaine éprouvante, les camions transportèrent de moins en moins de blessés.

Plusieurs fois par jour, Louison venait parler à Adélard. Il était recroquevillé dans son lit, mangeait à peine.

– Si vous continuez de même, vous allez dépérir.

– Mamezelle, j'ai mal partout, partout !

– Qu'est-ce que vous a dit le docteur ?

– Demain, ils vont m'opérer.

– Qu'est-ce que vous avez ?

– Le pied de tranchée.

– Je peux voir ?

– Oui, mais touchez pas. Ça fait mal.

Louison souleva le drap. La gangrène avait envahi le pied, elle atteignait le tibia.

– Comment avez-vous eu cela ?

– Je l'sais-tu moi ?

– Ça fait mal ?

– J'vous dis pas. Mon pied est perdu. Je l'sais. Si j'avais pas les médicaments, j'serais mort. J'suis comme un ours dans un maudit piège. Maintenant, j'sais ce que c'est et pis j'veux plus entendre un chasseur se vanter d'avoir martyrisé de même un animal. C'est de la cruauté. C'est ce que je subis.

– Calmez-vous Monsieur Tremblay. C'est pas bon. Comment c'est arrivé ?

– On est plusieurs à avoir eu ça. Peut-être ben les bottes qui prennent l'eau, la boue, nos plaies, pas d'hygiène, et pis le gel, ça vous mord. Pourtant, le froid je connaissais ça. J'avais pas peur, mais là-bas au front, c'est pas chez nous, pis ces bottes anglaises valent pas les nôtres.

– Vous venez d'où ?

– Baie Saint-Paul. Cap aux corbeaux, Mamezelle Louison.

– Connais pas.

– Vous ?

– Hull.

– Connais pas non plus. Wouach ! Que ça fait mal. J'peux pus, Mamezelle, j'peux pus…

– Tenez bon cette nuit, Monsieur Tremblay, tenez bon, demain ça ira mieux.

– Vous croyez qu'ils vont me sauver la jambe ?

– Le chirurgien jugera.

– Pouvez-vous me passer la bassine ? S'il vous plaît.

– Voici. Je reviens dans quelques minutes.

– Vous êtes ben fine, Louison.

Au retour de Louison, Adélard lui confia :

– Vous pouvez pas savoir comme j'ai honte. Pas capable de faire mes besoins moi-même !

– Oubliez ça. Dormez. Je repasserai.

– Merci Louison.

– C'est beau, paraît-il Baie-Saint-Paul.

– Tout Charlevoix, Mademoiselle, c'est plus que beau…

Il soupira, ferma les yeux et s'endormit en haletant.

Adélard Tremblay fut opéré le lendemain matin. Il fut amputé de la jambe gauche, au-dessus du genou.

Durant une semaine, Louison veilla sur lui. Il délirait. Au matin du septième jour, tandis que Louison allait le retrouver, comme chaque matin, un collègue l'arrêta :

– Faut que t'ailles voir Adélard tout de suite.

Louison se hâta vers le lit de Monsieur Tremblay.

L'homme avait les yeux fermés. Elle s'approcha. Sa jambe, comme d'habitude depuis l'opération, était surmontée d'un cadre métallique recouvert d'un drap.

Elle toussa légèrement. Il ouvrit les yeux, sortit de ses nuages, reconnut Louison.

– Ah ! Louison, ma fille.

– Heureuse de vous revoir, Monsieur Tremblay ! Comment va ?

– J'ai demandé à vous causer. J'ai pus de jambe. J'pourrai pus marcher.

– Non, vous n'avez plus ce pied, il vous reste une partie de la jambe et l'autre est intacte. Vous avez un moignon.

– J'pourrai plus marcher.

– Mais si, le plus dur est passé.

– Louison, voyons ! Comment veux-tu que je vive avec une seule jambe ?

– Vous êtes pas le premier à qui ça arrive.

– Je suis cultivateur moi, pas fonctionnaire. À quoi je vais servir, moi, sur une terre ?

– Qui s'occupe de la ferme en ce moment ?

– Ma femme et les enfants.

– Ce sera pareil.

– Avec une bouche de plus à nourrir, quelqu'un qui est assis, pis qui fait rien.

– D'abord, assis, on peut faire plein de choses.

– Comme ?

– Réparer des outils, travailler le bois, confectionner des paniers. De toute façon, vous allez remarcher. Vous n'aurez même pas besoin de chaise roulante.

– Hein ?

– Je vous le dis. Je vous embrasse. Dites-moi, Monsieur Tremblay, vous avez pas connu un Paul Javelier, par hasard ?

– Ce nom-là ne m'dit rien. Pourquoi ?

– C'est mon père. J'ai pas nouvelle de lui depuis longtemps.

– Faut garder l'espoir, petite, toujours l'espoir.

– C'est vous qui me le dites maintenant ! Vous voyez que vous pouvez être utile.

– T'es ben fine, petite.

– À bientôt !

– À très bientôt, Louison !

Au passage, elle salua Joseph de Montréal.

– Hey ! que j'aimerais fumer !

– Avec votre santé, c'est impossible.

– Pourtant, on avait droit à des cigarettes, là-bas !

– Vous n'allez tout de même pas regretter ce temps-là ?

– Oh ! Que non !

Aucun des blessés que Louison interrogeait n'avait rencontré son père. Louison attendait des lettres de Paul ou de Madeleine. Sa case de courrier restait vide. Depuis un mois, rien. Pourvu qu'il ne soit rien arrivé à Hull. Peut-être que le bateau des messageries a été attaqué. Pas de nouvelles de James non plus.

Les jours suivants, Louison trouva réconfort auprès de Monsieur Tremblay, et chacun s'épaula.

166

– Comment est Baie-Saint-Paul ?

– Oh ! Petite ! Beau aux quatre saisons ! Le fleuve ! En hiver, il coule de l'argent. La glace couvre la baie, monte et descend avec la marée. De chez nous, on voit l'Île aux Coudres, les lames blanches des champs, les arbres et les glaces empilées au pied du cap. Les glaces s'enchevêtrent à la pointe Est. Cela brille comme des perles, se choque, s'enlace, se défait. La montagne boisée plonge à pic dans le fleuve. Elle réapparaît là-bas au sud, vers Montmagny. Lorsque les eaux le permettent, les goélettes gonflent leurs voiles au vent. Notre ferme est sur un plateau. Nos champs sont entourés de bois, de bouleaux qui déroulent le rosé de leur écorce, de conifères qui s'obstinent à verdir dans le froid. Au large, les marsouins, on les tue, on ne devrait pas, moi j'veux plus voir de tueries. Les gens sont pauvres par chez nous. C'est pas la beauté de la nature qui nourrit son homme, surtout avec les hivers que nous endurons. La neige, il y en a, à hauteur d'homme, pas comme ici ma fille, de la vraie neige blanche, et du vent et du froid, mais on est équipés, et quand on est mouillés, on se change, pas comme dans c'te maudite guerre qui m'a emporté le pied ! Où est-ce qu'il est mon morceau de jambe maintenant ?

– Brûlé, sûrement.

– Voilà que j'ai déjà un pied en enfer. Après avoir gelé, il est calciné ! Ça parle au baptême !

– C'est la vie !

– La mort, tu veux dire ! Qu'est-ce que je vais devenir, moi, avec une jambe en bois l'hiver ? Pourrai même pas pelleter la neige, atteler les chevaux…

– Pour pelleter, je ne sais pas, mais pour les chevaux vous pourrez.

– Des chevaux, on en a deux, des gros blancs, dans la neige, faut les voir ouvrir les chemins ! Ils en ont jusqu'au poitrail et puis leurs longs poils leur tissent un beau manteau. Copain et Compagnon, deux grands, Mademoiselle ! Ils font tout avec moi, on va au bois, au village, on ouvre les chemins. Dans notre coin, c'est ben côteux, ben raide. Les chevaux, ils avancent de leur pas vigoureux. Ni le vent, ni la poudrerie ne les arrêtent. Les enfants sont dans la sleigh, sous la couverture rouge et nos chevaux bravent la tempête. Pas croyable ! C'est pas des chevaux, ce sont des frères, font partie de la famille. J'ai ben hâte de les revoir.

Il reprend son souffle, bouge son moignon et tout à coup, la tristesse descend sur son visage. Ses traits sont tirés, ses yeux pleins de larmes.

– Louison j'ai vu les horreurs de la guerre. C'est à se demander si on n'est pas fou. Que d'atrocités. En plus, la souffrance des bêtes. Les chevaux, les ânes, les mules, même les pigeons, ont été avec nous jusqu'au bout de la torture. J'espère qu'un jour il y aura un monument à leur mémoire, aux animaux. C'était l'enfer. Ceux qui nous sortaient de là, qui nous ravitaillaient, qui peinaient avec nous, c'était aussi les animaux. J'ai tant souffert. Je pensais à mes chevaux. Je voyais des bêtes couchées dans le fossé, les pattes en l'air et les bouchers qui les ramenaient en arrière quand c'était possible. Ces animaux ont tout donné et des coups, certains en furent accablés. Quelle pitié ! Ce sont les chevaux et les hommes qui se sont battus, faut pas les oublier, les chevaux.

Il essuya ses larmes du revers de la main.

– Votre région, doit être magnifique en automne ?

– Toutes les saisons, toutes les heures, je veux mourir là-bas. L'automne, la montagne est rousse, verte, noire, tendre. Le vent éparpille les feuilles comme des milliers de papillons qui sont des baisers pour le ciel.

– Cela vous inspire, vous vous exprimez bien pour quelqu'un qui n'a pas beaucoup étudié.

– Dans Charlevoix, on devient peintres, musiciens, poètes, travailleurs. Louison, j'ignore comment c'est dans ton coin de pays, mais chez nous, c'est grandiose !

– Quand vous aurez repris des forces, qu'il fera plus chaud, je vous conduirai vers la terrasse. Vous verrez mieux la mer.

– La mer ! C'est le meilleur endroit où je pourrais être ! Chez nous, c'est la mer et le fleuve qui se marient, dans le flux et le reflux de la marée, dans la danse des algues. Ça sent bon, la mer. Rien à voir avec l'odeur de cadavres et de moisi des tranchées. La mort qui stagne, je ne connais pire puanteur. Elle m'étreint encore, ainsi que les gaz mortels. La mer, j'ai tout de suite reconnu ses souffles lorsque nous nous sommes rapprochés de la côte. Ici, le ciel de mer ressemble au nôtre. Je suis bien ici, grâce à vous Louison.

– Grâce aux docteurs, à tout le monde. Je repasserai demain. Continuez à prendre des forces.

– Reviens vite me visiter, Louison.

– Vous pouvez être fier de vous, Monsieur.

– Tu crois ?

– J'en suis certaine ! Et vive Charlevoix !

– Tu l'as dit, fille !

Chapitre 40

HULL, le 11 novembre 1918
Chère Louison,

J'espère que tu vas bien. Nous pensons à toi, particulièrement en ce jour que nous attendions depuis des années. Enfin l'Armistice ! Je ne peux te décrire la joie que cette nouvelle a apportée, l'espérance de nous voir tous réunis et en bonne santé.

Ici, les gens ont fêté. La guerre est finie ! Nous n'osions y croire.

Les familles ne sont pas toutes heureuses. Dans notre ville, des papas ne rentreront pas, des frères, des fils sont ensevelis en France.

Si tu as des nouvelles de Paul, transmets-les-nous au plus vite. Il ignore le nom et le lieu de ton hôpital. Je crois que, comme convenu, vous vous êtes donné rendez-vous à Apreval advenant la fin de la guerre. Peut-être êtes-vous actuellement ensemble au village, puisque ma lettre mettra un mois pour t'atteindre. Au moins, celle-ci ne se perdra pas, comme d'autres, dans un navire coulé par les ennemis.

Tes petits frères vont bien. Il est temps que Paul revienne pour veiller à leur éducation. Ce sont de bons enfants, qui ont beaucoup appris durant ces derniers mois. La disparition tragique de papas-soldats autour d'eux les a fait réfléchir. Ils ne jouent plus à la guerre, et lisent même les journaux. Ils me demandent constamment quand vous allez revenir.

Ermance m'aide dans mon travail. La vie continue, mais la date d'aujourd'hui restera toujours gravée dans nos mémoires. Elle rappelle le sacrifice de tant de personnes, des soldats, de leur famille, pour que nous puissions vivre en paix.

Voilà, je souhaite que cette lettre ne soit pas rejetée par les bureaux. La guerre est finie. Je crois que nous sommes autorisés à enfin pouvoir nous exprimer et te dire, chère Louison, toute l'affection des tiens qui t'embrassent bien fort.

> *Madeleine, Ermance et les enfants,*
> *sans oublier tes minettes et surtout ta chatte rousse,*
> *qui dort sur ton lit. On vous attend.*

Louison posa la lettre. Elle regarda autour d'elle. Il y avait des rangées de lits, des malades les yeux au plafond, d'autres qui claudiquaient, des bandes autour de la tête, des pansements sur les bras, ou les jambes ; des borgnes, des cassés en deux, des couchés, des gémissants. Comme le mentionnait Adélard Tremblay, cela ressemblait au Boulevard des Éclopés.

Elle replia la lettre, la porta sur son cœur, ferma les yeux, la rangea dans sa poche.

Elle s'avança vers la fenêtre. La mer se brisait en puissantes lames qui montaient à l'assaut des dunes. Les hautes herbes se couchaient sous les rafales. Le vent écrêtait les vagues. Les nuages cavalaient à fleur d'eau, nimbant les flots écumants. Elle se retourna. Les malades attendaient son aide. Elle accourut vers eux.

Monsieur Tremblay mangeait avec plus d'appétit.

– Le docteur dit que mon moignon se présente bien et que j'aurai une bonne assise pour mon pilon.

– Votre prothèse, c'est ça. Le moral revient !

– Qu'est-ce que je peux faire ? J'ai des hauts, pas très hauts, parce que je m'en sors vivant, après tout, et pis des bas, plus bas que les fonds du Saint-Laurent, quand je me dis toutes sortes de niaiseries ! Vous êtes préoccupée, vous ma petite !

– Je n'ai pas de nouvelles récentes de mon père.

– Je vous l'ai dit, pas de nouvelles, bonnes nouvelles. Personne n'a vu votre père. Donc, faut pas l'attendre icitte. Il y a des sections qu'ils ont déplacées en camion, d'autres en train, une fois même en taxis de Paris ! Un luxe, pis un bon coup, les Allemands ne s'attendaient pas à ça ! Alors, votre paternel, il avance en Allemagne, on se bat plus ! Quand vous aurez du nouveau, avisez-moi aussitôt, Louison.

– Bien sûr !

– À bientôt.

Les semaines suivantes, on prit les mesures pour vérifier la hauteur de la prothèse, puis, Monsieur Tremblay dut se remettre debout. À l'aide de béquilles, surpris de se mouvoir, Monsieur Tremblay s'avança en compagnie de Louison jusqu'à la fenêtre.

– Voilà la mer ! Mon Dieu, que c'est beau ! Tu parles d'un Saint-Laurent ! Les vagues, que j'aime ça ! Si je regarde bien, peut-être ben que je verrai l'Île aux Coudres et Baie-Saint-Paul ?

Elle lui souriait. Elle lui replaça les cheveux.

– Va falloir aller chez le coiffeur et vous faire raser.

– Oh ! Le barbier, vous savez on se coupait les cheveux nous-mêmes, les uns les autres, puis la barbe c'était quand on pouvait, à l'arrière. Moi, même pas de moustache : pas de poils, pas de poux ! La plupart gardaient leur moustache. Dis donc, la mer, c'est mauditement beau ! C'est-tu marée montante ou descendante ?

– Je l'ignore. Maintenant, vous pourrez la voir tous les jours, il suffit de vous lever.

– Je l'avais contemplée sur le bateau qui nous a menés en Angleterre, pis en France, mais je ne l'avais jamais vue depuis la côte, comme d'icitte.

– Quand vous serez plus solide, et qu'il fera beau, on se rendra sur la terrasse.

– Louison, m'annoncez pas qu'on va moisir ici des mois !

– On restera le temps de remettre le maximum de gens d'aplomb. C'est ce que disent les médecins, parce que vous le savez, vous, que la mer qui est si belle, peut aussi vous secouer !

– J'pense ben ! À l'aller, j'ai vomi à chaque jour. Le bonhomme était magané en arrivant en Angleterre !

– Alors, après tout ce que vous avez vécu ces derniers mois…

– Pourtant, sur le fleuve, j'avais jamais été malade.

– À l'aller, vous aviez essuyé une tempête.

– Comme si une tempête, on pouvait l'essuyer ! Tu parles d'une expression, Louison. C'est comme avoir le pied marin. Dans mon cas, admettons, mais les autres, les bipèdes, cela ne leur convient pas du tout ! C'est les pieds marins, pas le pied.

Louison souriait. De plus en plus souvent, Adélard la tutoyais. Il s'extasiait devant les flots.

– Cela me donne encore plus l'envie de m'en retourner chez nous, au plus sacrant.

– Pour ça, Monsieur Tremblay, faut que vous soyez plus valide.

– C'est-à-dire, moins invalide sur mon mignon moignon !

– Vous ne serez jamais comme avant, mais vous vous en sortez pas si mal.

– Je vais te faire une confidence, je peux te tutoyer ? Bon. Et bien, ce qui me tente le plus en ce moment, c'est deux choses.

– Allez-y !

– Tu me vois venir ?

– Non.

– Ben une grosse bière et pis aller tout seul à la bécosse, je suis tanné de la bassine ! Pour la bière, j'attendrai ; pour la bécosse, j'y vas !

– Doucement, Monsieur Tremblay, ce sont vos premiers pas.

– T'as raison, je me sens déjà étourdi.

– Asseyez-vous sur le lit, puis je vous accompagnerai, pour la première fois.

– J'suis comme un enfant, c'est humiliant !

– Non, humain. Prenez votre temps.

– Bien, cheffesse, grommela t'il. Faut tout de même pas que je sois grincheux, si je veux avoir une bière, comme promis.

– Je ne vous ai rien promis, père Tremblay.

– Ah ! Tiens, tu te dégênes aussi, tu me donnes du père Tremblay. J'aime ça, ça me rappelle chez nous. Allez, on fait une expédition bécosse !

– En route !

Elle le conduisit lentement. Ils revinrent encore plus lentement. Il s'assit sur le lit, s'allongea et soupira :

– Tu sais ce qui m'a fait le plus plaisir aujourd'hui ?

– Je crois deviner.

– Ta visite, bien sûr, revoir la mer, et aller à la bécosse ! Ça, c'est un grand pas !

– Notez, Monsieur Tremblay, que les bécosses sont plutôt des toilettes.

– Je pense que je vais faire un p'tit somme, je file pas fort.

Il se coucha, ferma les yeux et s'endormit. Ses voisins souriaient, Louison aussi. Elle changea l'eau des verres, replaça l'oreiller de l'un, vérifia les médicaments de l'autre, remonta la couverture de Monsieur Joseph et sortit presque heureuse.

Chapitre 41

À L'HEURE normale du courrier, Louison descendit vers sa case à lettres, près de la porte d'entrée principale. Elle sortit l'enveloppe, reconnut aussitôt l'écriture de Paul. L'écriture était droite, des pleins et des déliés, comme il avait appris à les former à Apreval, une écriture d'élève appliqué, et à l'encre !

Elle s'assit dans le réfectoire et lut, dans l'odeur de graisse froide, sur une chaise froide, devant une longue table froide, elle lut goulûment, absorba en totalité les mots de Paul.

Ses phrases défilaient sur des lignes imaginaires bien droites. La plume avait posément placé chacune des lettres, les pattes des M étaient toutes là, et les L s'envolaient allègrement, pour se courber dans un plein léger. Mon Dieu ! C'était vrai ! Dès les premiers mots, elle eut un choc. Son cœur s'emballa, son souffle s'enfuit. La feuille tremblait dans ses mains.

Apreval, le 28 décembre 1918.
Chère Louison,
Je t'écris assis à la table de notre ancienne cuisine ! Tu ne devineras jamais qui est à côté de moi ! Notre ami André Boilat ! Nous voici de retour au village. Dieu merci ! Je loue Notre-Dame de Gray, que j'ai tant implorée. Je bénis le ciel chaque heure de chaque jour. Je sais que tu es passée ici en compagnie de James. Nous nous sommes manqués, mais de vous savoir vivants, en bonne santé, est un immense bonheur. Notre arrivée au village a atténué la tristesse de votre départ. Les Boilat sont nos amis précieux. Je suis heureux qu'ils habitent notre maison en compagnie de Flavie. Je ne peux te dire l'émotion que nous avons ressentie à la vue d'Apreval. D'abord, ce furent de faibles lueurs dans la nuit, alors que nous marchions depuis Belval où le tacot nous avait déposés, ensuite les maisons, avec leur tas de bois, leur fumier, tous les signes de vie habituels. Comment te décrire notre joie lorsque nous sommes entrés dans la cuisine, notre ancienne cuisine, en plein souper ! Le chien et le chat nous avaient sentis depuis quelques instants déjà !

Madame Boilat, Suzanne, Flavie, le chien, le chat, tout le monde nous accueillait joyeusement. Ce ne furent qu'embrassades, pleurs et rires. Le chien reniflait nos uniformes. Le chat se frottait contre moi, un chat qui ne me connaissait même pas !

Nous n'avons pu retenir nos larmes. Jamais je n'aurais pensé pouvoir revenir ici, et surtout vivant ! Figure-toi, que j'ai retrouvé Boilat sur le quai de la gare à Dijon ! C'est la deuxième fois que cela se produit, en pleine guerre nous nous sommes rencontrés par hasard, et là encore à Dijon ! Pour des retrouvailles, on ne pouvait faire mieux ! Il était arrivé par un train précédent. Nous avons pris ensemble le tacot.

Je suis donc de retour au pays et je voulais te rassurer le plus tôt possible. Irène m'a donné ton adresse. Demain, je t'écrirai plus longuement et je posterai cette lettre. Je sais que tu attends de mes nouvelles, Madeleine et la famille aussi. Boilat a sorti sa meilleure bouteille et nous avons trinqué à toute la famille et à la paix. La gnôle est toujours aussi forte. Cela m'a assommé. Je me suis couché, pour la première fois depuis longtemps, dans un vrai lit, celui qui fut le nôtre à Renée et à moi. J'étais ému, mais avec ce que nous avions picolé, je n'ai pas eu de mal à m'endormir !

Demain, je terminerai cette lettre que le facteur, toujours le même et sympathique monsieur, transportera jusqu'à Belval.

Je t'embrasse, à demain Louison.

Je pense à la famille.

Chapitre 42

*C*HÈRE LOUISON,
Voici la suite de ma lettre.

J'envoie une autre lettre à Madeleine, aujourd'hui même. Nous sommes allés ce matin au bord de la Saône, tandis qu'Irène enseignait et que Suzanne travaillait à la maison. La belle vie, comme tu peux le constater. Ta visite a eu un effet sur Suzanne. Elle admire ton travail d'infirmière. Elle a décidé d'avoir, elle aussi, un métier. Elle veut être institutrice, comme sa mère, qui l'est en raison de la guerre, pour remplacer son mari appelé au front. Monsieur Boilat ira peut-être enseigner à Belval, sa femme garderait le poste au village, tandis que Suzanne ferait ses études à l'École Normale. Suzanne écrit souvent. Je pense qu'elle tient un journal et qu'elle se lancera un jour dans le roman ! Après ce que nous avons vécu, elle aurait beaucoup à raconter. Tu sais aussi bien que moi ce que la guerre a pu apporter de malheur et de détresse. C'est inimaginable pour les gens qui ne sont pas allés dans les zones de combats. Ceux qui, comme Boilat et moi, eurent la chance de revenir sains et saufs de cette catastrophe ont du mal à en parler. C'est trop bouleversant. De ton côté, je ne t'envie pas.

Souvent, j'ai douté de Dieu. Comment pouvait-il laisser les hommes plonger dans de telles cruautés ? Je lui ai posé des questions à Dieu. Il ne répondait pas. Je me suis rebellé. Nous n'en pouvions plus. Je m'accrochais à Notre-Dame de Gray. Je ne sais pas par quel miracle nous sommes en vie. Jamais plus je ne veux de colère, de haine, d'insultes, de mensonges. J'ai vu des Allemands et des Français, des Canadiens, des Africains, des Italiens, des Espagnols, mourir côte à côte, agoniser ensemble, réunis dans la mort et jetés dans la même fosse commune. Des Français tirèrent sur des Français qui refusaient de combattre, écœurés de ce carnage. Voir le peloton d'exécution, entendre les balles abattre ses compatriotes, cela vous détruit, des Canadiens furent tués de la même façon, condamnés, fusillés ! Il y avait des jeunes, des pères de famille, des braves, puis des cadavres. J'arrête. Cela nous peine trop. Il n'y aura peut-être rien de ces événements dans les livres d'histoire, juste des chiffres, des cartes, des dates, comme pour les autres guerres.

On évoquera la détresse des hommes, on racontera leur bravoure, des animaux on taira les sacrifices.

J'ai pu admirer la Saône jolie et Apreval sous la brume. Cette brume qui maintenant me paraît douce et protectrice, alors que jadis je la trouvais étouffante et glacée. Grosperrin est venu à ma rencontre, entre deux verres de rouge ! Ému et puant l'alcool, il m'a remercié de l'avoir sauvé de la noyade. Grosperrin est un bon bougre, il est intelligent, le café est son seul refuge contre la vie et ses maux. C'est son évasion, son Canada à lui.

Je m'apprête à rejoindre mon régiment qui est entre Paris et Verdun. Avant, j'irai me recueillir sur la tombe de notre chère Renée qui, elle aussi, nous a protégés. Puis, je m'arrêterai à Gray, pour m'agenouiller devant Notre-Dame. Je lui dois bien cela ! Boilat veut m'accompagner. Je l'en remercie. Que d'émotions ! La vie, quel combat !

Quel bonheur que la paix !

Nos amis Boilat, Flavie, le village, le chat, le chien veulent me retenir. J'ajoute que j'ai visité notre ancien potager, chez les Boilat, et tu ne le croiras pas, le rosier, celui qui était le long du mur, dont les épines infligèrent le tétanos à notre chère Renée, le rosier que j'avais pourtant arraché, brûlé, a repris ! Des tiges latérales s'étaient propagées le long du mur et il est plus joli, plus étalé que jamais. Boilat me dit qu'à la belle saison, il embaume le jardin et que ses fleurs font l'envie des voisins ! Au début, cela m'a fâché, puis j'ai apprécié la renaissance, Renée-naissance, comme dit Boilat. La vie qui revient de la mort, plus forte, plus vigoureuse, plus épanouie qu'auparavant. Le rosier n'était pas responsable, tout comme Dieu n'est pas responsable de cette guerre ! J'arrête mes bondieuseries et lamentations, comme disaient les copains de régiment, dont je te parlerai peut-être un jour, unis que nous étions dans la plus grande des catastrophes, où je suis allé moi-même me jeter !

Ma chère Louison, je t'embrasse
et toute la famille Boilat se joint à moi.
Tendresse, de ton père.
        Paul

Suzanne et Madame Boilat prennent le relais de ma lettre :

Chère amie Louison,

C'est Suzanne qui t'écrit. J'étais plongée dans le chagrin de votre départ et l'angoisse pour nos pères, lorsqu'ils ont frappé à la porte de la cuisine ! Ce fut la joyeuse folie dans la maison ! Quelle soirée ! Il ne manquait que vous deux et Madeleine. Tu m'as donné un bel exemple, je vais devenir institutrice comme mes parents et je te parlerai d'autre chose la prochaine fois, tu comprends... Gros becs, comme tu le dis si bien.

> *Ton amie d'enfance et de toujours,*
> *Suzanne*

Chère Louison,

Ma Canadienne, je suis fier que tu sois venue en France, ton pays natal, pour soulager les soldats qui ont tant souffert. J'ai fait mon travail. Pas besoin de t'en dire plus, tu sais de quoi je parle. J'ai été capturé par l'ennemi. Je n'étais pas le seul, une dizaine de compagnons de notre tranchée. Au début, ce n'était pas jojo. Là encore, inutile de parler des humiliations, privations et autres coups. Une fois arrivés en Allemagne, les officiers allemands ont réussi à faire appliquer les règlements et cela fut plus tolérable pour nous les prisonniers. Quelques semaines plus tard, l'Armistice permit notre libération. Nous avons eu beaucoup, beaucoup de chance de nous en sortir. Ton papa va bientôt nous quitter, nous en sommes tristes, mais nous sommes si heureux de le voir vivant ! Il est plutôt maigrichon, il saura vite se remplumer. On ne s'est pas privés de miche, de cancoillotte et de vin ! On pense à toi et on t'embrasse.

> *Boilat*

P.-S. : Flavie t'embrasse aussi et rassure-toi pour le chat et le chien, ils font partie de la famille.

Louison plia les lettres, referma l'enveloppe et, guillerette, se rendit auprès de ses patients.

Chapitre 43

Bonjour Monsieur Tremblay !
– Salut, Louison !

– J'ai des nouvelles !

– Ton père ?

– Oui.

– Pis ?

– Il va bien !

– Dieu soit loué ! Que demander de plus ?

– Rien.

– Je suis content pour toi Louison et pour toute ta famille. Tu sais, quand on est couché, ou assis à regarder le plafond, ou les murs, on a le temps de jongler. Je peux te dire que j'y ai pensé à ton père, et à tous mes copains de régiment !

– Il y avait des gars de chez vous dans votre régiment ?

– Sûrement qu'il y avait des gars de par chez nous dans notre régiment, mais dès que nous sommes arrivés à Valcartier, ils ont formé et déformé des divisions, on s'est perdus de vue. C'est peut-être aussi bien ainsi, comme ça j'ai point de mauvaises nouvelles à annoncer à personne. Louison, j'ai un service à te demander.

– Oui ?

– J'sais pas bien écrire, faudrait que tu m'aides. J'ai toujours envoyé les mêmes lettres à ma femme : « Je vais bien. T'inquiète pas. Je suis au chaud. On mange bien. On est pas en première ligne. Embrasse les enfants… » Je veux lui exprimer autrement, que je l'aime, ma Joséphine.

– Quand vous voulez.

– Ben de suite. Oh ! Je ne vais pas lui détailler les horreurs, non, mais faut que je la prévienne pour ma jambe. Tu comprends.

– Je vais chercher du papier et un crayon.

– T'es fine.

– On y va ?

– Fais-tu fret dehors ?

– Pas chaud, mais je connais un coin à l'abri du vent. Je vais y installer deux chaises et je vous y conduis.

– Merci. Ça sera plus discret, pour une lettre à ma femme !

– Les chaises sont prêtes.

– Non, non, ne m'aide pas. Qui m'aidera quand je serai chez nous ? Hein ? Tu seras plus là, toi. Tu seras avec ton amoureux. Oh ! T'as ben raison, profites-en ! Bon, ousque c'est encore ?

– Par ici. Je vous ouvre la porte.

– Maudit que c'est beau ! Ben plus qu'en dedans ! C'est vrai qui vente !

– Là, on est à l'abri. Asseyez-vous.

– Sais-tu, petite, que c'est la première fois que j'sors depuis que j'suis entré !

– Oui, j'attendais qu'il fasse plus chaud.

– Ça se supporte, on a vu pire et puis, c'est juste une lettre que j'vas écrire, pas un roman. J'pourrais pas te dicter ça en dedans. Les autres ont rien à voir avec ça.

– Quand vous voulez !

Chère Fifine,

– Je l'appelle comme ça, niaiseux hein ?

– Non.

– Bon, par quoi commencer ?

J'espère que tu vas ben, ainsi que les petits et les bêtes.

Adélard fait une pause.

– Ouais, ça devient compliqué. Bon, j'y vais.

Je suis à l'hôpital en France au bord de la mer.

Adélard respire fort, s'essuie le front.

Je suis bien traité... Surtout par une infirmière qui se nomme Louison, elle vient de Hull.

– Monsieur Tremblay, pas besoin de parler de moi.

– T'écris comme je t'dis !

– Peut-être qu'elle va croire que vous avez une petite amie.

– Ouais, t'as raison, enlève.

Je suis bien traité...

– Maudit ! Comment lui expliquer ?

– Lancez-vous, on pourra reprendre après.

– Dans ce cas, je lâche le paquet !

Ils m'ont coupé la jambe gauche au-dessus du genou.

– Wouach ! C'est dur de lui apprendre ça de même. La pauvre, elle va lire ça toute seule avec les petits pas loin. Ça m'écœure.

– Vous pouvez ne pas lui dire. Elle verra bien quand vous reviendrez.

– Ouais, mais elle est mieux de savoir quel bonhomme elle va retrouver ! J'veux pas lui faire un cadeau empoisonné, bon je continue.

Au-dessus du genou, rapport que la gangrène s'était mise dedans.

– *Moses,* que c'est dur.

– Pas autant que la souffrance avant ?

– T'as bien raison, petite, je continue.

Donc, c'est la jambe gauche. À droite quand tu me regardes.

– Monsieur Tremblay, autant lui mentionner, tout simplement, que c'est la jambe gauche.

– Ben à droite pour elle, c'est vrai que je vais peut-être la mêler.

– On enlève, hein ?

– Ouais.

– Bien, Monsieur Tremblay.

Je vais bien. Je suis bien nourri. Quand ça ira mieux, ils me renverront à la maison.

– Là, c'est pas drôle ce que je vais lui annoncer.

– Faut y aller !

– Ouais.

Ça fait que j'ai qu'une jambe bonne, la droite, pis l'autre j'ai un pilon.

– Une prothèse, non ?

– C'est un pilon !

180

J'peux marcher, mais pas au grand vent et sûrement pas sur la neige folle.

Adélard s'arrête. Ses mâchoires sont crispées.

Je ne pourrai pas m'occuper de la ferme autant qu'avant. Je ferai mon grand possible.

Adélard pleure.

– Respirez un grand coup, regardez la mer, c'est sublime la vie.

– Ouais.

– Je pensais à ça, vous pourriez peut-être prendre un commis pour vous aider jusqu'à ce que vos enfants soient grands.

– Qui va le payer, le commis ?

– J'espère que le gouvernement vous donnera des indemnités pour blessures de guerre.

– Tu crois ? Il va falloir quémander.

– Eh ! bien ! Vous quémanderez, après tout ce que vous avez donné, vous avez le droit de recevoir !

– Ouais, on verra…

On fera comme on pourra. Pis les enfants nous aideront dans quelques années. Faut pas être pessimiste. J'aurais pu être mort. Donne-moi des nouvelles de toi, ma chérie et des enfants. Comment vont Copain et Compagnon ? Est-ce que t'arrives à t'en occuper ? Je te remercie, Joséphine, t'es vaillante. Tu sais, souvent je me suis demandé pourquoi je suis parti, surtout qu'avec les enfants, j'étais vraiment pas obligé et j'aurais pu me cacher dans le bois. Je pensais que c'était mon devoir d'aider la mère patrie et en plus, en cadeau, je voyais du pays. J'allais de l'autre bord ! Ben, c'est exactement de là que je reviens, de l'autre bord ! Pas de la vie, non, de la mort ! Le pays d'où je viens, c'est l'enfer, et pis c'est pas croyable que je m'en sorte. J'ai mis un pied dans la tombe, il y est resté. Ne me parlez plus jamais de guerre ! La guerre, c'est pas un nom, c'est pas nommable ! J'espère que jamais nos enfants ne devront combattre comme on l'a fait. Jamais.

Dis-moi Fifine, comment tu vas, comment ça se passe avec les petits, les voisins, est-ce que t'as de l'aide ? Est-ce que la maison a bien tenu durant les hivers ousque j'étais parti ? Maintenant que c'est la paix, je peux écrire en liberté. C'est une infirmière qui copie la lettre. On a

181

*de bons soins. Dès que possible, je rentre à la maison, et puis j'aurai
grand plaisir à atteler Copain et Compagnon, et à te mener au magasin
général. Dis aux enfants que papa revient. Que Dieu vous protège, ma
Fifine, et nos enfants, vous êtes ma vie.*

Adélard

L'homme pleure, la tête entre les épaules.

– C'est dur, dire ça à sa femme, qu'est là-bas, à Baie- Saint-Paul.

– Pourtant, vous étiez lancé, Monsieur Tremblay, c'est sorti tout d'un
coup. Voulez-vous que je relise ?

– Oh ! non ! Je pense que je braillerais encore plus. Non ! non !

– Bon, je glisse ça dans l'enveloppe, mais avant peutêtre que vous
voulez signer ?

– Oui, ça serait mieux.

– Ici !

– C'est votre signature ?

– Est pas bien ?

– Si, une signature, c'est comme on veut.

– Louison, j'sais à peine écrire et presque pas lire. J'suis pas allé
longtemps à l'école. On n'avait pas d'argent, il fallait travailler à la
ferme.

– Je comprends, Monsieur Tremblay. Quand vous parlez du fleuve et
de chez vous, on croirait un poète ! Votre épouse, elle peut lire ?

– Pour sûr ! Parfois elle parcourt le journal, quand on nous le donne,
mais la plupart du temps, les gens ils gardent la gazette pour allumer
le feu ou autre chose… Ouais, voilà une bonne chose de faite. Ça m'a
remué. On va rentrer, petite, parce que c'est peut-être ben beau, mais à
la longue, c'est fret icitte. Merci, Louison.

– Attendez, je vous ouvre la porte. Voilà votre lit.

– Merci, t'es ben fine !

– À bientôt Monsieur Tremblay, la lettre partira dès ce soir à la poste
et hop ! À Baie-Saint-Paul !

– Les trains, les bateaux, en quelques semaines elle va avoir la lettre
ma femme, ça va si vite de nos jours !

– C'est le progrès, à la prochaine !

– Prends bien soin de toi, ma Louison.

– Vous aussi, Monsieur Tremblay.

Chapitre 44

Durant les jours qui suivirent, le personnel de l'hôpital, outre ses tâches habituelles, se consacra à la préparation de Noël, le premier vrai Noël des poilus et des pioupious, celui de la paix. Encore une fois loin de leurs familles, les soldats ressentaient la peine de la séparation. Les plus valides regardaient la crèche les yeux pleins de larmes. Les souvenirs affluaient. Pour les Canadiens, c'étaient les bordées de neige à la sortie de la messe de minuit, les bonbons, souvent les seuls cadeaux, les repas joyeux dans les petites maisons repliées sur le poêle à bois où les nombreux enfants jouaient. Les souvenirs amers s'accrochaient aussi, Noëls dans la boue, le froid et la mitraille. Noël à se regarder dans des casemates étroites, à chercher un peu de soleil, une eau buvable, a réconforter les blessés, à compter les vides des attaques précédentes, à envoyer un petit mot disant sa joie «d'avoir reçu double ration de riz, de chocolat, deux paires de chaussettes et une chemise. Je ne suis pas à plaindre. Je pense à vous et je vous assure que le prochain Noël nous le fêterons ensemble. » Combien de jours restait-il à vivre à ces soldats griffonnant un bout de papier que le vaguemestre tenterait de transmettre à l'arrière ? Certains soldats pleuraient, d'autres tiraient nerveusement sur leurs cigarettes en prenant bien soin de ne pas l'allumer à la vue des Allemands.

Ce Noël à l'hôpital, plusieurs en auraient rêvé, mais l'esprit de certains patients était encore en guerre. Ils se cachaient sous les draps, comme des animaux terrorisés, leurs mains tremblaient, leurs yeux d'un autre monde imploraient, ils répétaient les mêmes phrases, les mêmes mots. On rencontrait aussi des êtres en colère, contre tout, la vie, l'hôpital, la crèche et le soi-disant bon Dieu qui avait laissé ce chaos se répandre ! Ils fuyaient l'aumônier ou le haranguaient, lui jetant des remarques grossières pour qu'il les transmette à celui dont ils niaient l'existence. Adélard assista à la messe dite dans l'après-midi. Lui aussi en avait gros sur le cœur.

– Ça va me prendre du temps pour me réconcilier avec Lui. Mais la messe de Noël, j'peux pas manquer ça, surtout qu'on est au chaud. Faut bien réapprendre à vivre. Pis, c'est pas la faute à l'aumônier, ça remonte à Abel et Caïn.

– Vous en savez des choses, Monsieur Tremblay.

– On nous l'a assez raconté ! Pis au front, j'ai vu des prêtres pas comme les autres, les pieds dans la boue, la tête dans le ciel et combien sont morts près de nous ! Ils auraient pu se cacher au fond de leur sacristie, mais ils administraient les sacrements sous les balles ennemies ! Et eux-mêmes mouraient à côté de nous ! Ils ne portaient pas de beaux vêtements, ils étaient crasseux, boueux, comme nous, blessés, heureux, généreux, comme nous et sont morts. Ça fait que j'peux pas leur en vouloir. Ça non ! Et pis des bonnes sœurs nous ont aidés à l'arrière, j'vous dis que ça été comme des mamans pour nous. C'est Noël, on va pas s'enfarger dans le passé, il faut vivre, pis vivre ! La nouvelle année qui s'en vient, pourra pas être pire que celle-ci !

Chapitre 45

Lettre de Louison à Madeleine et à la famille
Février 1919

Chère famille,

Vous avez reçu de bonnes nouvelles au sujet de Paul, de James et de Monsieur Boilat. Nous sommes choyés ! Je le répète souvent, quel bonheur ! J'espère que ma lettre vous trouvera tous en bonne santé. Je pense toujours à vous et j'ai hâte de vous revoir. Des bruits courent que nous allons prochainement partir pour le Canada. Je crois qu'on va nous conduire en camion au Havre, pour prendre le bateau vers Halifax. Il y a de la fébrilité dans l'air. Tous les Canadiens blessés partiront en même temps sur les mêmes bateaux avec médecins et infirmières. Souhaitons que la mer soit calme ! Que de souffrances nous côtoyons ici ! Cet hôpital fut ma maison durant des années. Je pensais n'y rester que quelque mois et me voici ici avec mes habitudes, des amies, des connaissances. Nous avons tant peiné à soulager les blessés ! Parfois, je ressens un grand besoin de repos. Je rêve de marcher dans la neige fraîche, avec nos raquettes, de m'enfouir dans le bois silencieux, de contempler l'écorce de bouleau et la neige qui déguise les sapins en personnages. Je rêve d'une mésange picorant des morceaux de pain dans ma main, de dormir devant un âtre, dans une maison que la forêt blanche protège. Je ne suis pas malheureuse ici. Les gens sont gentils et apprécient notre contribution à la libération de la France. Ils nous l'expriment souvent et de façon touchante. Pour moi, qui ai deux pays, cela me va droit au cœur. Je vois une France souffrante, orpheline, à rebâtir, épuisée, mais pleine d'énergie et de jeunesse. J'aime ce pays plus que jamais. Je n'ai à aucun moment détesté les Allemands, comment aurais-je pu ? Il y a des blessés allemands ici, des hommes gravement atteints. Ils nous ressemblent tant ! La souffrance nivelle tout le monde. Nous n'avons plus qu'un seul souhait, vivre en paix, panser nos plaies. Je me suis attachée à ces êtres atteints jusqu'au fond d'eux-mêmes, ces hommes redevenus des enfants, cloués au lit, parfois murés dans le silence, prisonniers de la terreur qui les cadenasse, les brise. Je me suis fait des amies françaises parmi le personnel et je récolte de beaux bonjours en ville, chez les commerçants ou à l'église où j'aime entendre les chants qui parlent d'amour.

Les rumeurs vont bon train, les préparatifs aussi. Je vais trouver étrange de ne plus avoir pour horizon la ville, ses clochers, ses toits, les vagues, les dunes et herbes de rivage. Ce coin de France a un côté sauvage qui me plaît. La mer, je ne la connaissais pas et elle m'impressionne. Les couleurs y sont changeantes sur l'infini des flots. Dans un navire, on fait corps avec la mer, elle vous berce, chahute, cingle, harasse, domine, vous calme et vous enchante. De la terre, la mer vous appelle, vous caresse, fouette, vous rabat sur les maisons, vous rappelle la création primitive. La mer est divine. Je me laisse aller aux confidences. Je suis plus vieille maintenant ! Parfois, je me dis que j'ai vécu plusieurs vies en une seule et me voilà dans cet hôpital. J'y suis entrée il y a si longtemps, nous le quittons. Je regarde les murs, les fenêtres, les ombres et lumières, les oiseaux sur les toits, les cheminées. Me reviennent les jours de pluie, de tempête, les bruits des camions et nos courses dans les couloirs pour accueillir les rescapés des champs d'enfer. Défilent devant moi les brancards, les visages défaits, les blessures. J'entends les cris des agonisants et cueille l'ultime soupire de ceux qui s'éteignent dans mes bras.

Oui, je l'ai mon diplôme d'infirmière, mais comme il est dérisoire en comparaison du don de la vie, de la souffrance de tous ces combattants, des deux côtés du front !

Voilà pourquoi surgissent des envies de longue neige silencieuse et du froufrou d'une mésange guillerette autour de moi.

Je regretterai ces gens, cette ville, cet hôpital, les amis, mes malades, devenus des frères, des pères, des enfants que l'on chérit et pour qui l'on prie. Je me suis rapprochée de Dieu, alors que d'autres s'en sont éloignés. Chacun sa réponse. Qui sommes-nous, pour juger ? Qu'avons-nous fait, comparés à eux, qui sourient lorsqu'on les appelle des héros. Ils savent mieux que nous l'inoubliable, les cris, pleurs, fumées, gorge qui brûle sous les gaz, feu sur la peau, sang qui gicle dans la boue, os qui se cassent, pieds que gel durcit. J'arrête là. Ils souffrirent jusqu'à la nausée, la mort.

Je repars avec des soldats dont on m'a, dès leur arrivée ici, confié la charge, Adélard Tremblay, de Baie-Saint-Paul. Il m'a beaucoup appris, l'odeur du vent marin dans la baie, le rythme des marées. Il m'a donné le vent dans les crins de ses chevaux et la senteur enivrante du foin dans la grange. Il m'a conduite dans les montagnes qui dominent le fleuve, à bûcher et à contempler le Saint-Laurent gris, vert, bleu ou blanc qui courtise la baie, enlace l'Île aux Coudres, et miroite sur la rive sud. Il m'a chanté l'eau qui dévale des versants au printemps fougueux. Il m'a dessiné le soleil au couchant pourpre. Il m'a révélé les feux des feuilles à l'automne fou. Il m'a dit la peine des hommes, la patience des épouses, la joie des enfants dans les villages que les goélettes saluent dans le vent du large. Avec Monsieur Tremblay, j'ai parcouru une région que je ne connaissais pas. Je lui ai décrit la profondeur de nos forêts, la douceur de nos lacs, la vigueur de nos rivières.

Nous nous sommes réconfortés et consolés. Je le crois maintenant assez robuste pour la nouvelle vie qui l'attend.

– Je repartirai du bon pied, ironise-t-il ! Ça me fait une belle jambe ! J'en ai une qui est partie en fumée en France !

Il sourit, heureux d'être debout, d'être vivant. « Après, on verra ! », «À chaque jour suffit sa peine ! » Voilà un de mes compagnons, je ne peux plus dire malade. À Québec, des infirmières veilleront sur lui, et il sera conduit vers Baie-Saint-Paul, où sa famille l'attend.

Il y a Monsieur Joseph qui joue l'oubli, qui pourtant sait tout. Il m'énumère les magasins de la rue Saint-Laurent ou de la rue Sainte-Catherine de Montréal et veut «prendre un coup », de bière ou même de rouge ! Il est plus solide de corps que Monsieur Tremblay, mais plus fragile d'esprit que lui. Chacun sa maladie ! On a tous un problème ! De Québec, Monsieur Joseph continuera avec nous vers Montréal. Puis, je filerai vers l'ouest, pour vous rejoindre. Paul et James seront peut-être déjà rentrés, qui sait ? J'ai reçu des lettres d'eux. James m'écrit : « Je m'apprête à retourner au Canada, via un port anglais. J'espère ne pas avoir à moisir comme à l'aller au camp de Salisbury. Nous devrions être à la fin février ou en mars au Canada... »

Pardonnez mon bavardage, mais vous comprendrez que ce nouveau départ, qui m'enchante, me laisse un peu déroutée. Une page, tant souhaitée, enfin se tourne, j'en suis bouleversée.

J'ai hâte de vous retrouver et de vous serrer dans mes bras. J'ai envie de jouer avec mes petits frères et de me bercer cet été sur la galerie avec Ermance.

Portez-vous bien !

À bientôt !

Gros becs de France, pour quelque temps encore.

Louison

Chapitre 46

Lettre de Paul à Louison.

La vie militaire continue, mais au ralenti. Nous commençons à trouver le temps long. On a beau jouer aux cartes – pas moi, je déteste –, nous souhaitons retrouver nos familles. Maintenant, nous sommes à l'écoute de tous les cancans qui circulent. Dans notre semi confort, qui est un immense luxe comparé à nos épreuves, l'oisiveté nous pèse. Nous devons partir par le Havre sur un bateau canadien. Nous sommes prêts. J'ai hâte d'être auprès de vous dans notre maison et de reprendre ma place d'homme à tout faire, de jardinier et de cocher pour mon patron d'Ottawa. J'aurai un grand plaisir à traverser le pont des Chaudières, à me promener sur la rue Sparks, à longer le Parlement, à découvrir les produits sur les étals du marché, à prendre le tramway et, plus grande joie encore, à aller avec vous au bord de la rivière des Outaouais. J'ai revu avec émotion la Saône, je contemplerai tout autant la rivière des Outaouais. Les pins blancs à la silhouette sculptée par le vent nous prodigueront leur ombre et leur parfum résiné. Nous dormirons sous leurs branches, tandis que les enfants joueront et qu'Ermance chantonnera une vieille ballade. Nous rentrerons gorgés de lumière. Je porterai des habits neufs, je sentirai l'eau de Cologne et au revoir l'armée, bonjour le présent, bienvenue l'avenir !

Qu'est-ce que le bonheur ? Pouvoir se déplacer et, à la rencontre d'êtres chers, leur dire qu'on les aime ; savourer un pain chaud près d'une tasse fumante ; entrer dans une cuisine aux casseroles frémissantes ; s'asseoir dans un salon, un livre à la main ; observer un écureuil se toilettant le museau ; écouter les blagues des enfants, leur fabriquer un cerf-volant, leur raconter les longs voyages des oies éternelles ; dans la chaleur de l'été, fenêtre grande ouverte, capter le vrombissement des moustiques qui guettent derrière la moustiquaire et se laisser charmer par l'âme d'un piano lointain qui, sous les doigts aériens d'une jeune fille, exalte Chopin.

Ne crois pas que je délire, ma petite Louison, je déguste le bonheur d'aligner en paix des mots sur le beau papier qu'on nous a offert. Je discerne toutes les nuances de la plume qui grillonne sur le papier.

Comme un écolier, je retrouve l'odeur de l'encre et sa magie, en séchant, à fixer les caractères.

Petits bonheurs après de grands malheurs. Plaisirs aussi onctueux que ce croissant dégusté dans le café d'une ville où nous faisions halte. Il y avait les tasses de « petit noir » et leur écume crémeuse, les bocks de bière débordant de mousse, le galbe des verres à vin, le cuivre brillant des manches recouverts de porcelaine des appareils de bière pression, les ordres gravés dans les plaques émaillées : « Ne pas cracher », « Essuyez vos pieds », et la sciure répandue près du comptoir que nos lourds godillots tachaient. On nous regardait avec respect et un peu de crainte. La mort, la peur, la douleur, se lisent sur nos maigreurs. Nous sentons le soufre, la boue, l'eau sale, la terre et le moisi, la cave fermée, la tombe. Cela colle à notre peau, imprègne nos vêtements, nous suit partout. On a beau porter des vareuses, des capotes, des pantalons neufs, on a beau s'être rasés, nos yeux creux reflètent les tranchées, les agonisants, les croix des fosses communes. Nous traînons la poudre des balles et la mitraille, le sang et l'effroi.

Devant nous, des civils proprets, bedonnants, se pavanaient. Les étagères de vins, d'apéritifs, de vermouths, de digestifs, les verres étincelants, les serveurs aux longs tabliers noirs, aux chemises blanches, la patronne souveraine et radieuse dominant la caisse qui teinte, les affiches nous invitant à nous rafraîchir de Champigneulles et autres bières, ou de rouler nos cigarettes dans le papier Job, tout cela me surprit et me fit comprendre d'où je venais : des tranchées !

Je lisais les publicités, nous qui n'avions rien, on nous invitait à déguster la Liqueur Bénédictine ou à soigner notre tignasse : « Vieillir c'est blanchir. Vous ne vieillirez jamais si pour votre chevelure vous employez la Petroléine du Dr. Jammes».

Ce fut ma seule et unique sortie de la semaine, une plongée dans le vrai monde, avec ses mendiants, ses parapluies, ses épiceries aux légumes colorés, ses femmes et leurs poussettes d'où montent des gloussements joyeux. Nous réapprenons à vivre. Tout m'étonne, un pyrogène qui contient de grosses allumettes et où est gravé : «Dubonnet, vin au Quinquina, Grand Prix 1900 » ; une boulangerie, des pains longs et croustillants, des miches chaudes et des pâtisseries crémeuses. Nous n'avions que notre sac, nos gamelles, cartouches et fusil, notre couverture, casque, nourriture, notre eau plus ou moins claire. Tout sur nous, en route, en avant !

Nous avons obéi, comme des insectes, que l'on piétine et qui inlas-
sablement recomposent la colonne. Nous avons gravi les côtes sous les
balles, les obus qui éclataient et creusaient des cratères autour de nous.
Les villages brûlaient, les cimetières explosaient, les clochers s'écrou-
laient. Parmi les ruines rampait une humanité exsangue. Nous voici
dans des rues proprettes, côtoyant des citoyens affairés, mais que de
veuves de noir vêtues, que d'orphelins tristes qui nous dévisagent en
espérant reconnaître, malgré tout, le père, le fils, le frère.

Je veux retourner à la vie civile, quitter cette carapace d'uniforme
qui m'impose d'être encore soldat.

Voilà Louison où j'en suis dans mes pensées. Je t'aime, comme un
père qui a hâte de te le dire. Sois prudente. Bientôt nous nous retrou-
verons à Hull. Que la traversée soit paisible pour toi et tes malades.
Ramène-les en paix vers leurs familles.

Ton père qui t'embrasse,

Paul

Chapitre 47

Lettre de Madeleine à Louison.
Chère Louison,

L'annonce de ton retour prochain nous enchante. Nous t'attendons, ainsi que Paul et James. La maison est à l'écoute de la moindre nouvelle que les journaux colportent sur le rapatriement des troupes canadiennes. Nous admirons ton dévouement. Que de chemin parcouru, ma chère Louison, depuis notre première rencontre dans les rues de Paris ! Te voilà infirmière et fiancée ! Je suis heureuse pour toi, que je considère comme ma fille très chère. Ta maman Renée était une grande dame pour t'avoir, avec Paul, donné tant de volonté et de courage. Ce n'est pas tout de recevoir, il faut en tirer bon parti, et c'est ce que tu fais encore en ce moment. Les malades t'apprécient. Tu as rempli ton devoir. J'aurais aimé pouvoir aider notre France. De loin, nous avons essayé du mieux que nous avons pu, par nos prières et nos pensées.

La famille va bien. Tes frères sont de solides garçons, en ce moment, ils pellettent la neige. Ah ! ce qu'il neige ! Tu m'écris que tu peux parfois aller sur la terrasse et prendre un peu de soleil, que vous marchez dans des rues sans neige. Cela me rappelle Paris et la Provence de mon enfance. Ici, c'est l'opposé. Il neige, on l'enlève et il reneige ! Lorsque nous croyons que tout est terminé, le vent se lève. La poudrerie nous ensevelit et on recommence. Oui, c'est beau ! Très beau ! Mais nous ne savons plus où la mettre, cette beauté ! Il y en a partout ! On craint pour les toits, il faut les dégager. Notre toit est assez en pente, cela va encore. Les tramways sont toujours en retard et je quitte tôt la maison lorsque j'ai un rendez-vous chez une cliente, et avec cette neige, je dois protéger les robes. Vois-tu, j'ose me plaindre ! C'est ça la vie de château ! Nous ronchonnons pour un rien.

Merci pour les bonnes nouvelles que tu nous donnes et pour les lettres de Paul que tu me transmets. Comme il a souffert ton papa ! J'en frémis. Cela ne sera pas facile pour lui, après cette catastrophe. On fera ce qu'on pourra.

Ermance ne sort presque pas, il vente trop. Les trottoirs disparaissent sous la blancheur. Il faut deviner les planches sous la neige ! Les chevaux sont à l'ouvrage pour ouvrir les chemins.

J'arrête là, tu vas croire que nous sommes noyés sous les avalanches, après tout, c'est le Canada ! Chère Louison, prends bien soin de toi et de tes malades. Si cette lettre te parvient avant ton départ, nous te souhaitons une traversée paisible et un prompt retour parmi nous. Peutêtre nous apporteras-tu le printemps, en tout cas certainement la joie !

Grosses bises de la famille !

Madeleine

Chapitre 48

Lettre d'Abdoulaye à Louison.
Bonjour Mademoiselle Louison,

Que la santé et la paix soient avec vous et votre famille, de la part de votre grand ami Abdoulaye ! Je vais bientôt quitter la France et je voulais vous envoyer cette lettre que notre écrivain public rédige pour moi.

Je souhaite que vous et les vôtres soyez en bonne santé aujourd'hui et toujours.

Vous avez été très gentille avec moi Abdoulaye Cissoko et mon devoir était de vous exprimer mon éternelle reconnaissance.

Nous allons prochainement embarquer à Marseille et nous retournerons en Afrique. Je vais m'éloigner du sol français et j'emporte avec moi votre tendre souvenir et vos belles paroles d'amitié. Que votre générosité soit remerciée devant l'Éternel !

La guerre s'est abattue sur moi comme une interminable et violente tornade glacée. Vous êtes la seule qui ayez su réchauffer le cœur du simple soldat Abdoulaye Cissoko. Que Dieu vous récompense ! Vous fûtes la lumière dans ma détresse. J'ai vu mourir mes frères. J'ai entendu leurs cris. Sur leurs visages coulaient des larmes de sang. J'emporte leurs âmes avec moi pour qu'elles retrouvent le repos au pays de leurs ancêtres. Que leurs esprits m'accompagnent afin que leurs enfants puissent vivre en paix.

Je tousse encore. Plaise à Dieu que la santé me revienne et la force pour aider les miens aux champs, pour accompagner mes enfants dans le chemin de la vie. Plaise à Dieu que jamais ils ne subissent des atrocités aussi insoutenables que les nôtres. Plaise à Dieu qu'ils moissonnent leurs champs de mil, plutôt que d'être fauchés sur les soi-disant champs d'honneur.

Mes frères gisent en grand nombre dans la terre de France. Ils sont tombés par milliers. Ils ont agonisé des journées entières et durant des nuits lugubres. Ils ont gelé dans les tranchées, parfois sans godillots, souvent sans eau potable, toujours sans chaleur.

Ici, dans le sud de la France, nous retrouvons un peu de chaleur, mais ce n'est pas l'Afrique. J'ai besoin d'une vraie chaleur. Je ne veux plus de soleil froid. Je ne veux plus de souffrances. Je ne veux plus voir la mort, je ne veux plus de haine. La paix, je veux la paix !

J'ai rencontré des Français, des Américains, des Marocains, des Algériens, des Canadiens, des Indochinois, des Allemands et d'autres encore. Il y avait des hommes parmi eux, des vrais, des purs et nous étions tous perdus. J'ai ressenti des élans d'amitié, de fraternité, et des mots de haine ont criblé mon cœur comme des balles ennemies. Nous avons tous souffert. J'ai pardonné à tous. Qu'il plaise à Dieu qu'eux aussi me consentent leur pardon.

Le soir, près du feu, dans notre village, je parlerai à la famille. Je raconterai les bons soins de Louison, la Française partie au Canada, une déplacée, comme moi. J'évoquerai la douceur des mots adressés par vous à votre malade Abdoulaye Cissoko, de la lointaine Afrique.

Que la paix s'étende sur votre famille, vos amis, dont je serai pour l'éternité.

Croyez en ma reconnaissance absolue et infinie. Vous m'avez apporté le réconfort de l'âme et renforcé ma santé défaillante.

Voici venu le temps de l'au revoir. Si Dieu le veut, nous nous rencontrerons un jour, chez nous je l'espère. Vous êtes de notre famille, vous êtes ma fille. Veuillez me considérer comme votre ami, c'est le plus beau cadeau d'estime que vous pourriez m'accorder. Vous avez été ma famille au temps de l'épreuve, ma force, ma joie. Je n'oublierai jamais votre bonté à me conduire sur la terrasse de l'hôpital pour que mes os meurtris, mes yeux effrayés, mes muscles broyés, mon cœur exténué, se régénèrent aux maigres rayons du soleil nordique. J'ai pu enfin revoir la mer, auprès de vous. C'est encore la mer, cette vaste route liquide qui me réunit à l'Afrique lointaine.

Bientôt, lorsque j'effectuerai mon dernier pas en terre de France, c'est à vous Louison que je penserai. Lorsque je verrai la côte s'éloigner, c'est encore vers vous que mon esprit voguera, afin de vous unir à ma grande famille.

Je vous adresse mes vœux les plus chaleureux et vous confie à notre Grand Créateur, pour qu'il vous octroie une belle et longue vie et de nombreux enfants. Que le bonheur s'installe pour toujours dans votre famille.

Votre Abdoulaye Cissoko

P.-S. : Si vous avez le temps, vous pouvez m'écrire à l'adresse ci-dessous. Je trouverai un écrivain public pour vous lire et rédiger ma réponse.

Fidélité et reconnaissance éternelles.

Votre ami, A.C.

Chapitre 49

LETTRE de Paul à Madeleine
Chère Madeleine,

Nous voici de retour en Angleterre. Je ne t'ai pas écrit depuis quelque temps, car nous étions toujours en déplacement. De l'Allemagne, nous sommes revenus vers le Havre et de là nous avons embarqué pour l'Angleterre ! Il nous a fallu dix heures en mer calme pour atteindre les côtes anglaises. Après le débarquement, on nous a acheminés vers un camp. Nombreux sont les compagnons qui auraient préféré partir directement de la France vers le Canada. Mais nous devons obéir. Nous voici donc en Angleterre, ici j'ai tout loisir de t'écrire.

Il ne fait pas aussi froid qu'au Canada, il pleut souvent, mais cette fois, comparé à l'aller, nous sommes confortablement installés et il n'y a rien à voir avec la survie au front. On nous rééquipe un peu, nous prépare à la vie civile. On régularise nos papiers, établit nos états de solde, la paperasse militaire en somme. J'ai une bonne nouvelle à t'annoncer : je serai parmi les premiers à rentrer au Canada ! Les officiers nous ont signalé que les pères de famille, les maris, auraient la priorité sur les célibataires. Voici une annonce qui ne réjouira pas James. Je ne sais dans quel camp il se trouve actuellement. Il devra sûrement attendre. Je t'avoue que le temps nous pèse. Nous avons hâte d'être à la maison.

La colère est même à son comble chez certains, au point qu'il y aurait eu des mutineries et des révoltes. Des soldats sont morts, des boutiques ont été pillées, des soldats ont été condamnés aux travaux forcés ! Mourir dans un camp de transit vers le Canada, après des années de guerre, quelle catastrophe ! Mourir si près du but, après avoir traversé les pires épreuves, mourir d'impatience, d'épuisement, car ne pas repartir tout de suite devient un supplice pour beaucoup d'entre nous. Est-ce que la guerre est toujours en nous, un feu sous la cendre qu'un rien peut raviver ? Ce serait désespérant. Souhaitons que ce soit la der des ders dans nos esprits aussi.

Maintenant, je peux te l'écrire, je crois avoir atteint les limites de l'humanité. Nous étions à la frontière de la vie et de la mort. C'était comme si le diable et Dieu jouaient nos destins. Comme toujours, le diable trichait. Dans cette tragédie, on tente de survivre, on s'accroche, pour moi ce fut à Dieu. Dieu, c'est toi, les enfants, la famille, un peu de ciel bleu, un oiseau qui vole au-dessus des gaz, libre dans le ciel. On s'agrippe à la croix. S'Il ne s'était pas fait homme, s'il n'avait pas souffert dans sa chair, je ne croirais pas en Lui. Il a dominé le mal. Lui aussi a été martyrisé dans son corps. Il fallait l'Esprit pour le hisser au-dessus du calvaire. Je ne parle de cela à personne, mais je suis certain que beaucoup pensent comme moi, ou peut-être totalement l'inverse, et je ne les critique pas. Oh ! non ! Moi c'est ce qui m'a sauvé, et Notre-Dame de Gray, chacun ses bouées ! J'ai eu de la chance, ma foi s'est renforcée, certains l'ont complètement perdue, il y a de quoi.

Je reviens meurtri, mais en paix, même avec nos ennemis ! Je suis sceptique sur l'homme, cet être dérisoire et sublime, doux et belliqueux. Pardonne ces idées en vrac. Les copains jouent aux cartes ou au Crown and Anchor, qui est interdit pourtant. Il y a de l'animation dans la chambrée. L'oisiveté n'est pas bénéfique. Heureusement, nous avons des cours et des exercices, mais pour beaucoup leur corps est ici, leurs pensées sont au front ou au Canada.

Tandis que je rédige cette lettre, j'apprends que nous partirons pour Halifax dans quelques jours. De là, nous rentrons en train jusqu'à Montréal, puis Ottawa pour moi. Je plains James et les autres. D'ailleurs, certains n'en pouvant plus de ces lenteurs, ont décidé de revenir par leurs propres moyens ou de rester quelque temps en Angleterre, où ils ont de la famille. Ils bénéficient d'une permission, comme j'en ai eu pour me rendre à Apreval.

Je suis en pensée auprès de toi, des enfants et d'Ermance. J'arrive. Je ne sais comment je pourrai t'aviser de mon départ. Guette les nouvelles. Un jour, je descendrai du train et je viendrai te serrer dans mes bras.

En attendant ce jour béni, je vous embrasse tendrement.
>*Paul*

P.-S. : Je n'ai plus de nouvelles de Louison. J'ai cru savoir que les blessés canadiens s'en iraient directement depuis le Havre, sans transit par l'Angleterre. Peut-être es-tu plus au courant que moi.
À bientôt !
>*Paul*

Chapitre 50

Lettre de Louison à Madeleine
Chère Madeleine,

Ça y est, nous partons prochainement. Nous avons reçu l'ordre de route pour la mi-février. Nous devrions être à Ottawa à la mi-mars. Nous avons des malades sous notre responsabilité, pour moi, entre autres, Monsieur Tremblay et Monsieur Joseph, dont je t'ai déjà parlé. Les gens sont fébriles. J'ai un peu de crainte quant au transport des grands blessés, le chaos dans les camions, les difficultés de passer dans les escaliers étroits et les coursives. Je croise les doigts pour que la mer soit bonne. Il est difficile d'imaginer les souffrances que ces personnes ont déjà endurées. Oui, ce sont vraiment des héros.

Je n'ai pas de nouvelles de James depuis quelques semaines. Je sais qu'il a rejoint un camp en Angleterre, du moins sa division. Paul m'a envoyé une lettre me racontant qu'il y a eu des émeutes, tant les soldats s'impatientent de ne pouvoir retourner au Canada depuis que la guerre est finie. Il y aurait eu des morts et des condamnations. James n'est pas du genre à se comporter de mauvaise façon, mais parfois on est prompt à désigner des boucs émissaires et du fait qu'il n'a pas la même couleur de peau que les autres... Je ne devrais pas te confier mes inquiétudes, mais tu es la seule à qui je puisse le faire présentement.

Nous quittons bientôt la France. Sentiment étrange. Apreval et Gray furent des refuges paisibles, cependant le pays est meurtri.

Cette guerre a bouleversé ma vie à jamais.

C'est avec plaisir que je retournerai travailler à l'hôpital à Ottawa, si on veut toujours de moi ! Cette routine sera le bonheur, même s'il est plus agréable de côtoyer des gens en bonne santé. Les malades, j'allais dire «mes» malades tant je me les approprie, m'ont toujours beaucoup appris. Je ne sais si je pourrai vous annoncer à l'avance notre date d'arrivée à Halifax, puis Ottawa. Je vous écrirai d'où je pourrai.

Baisers à la famille, à Ermance, aux enfants et aux minettes !
Louison

Chapitre 51

DANS le train de Halifax à Montréal, les soldats parlent :
– Maudit que c'est beau !
– Baptême ! Que c'est grand !
– Ah ! les petites femmes !
– Oh ! Moi j'ai ma blonde qui m'espère.
– Ma femme, et les enfants.
– Ma blonde est partie avec un autre gars. J'ai gagné la guerre, j'ai perdu ma blonde. Ça fait mal.

Paul ferme les yeux, les autres continuent :
– J'vais prendre une maudite grosse brosse dès que j'arrive.
– Pas une, deux !

Impossible de dormir, les soldats sont trop excités. Des scènes remontent subitement. Paul se revoit marchant péniblement dans la boue des tranchées. Des cadavres jonchent le sol, à droite, à gauche. Les combattants s'en sont même servis comme mur de protection. Un matin, Paul avait remarqué des soldats creusant de grands trous. Il avait compris. Entre le fantassin, le fossoyeur et le mort, quelle différence ? Ce jour-là, on avait ordonné de préparer des tombes avant de monter en première ligne. Les collègues avaient râlé.

Ceux qui bavardent dans le train sont les survivants de ces colonnes que les mitrailleuses fauchaient, des hommes qui se courbaient sur la terre et qui tombaient presque euxmêmes dans les fosses communes qu'ils venaient d'ouvrir.

Le train joyeux sifflait dans la campagne canadienne, un train de la victoire. À quel prix !

Paul tenta de chasser les scènes douloureuses, et malgré les chants de ses compagnons, elles affluaient une à une. Il parcourait les lieux de bataille. De cela, il ne veut en parler à personne, surtout pas aux enfants. Louison et James savaient ce qu'il avait vécu, il essaierait de rester muet. Une douleur trop vive se mure dans le silence, ou parfois jaillit en cris insoutenables. Des ombres vous assaillent au temps mauvais, veulent vous entraîner vers les abysses de la pensée divagante, mais par miracle la vie reprend, renaît. C'est elle que les soldats chantent. Ils sont plus jeunes que Paul et, malgré tout, certains seraient prêts à d'autres guerres, d'autres combats. Pas lui, merci !

– Tu te souviens, raconte un Albertain, lorsqu'on nous a conseillé d'uriner dans nos mouchoirs, pour que l'ammoniac arrête les gaz !

– C'était astucieux, mais moi, j'ai jamais été capable de me lâcher à ce moment-là !

– J'en ai vu qui pissaient comme ils voulaient, ça ne m'intéressait pas de récolter leur liquide !

– Arrête, tu nous écœures ! On l'a vécu, pas besoin de l'endurer de nouveau.

– Il était temps qu'ils nous refilent des masques à gaz !

– Tu l'as dis ! On était en retard au début de la guerre, on a débarqué avec nos casquettes !

– Ben élégants, les Canadiens, ben élégants !

– Ouais, une chance qu'ils ont fini par nous fournir des casques d'acier, mais cela leur a pris du temps, aux chefs, pour comprendre !

– Moi, j'avais déjà un casque d'acier. Je l'avais piqué sur un Allemand mort. Sauf que j'ai eu peur qu'avec un casque allemand on me tire dessus ! Savez ce que j'en ai fait ?

– Pas la peine de nous la raconter pour la énième fois.

– Allez ! Vas-y, c'est fête aujourd'hui.

– Bon, ben, à la demande générale, j'y vais pour une autre tournée !

– Pire que les Dumbells (groupe de soldats canadiens qui a amusé les troupes dans les tranchées en 1917 et 1918 et qui a poursuivi sa carrière après la guerre), celui-là.

– Il nous fait toujours rire avec sa maudite joke !

– Je me suis trouvé un petit coin discret.

– Tu parles, dans les tranchées, discret ! Ah ! Ah !

– Pis là, je plantais le casque à pointe dans la terre et déféquais dedans !

– Pis t'avais de la gazette pour que tes foufounes soyent propres et nettes !

– Comment tu le sais ?

Paul ouvre les yeux, rien à faire, les blagues fusent, émaillées de quelques blasphèmes. Autant sourire comme les autres. Vivement qu'on arrive ! Cela fera oublier le gaz vert olive qui se répand dans la plaine, les Allemands qui suivent et le vent qui pousse la mort. Quelle étrange couleur glissant sur le sol, grimpant sur les jambes. Non, ne plus penser à ça. Comment vont les enfants, ils ont dû grandir. Et mes patrons ?

Arrêt. Des soldats descendent. On repart. Montréal, changement de train. La foule envahit le quai. Les familles cherchent leur soldat. Des cris, des pleurs, de joyeuses bousculades.

– Train pour Ottawa, attention au départ ! *Train to Ottawa, platform two, departure...*

La plaine se déroule, paisible, immuable, la guerre n'a rien touché, les arbres sont là et les prés, les granges et les maisons.

L'hiver étale sa pureté. Le printemps esquisse quelques ruisseaux, un petit dégel au milieu du jour, sous les rayons tendres. Les nuits froides hisseront la sève des érables dans les ramures. Elle descendra sucrée pour le régal des enfants !

Chapitre 52

CHAQUE JOUR, Madeleine lit attentivement les journaux. On signale l'heure d'arrivée des troupes qui reviennent au Canada. Des bruits se répandent. Des parents, des amis sont au courant. Deux fois cette semaine, elle s'est rendue à la gare. Il y avait des soldats, beaucoup, mais pas Paul. Des familles entières accueillaient les revenants, les survivants, les valeureux combattants. Larmes de joie, de douleur. Les uniformes paraissaient trop propres. Les yeux des soldats étaient rieurs ou graves. Tous ces hommes étaient maigres.

On serrait dans ses bras des enfants qu'on n'avait pas revus depuis des années, on ne les reconnaissait pas. Des épouses surveillaient leur progéniture alignée sur le quai de la gare, enfants heureux et fiers de bientôt retrouver leur papa soldat.

À l'écart, se tenaient des veuves trop jeunes pour l'être. Le mouchoir à la main, elles quémandaient des renseignements sur leur disparu. Dans cet ultime pèlerinage, elles tentaient de se rapprocher de l'être cher. Elles voulaient en savoir plus que les communiqués officiels, les lettres des services militaires.

– L'avez-vous vu ? Parlait-il de nous ? A-t-il souffert ? Vous a-t-il laissé un dernier message ? Quand est-il mort ? Comment ? Où ? Avez-vous sa médaille ?

Elles ne peuvent se résigner à la disparition de leur époux, elles implorent le compagnon de tranchée, le combattant, l'ami. Elles repartent seules, courbées sur leur douleur, au milieu des familles réunies. Elles attendent le tramway, entourées de soldats réjouis qui soudainement retrouvent, en les voyant, leurs yeux graves. La mort s'invite jusqu'au retour vers le foyer, pour que toute joie soit incomplète, que toute peine s'avive, tout souvenir de là-bas s'incruste.

Les soldats formèrent les rangs pour le défilé. La foule applaudissait. Ils marchaient fièrement, les yeux dans le passé. Ils rompirent les rangs, reçurent leur solde et rejoignirent les familles. Ils redevenaient des civils. En eux résonnaient le bruit des canons, des mitrailleuses, les ordres, le tintement des casseroles, les chansons à boire, les cris des blessés, les plaintes des agonisants. Il y avait aussi des silences, ceux d'avant l'attaque, de l'attente du retour du combat. Picardie, Soissonnais, Artois, les noms fleuraient la douce France, mais ils s'effaçaient devant les mots mitrailleuses, canons, shrapnell, feldwebel.

« Quand Madelon vient nous servir à boire... » C'est fini, voici Ottawa, voici Hull, les villages, les familles, il faut réapprendre la vie, la vraie, avec ce poids sur le cœur, les souffrances que l'on tentera d'ensevelir.

Ce jour-là, encore une fois, Madeleine s'était rendue à la gare où on annonçait un grand train venu d'Halifax. Madeleine était seule, les enfants n'auraient pu suivre ses allées et venues vers la gare, d'où elle revenait toujours triste. Elle n'avait aucune nouvelle de Paul depuis des semaines. Elle se dirigea vers l'entrée principale, évitant la ronde des automobiles près de l'hôtel Château Laurier. Des gens élégants étaient accompagnés de parents, d'enfants. Une atmosphère de fête remplissait le hall de la gare. Madeleine s'était dit, encore une fois, qu'il ne serait pas là, ainsi elle ne serait pas déçue. Le train avança très lentement, les wagons s'étiraient le long du canal Rideau. Les puissantes locomotives noires fumaient et pouffaient de vapeur.

Des soldats fatigués et heureux sautaient des marchepieds et étreignaient parents et amis. D'autres hélaient une personne et d'autres enfin, que personne n'attendait, se chargeaient de leur attirail et marchaient vers la sortie. Ceux-là devaient poursuivre leur route vers les villages éloignés de l'Ontario ou de l'ouest de l'Outaouais, des lieux que nulle ligne ne desservait. Ils enviaient les citadins qui s'abandonnaient aux étreintes tant désirées. Il y avait des drapeaux, des chapeaux, des badauds. Il y avait des femmes seules, des femmes en noir et d'autres pimpantes. Il y avait Ottawa, un Londres un peu moins britannique, mais tout aussi pudique. Il y avait Madeleine. Elle surveillait le flot des arrivants. Elle lisait dans leurs yeux le bonheur d'être de retour et cet air qu'on ceux qui viennent d'ailleurs, de l'inénarrable, ce regard qui se perd dans une étrange brume, ces yeux qui se replient sur le feu des douleurs, ce sentiment d'être un naufragé, un rescapé, un miraculé. Ils savent qu'ils sont différents, des jeunes vieillis, marqués par l'épouvante, les sacrifices ; des vieux, blessés dans leurs corps, leurs âmes. Dans quelques instants, ils se fondront dans la population. Demain, ils quitteront l'uniforme. Puis, leur silhouette s'arrondira. Ils marcheront plus lentement que les autres dans les rues des villes et villages, où la guerre n'est jamais passée.

Là, est-ce lui ? Il est si émacié, le visage si creux ! Les yeux sont fixés sur elle. Le dos de l'homme est légèrement voûté. Ses cheveux sont courts et ont des reflets argentés. Oui, ce sont ses longs bras, ses larges épaules, mais qui semblent vides. Paul ? Son sourire, la joie qui éclate maintenant dans son regard ! Paul ! Madeleine se demande tout à coup si elle aussi a changé. Comment Paul la voit-il ? Que pense-t-il d'elle ?

Il ne porte qu'un sac. Ils s'observent. Autour d'eux les gens vont et viennent, tourbillons de couleurs et de bruit. Ils sont l'un contre l'autre. Ils ont attendu cet instant depuis si longtemps, elle a lu et relu ses lettres, pesé chaque mot, tenté de comprendre, de partager. Il a gardé avec lui tous les messages de Madeleine, ils sont dans son sac. D'autres recevaient des lettres de rupture, de deuil, au milieu des tranchées. Madeleine l'arrimait à la vie, ouvrait l'avenir.

Ils étaient au même endroit que le jour du départ. Ils restaient l'un contre l'autre, bousculés par les passants, indifférents, les yeux fermés. Ensemble ils avaient fait la conquête. Ensemble, ils avaient souffert. Ensemble, ils pleuraient de joie.

– Paul…

– Madeleine…

Il ajusta son sac sur son dos et passa sa main sur l'épaule de Madeleine. Ils marchèrent en silence dans la cohue vers la sortie. Une absence, et l'autre à changé ; une guerre et l'autre, qu'est-il réellement devenu ? Comment Paul va t'il réagir ? Tout à l'heure, elle pensait à ces soldats qui tenteraient de reprendre une place dans la vie de paix, maintenant, elle se demande si Paul a gardé l'espoir, la foi en eux, le goût de vivre, ou s'il sombrera comme certains déjà revenus depuis des mois, dans le marais des souvenirs tragiques, le corps ici, l'esprit dans la boue des tranchées où retentissent les cris, les sifflements des balles, le tonnerre des obus, les éclairs des feux ennemis. Elle lui serre la main, il répond d'un sourire gêné. Elle l'aidera. Elle s'arrête, sonde son regard. Il s'interroge. Leurs yeux se fondent. Il la serre de nouveau. Derrière eux, la locomotive tremble et gronde. Paul est revenu, aujourd'hui, la vie est belle !

– Je t'aime, Madeleine.

– Moi aussi, Paul.

Sur la place encombrée de voitures noires, des messieurs vêtus de noir, aux chapeaux noirs, côtoient des femmes et des enfants aux couleurs joyeuses, au milieu de drapeaux qui flottent au vent. Les gens se déplacent au son des cornemuses, tambours, trompettes et klaxons.

Ordre est donné de former les rangs.

Paul tend le sac à Madeleine.

– Pas de nouvelles de Louison, de James ?

– Louison m'a écrit qu'elle arriverait à la mi-mars. Nous sommes à la fin du mois de mars...

– C'est le défilé. Ensuite, la paye et je suis à nous, Madeleine !

Il l'embrasse et s'éloigne.

Ils se mettent en rang, à la grande joie des enfants. La troupe avance. La foule exulte. Ils sont loin les pas hésitants des recrues de Valcartier. Les soldats ont dans les yeux des années de guerre. Ils ont été applaudis dans les villes libérées de Belgique, d'Alsace, de Lorraine. On les a regardés en silence traverser les villes de Rhénanie. Pour eux, on a agité des drapeaux dans les ports français, anglais, à Halifax, Montréal ou Québec. Sous les drapeaux et les vivats de la capitale canadienne, certains pleurent. Ils pensent aux amis couchés pour toujours à Vimy, Verdun, Ypres, en terre de France, de Belgique. Ils défilent une dernière fois dans cet uniforme qu'ils rangeront. Ils marchent, pendant quelques minutes encore, comme une armée, un étrange corps soudé. Bientôt, munis d'un petit pécule, ils seront libres. Libres d'aller à la maison, de dire ce qu'ils veulent, à qui ils veulent, sans se méfier, sans contraintes. Plus de promiscuité, de latrines infectes, de soupes de lavasses froides, d'uniformes ; libres de se souler à la taverne, pour essayer d'oublier, ce que nul ne peut oublier ; libres de marcher en ville, sans baisser la tête ou courir ; libres de s'attarder aux vitrines, de se promener, quel mot magnifique : se promener ! Libres de contempler la rivière, la forêt, de choisir un emploi et de s'en aller, et joie suprême : libres de ne pas obéir ! Peut-être faudra-t-il abandonner un peu de cette liberté pour trouver du travail, se plier aux volontés des chefs, dont beaucoup ne sont jamais allés au combat. Au bout de la rue, la liberté ! Que fera-t-on de tout ce temps que l'on n'osait espérer ?

Les hommes défilent. La nation regarde le passé, réfléchit. Comment en sommes-nous arrivés là ? Savourons la victoire, apprécions la paix si douloureusement conquise. Pourvu que jamais cela ne recommence, jamais. Ces veuves, orphelins et invalides, Grande guerre, grande misère, pourquoi ? Marchons encore quelques secondes, au son déchirant des cornemuses, venues des pays de brumes et de landes.

Voici le temps de remettre les armes, saluer les drapeaux et, pour toujours, rompre les rangs.

La guerre est finie !

Chapitre 53

Je suis libre ! Nous pouvons rentrer à la maison.
— Enfin !

Ils sourient.

— Veux-tu prendre le tramway ?

— Si tu veux, marchons. Comment as-tu su que j'arrivais aujourd'hui ?

— Comme d'autres jours, à la moindre rumeur de train militaire, je suis venue ici.

Ils traversent la rivière des Outaouais.

Paul contemple le bouillonnement de l'eau. Les rochers, usés par le courant, se couvrent d'écume. L'eau claire s'engouffre dans le noir des fonds. Depuis des siècles, tant de gens sont passés près de ces flots virevoltants, ont admiré, puis, sont repartis, et l'eau sans fin, chante la même chanson. La guerre, les guerres, les hommes célèbres ou inconnus, tout a passé, rien ne résiste à la grande rivière, Kitchisipi (rivière des Outaouais) !

Paul regarde vers l'ouest, de nouveau, avec un plaisir infini, vers Aylmer, plus loin encore. Madeleine est à côté lui. Cet instant, il en a tant rêvé ! Et lorsqu'ils iront tous s'asseoir sous les fiers pins blancs, au bord de la rivière qui dessine le lac Deschênes, alors, il sera vraiment revenu chez lui.

Le vent souffle de l'ouest.

Madeleine et Paul continuent vers la maison.

La rue lui semble plus petite, les maisons plus fragiles, les trottoirs de bois plus étroits.

Ville du bois, ville en bois, Hull n'a reçu que les miettes d'Ottawa, la capitale. À Hull, le luxe est réservé à quelques propriétaires d'usines et leurs familles, qui possèdent belles demeures et grandes terres.

Des enfants mal habillés, maigrelets, observent Paul et Madeleine. Avec leurs fusils en bois, ils jouent à la guerre, ils défilent joyeusement.

Paul sourit.

Derrière les rideaux, on devine les ombres des curieux.

– L'Paul à Madeleine est de retour, regarde comme il est chétif, on dirait un joual affamé !

– Tiens, le França est back home, chanceux lui, est pas mort comme les autres, râle celui qui s'est caché dans les bois tout le temps de la conscription.

– Paraît qu'on leur a remis leurs salaires, vont pouvoir mener la bonne vie, eux !

– Il a l'air d'avoir souffert.

– Peut-être ben qu'il n'était pas au front, mais gras dur.

– Y en a des tas qui sont pas revenus.

– Tu vas tout de même pas lui reprocher d'avoir survécu !

Paul s'arrête, examine la maison, leur maison. Elle a tenu le coup, malgré les hivers. Neige, vent, glace, elle est là, modeste, comme toutes les autres maisons, petite façade et profondeur vers un jardinet.

Sur la galerie, une chaise berçante oscille au vent.

La porte s'ouvre, Ermance !

– Ah ! ben baptême ! Maudit que j'suis heureuse ! Si j'avais su, je me serais nippée. Paul ! Doux Jésus ! Dieu merci ! Paul ! Bienvenue chez vous !

Ermance pleure, Madeleine et Paul aussi.

Il pose son sac dans la cuisine, qu'il imaginait plus grande.

– Paul, ah ! ben ! Je vous fais un thé ?

– Volontiers. Mon Dieu, que l'on est bien chez soi !

La bouilloire hoquette. Le thé infuse. Paul observe la cuisine.

Ils se regardent en silence.

Le temps fait une pause.

La maison parle, dans le vent de mars finissant.

La neige a fondu. Elle s'accroche dans les cours, les entrées au nord. Le vent tourne autour de la maison, porteur de pluie ou de neige.

Les chattes viennent sentir, elles miaulent leur satisfaction. La rousse ronronne en inspectant les pantalons de Paul.

– Les enfants sont à l'école. Ils ont grandi. Benjamin et Nicolas ne se laissent pas marcher sur les pieds. Vous pouvez être fier d'eux, de bons Canadiens français, dit Ermance.

– Et à l'école ?

– Ça va. Ils auront besoin de toi pour les discipliner un peu. Ermance, pas de courrier de Louison ou de James ?

– Non, Madeleine, pas de malle, pardon, de courrier à matin. Pour moi, Louison elle va arriver à Québec avec ses malades et pis elle va retontir icitte plus tard, ajoute Ermance.

– Paul, je vois souvent Madame Germain, elle me dit que son mari est prêt à te reprendre n'importe quand. Durant ton absence, ils ont embauché un homme à tout faire, mais ils t'attendent. D'abord, ils vont mettre leurs chevaux à la retraite, en pension dans une belle ferme d'Aylmer. Monsieur Germain veut les garder. Il les aime, mais il prétend que les calèches sont dépassées. Il voudrait que tu apprennes à conduire. Ils ont acheté une voiture automobile. Monsieur ne conduit pas et il a besoin d'un chauffeur. Ce serait toi, si tu veux.

– Madeleine, je n'ai jamais conduit, mais cela ne doit pas être sorcier. Des camions, j'en ai assez vus à la guerre. Quant aux chevaux, je ne peux pas en parler.

Paul serre les mâchoires, ferme un instant les yeux. Des chevaux, des mulets, des ânes, morts sur le bord de la route, abandonnés près de leurs palefreniers, cadavres unis dans la tragédie, il ouvre les yeux. Madeleine lui parle de demain, de conduire une automobile dans les rues d'Ottawa ! C'est irréel.

Des galopades sur la galerie, des cris de joie :

– Papa ! Papa !

La porte s'ouvre. Paul est assailli par leurs deux fils :

– Bonjour les enfants !

– Papa ! Papa, c'est ton uniforme, wouah !

– Ça, c'est quoi ?

– Un galon.

– T'es quoi ?

– Caporal.

– Wouah !

– T'as pas été blessé ?

– Non.

– T'as pas souffert ?

– Comme tout le monde.

– Beaucoup ?

– Je vous raconterai.

– Vous couriez, comment avez-vous su que j'étais dans la maison ?

– Ben, les gens ! Mais on se méfiait.

– Pourquoi ?

– C'est le premier avril aujourd'hui !
– J'avais oublié.
– Pis les gens ne sont pas toujours gentils.
– C'est-à-dire ?
– Ils aiment faire des blagues.
– Des blagues, c'est pas méchant.
– Non, mais il y en a qui disent des choses pas bien.
– Comme ?
– Que ceux qui reviennent de la guerre pas morts se sont cachés !
– Quoi d'autre ?
– Nous aussi on te racontera, papa !
– Vous avez grandi, les enfants !
– Pis toi, papa, t'as changé.
– Oui ?
– Oui, t'es, t'es…
– Je suis ?
– Pas pareil.
– C'est à dire ?
– T'es comme dur….
– Dur ?
– Plein d'os quoi ! Les enfants éclatent de rire.
– T'es comme un portemanteau !
– Sans manteau ! rajoute l'autre.
Paul fronce les sourcils.
– T'es pas fâché, papa ?
– Devinez.
– On a déjà dit des bêtises ! Pardon.
– Je suis content de vous voir, les enfants.
– Papa, il y avait des canons ?
– Pis des obus ?
– Des mitrailleuses ?
– T'as eu peur ?
Paul regarde par la fenêtre. Le ciel passe du bleu foncé au gris. Les nuages se fondent en une seule masse et, il neige !
– Il neige ! Les enfants !
– On sait, poisson d'avril !
– Regardez, insiste Madeleine, lâchez un peu votre père.
– Oh ! Oui ! Il neige.

– Maudite affaire, grommelle Ermance.

– La dernière, rassure Madeleine.

En ce premier avril, il neige comme en plein mois de janvier. Subitement, l'hiver revient. Le timide printemps bat en retraite.

Paul est heureux. L'hiver au chaud dans la maison, l'hiver parmi les siens, à l'abri. Finies les tranchées boueuses, glacées, l'humidité qui pénètre partout et les poux qui grouillent, s'accrochent, se cachent, vous démangent.

L'hiver vient lui dire bonjour. Paul souhaite qu'il neige, neige sans fin, que ce soir tous s'endorment dans la ville blanche, aux bruits effacés. Qu'il neige, pour ensevelir les drames, les peurs, les mauvais souvenirs ! Que la neige protège le bonheur.

C'est ce qui arriva, enfin.

Chapitre 54

Dormir près de Madeleine, regarder la neige pailleter la fenêtre, écouter la maison, Paul, les yeux ouverts, savoure la vie. Une journée de retour, une journée de fête, un souper à parler un peu de la guerre, surtout d'Apreval, des uns et des autres, une soirée à réapprendre à connaître Benjamin et Nicolas, à se sentir heureux, à penser à Louison et à James. Une journée à vivre intensément chaque instant, une nuit à côté de Madeleine, à admirer ses cheveux bouclés, ses yeux de Provence, à partager sa joie. Et cette nuit, à rêvasser à demain, aux enfants joyeux, à la vie précieuse dans chaque souffle, à cueillir chaque bonheur totalement.

Ce matin, comme un cadeau de Noël, arriva une lettre de Louison.

Chère famille,

Je suis à Québec et j'ai retrouvé avec plaisir la neige. Avec plaisir, je confirme ! Cette ville est toujours aussi belle et la neige l'enveloppe de mystères. C'est moins poétique pour les habitants, mais j'ai pu admirer la vieille cité grise et blanche, et le fleuve charriant les blocs de glace.

Les malades nous quittent un à un pour rejoindre leurs familles. Monsieur Adélard Tremblay est reparti avec les siens pour son village du bord du fleuve. Nous nous sommes quittés en larmes. La guerre nous a rapprochés. Lorsqu'il m'a présentée à son épouse, il me serrait la main en disant :

– C'est comme ma fille, elle m'a sauvé, écouté, soigné, réconforté. Viens me voir dès que tu peux, Louison !

Il ne voulait pas me lâcher. Lorsque je l'ai conduit à la gare avec sa femme, il pleurait. Il m'a murmuré :

– Que vais-je devenir ? Qui me comprendra ? Jamais je ne pourrai leur raconter. Ils ne me croiront pas. Tu vas me manquer. Écris-moi, au moins.

Mes collègues infirmières ont vécu les mêmes déchirements que moi. Bientôt, nous allons nous disperser, chacune de notre côté. Nous étions une bonne équipe et certaines ont été jusqu'aux limites de leur force. Moi qui, au début, les tenais à distance, ne voulant pas tisser de liens, de peur d'avoir à les briser ! Le temps et les épreuves nous ont unis. Ce sont mes sœurs. Ce que nous avons vécu restera à jamais marqué dans nos mémoires. Les larmes aux yeux, nous avons accompagné nos amies qui partaient vers les Prairies et la Colombie.

Je vous annonce mon arrivée prochaine, ne m'attendez pas à la gare, je ne sais quand exactement je serai autorisée à vous rejoindre. Cela se fera après le départ de «mon» dernier blessé, Monsieur Joseph que je laisserai à Montréal. Ici, je vais tenter de visiter nos amis Leymarie de Charny. Il y a si longtemps que je ne les ai vus.

De la bonne et belle ville de Québec, votre fille Louison vous envoie ses plus affectueuses pensées.

P.-S. : Je suis sans nouvelles de papa et de James. J'espère qu'ils vont bien.
Gros becs de Québec.

Deux jours plus tard, par un soir de pluie, de vent, de grésil et de neige, on frappa à la porte de la maison hulloise. C'était au moment du souper. Louison et le vent glacé entrèrent dans la cuisine.

– Louison ! S'exclamèrent les enfants.

Tout le monde se leva pour entourer Louison.

Son manteau, son uniforme étaient trempés. Ses yeux brillaient. De la neige scintillait sur son col, ses cheveux. Elle avait maigri. Devant eux, se tenait une dame, droite, digne, au sourire radieux.

– Louison… murmura Ermance. Dieu merci ! Louison, ma petite, te revoilà ! Que nous sommes chanceux !

– Louison, ma fille !

Paul et Louison pleuraient.

Des scènes de guerre, des paysages ravagés, des soldats blessés, des cris, des lamentations, envahissaient leurs esprits. Ils avaient tant à se dire, à partager, que pour le moment, seuls le silence et les pleurs pouvaient exprimer leur émotion. Ensemble, debout dans la cuisine, devant la famille, ils posaient leur immense fardeau. Les larmes coulaient sur toutes les joues, et même les chats observaient et se rapetissaient dans leur coin. Ici, se déroulait, en cet instant précis, un événement hors du commun, comme la reddition du diable. Il fallait ouvrir la porte pour qu'il dégage à jamais.

– Je ne sais pas ce qui se passe, mais moi j'étouffe ici ! Permettez que j'ouvre la porte quelques secondes, demanda Ermance.

L'air frais les ragaillardit.

– Ouf ! Il me semble que je respire mieux, soupira Ermance.

Madeleine et Louison s'étreignirent.

Leurs yeux brillaient de joie. Les enfants applaudirent.

– Et nous, et nous, des bisous ! réclamèrent-ils.

Chacun eut droit aux baisers de Louison. On l'examinait. Une jeune fille avait quitté la maison, une femme revenait de la guerre.

On ajouta une chaise et fusèrent les questions. Ermance fila vers son appartement. Elle revint quelques secondes plus tard.

– Dans des cas pareils, ça prend du fort ! À soir, on va laisser faire le thé. Elle poussa les tasses. Madeleine sortit des verres.

Ermance leva son verre :

– À votre retour, à tous ! Manque plus que James et on est complet. Note que je me mêle de ce qui me regarde pas, mais James, pis toi, Louison, ça dure encore ?

– Plus que jamais, Ermance, j'ai hâte qu'il revienne.

– Dans ce cas, à son retour itou !

La veillée fut joyeuse. Un brin guillerette, Louison, peu habituée aux généreuses rasades que lui versait Ermance, grimpa en oscillant l'escalier étroit et se coucha habillée. Aussitôt, elle ronfla sous le regard rieur de ses petits frères et de la chatte rousse qui s'allongea à côté d'elle.

Dès le lendemain, Louison retourna à l'hôpital d'Ottawa, où on l'accueillit chaleureusement. On lui proposa de reprendre sa place auprès des malades, quand elle le souhaiterait, mais cette fois comme infirmière.

C'est avec tout autant de plaisir et d'amitié que les Germain avaient salué le retour de Paul. Il apprit à conduire la voiture automobile de Monsieur Germain, l'architecte renommé.

La famille, et surtout Louison, attendaient James.

De longues pluies emportèrent la neige.

L'herbe commença à verdir. Les rivières calèrent. Les blocs de glace se ruaient dans les rapides. Des embâcles se formèrent. Comme tous les ans à cette période, des caves furent inondées, des rues fermées dans le secteur de la Pointe-Gatineau.

Puis les bernaches tracèrent leurs flèches dans le ciel. On levait la tête pour entendre leurs cris printaniers. Elles allaient se repaître dans les aires marécageuses que dessinent les rivières et dans les champs encore couverts de lambeaux neigeux. On les admirait, puissantes, galbées, leur cou noir orné d'une lisière blanche, leurs pattes palmées et le brun de leurs plumes. Parfois un couple se posait sur l'eau libre ou glissait sur la glace encore accrochée aux rivages. Au cours de ses promenades dominicales, la famille s'extasiait devant les voyageuses, peut-être annonciatrices du retour de James ?

Chapitre 55

L A GUERRE, malgré les blessés, les morts, les couples détruits, les familles brisées, on voulut la rayer des esprits. La vie reprenait. On se plaignait d'avoir souffert des privations, des rationnements. Ce que les soldats avaient enduré, ce qu'ils racontaient parfois, les gens ne voulaient plus trop l'entendre. C'était toujours les mêmes histoires de boue, de tranchées, d'obus qui éclatent, perforent les corps, emportent la raison.

C'était le printemps. Le passé gisait en terre de France ou de Belgique. De l'armée, il ne restait que les souvenirs, des noms de bataille et de héros.

– Ça sent la cabane à sucre, s'exclame Ermance.

– Oui, un temps pour travailler dehors. C'est ce que je m'en vais faire de ce pas. Bientôt les plates-bandes de mon patron seront dégagées. Du beau jardinage en perspective.

Paul salue Ermance et d'un pas joyeux évite les mares d'eau. La paille, les crottins de chevaux et les vieux papiers éclosent de nouveau au soleil.

Deux voisins discutent. Il les connaît. Les enfants de la rue les appellent les foubracs, toujours en bavardage et médisance et le crachat facile.

– Salut, le França !

Paul hoche la tête et continue son chemin. Les deux comparses poursuivent ostensiblement à voix haute :

– Est revenu au printemps, pour échapper à l'hiver.

– Se la coulait douce là-bas, bien planqué.

– S'est fait payer un voyage dans les vieux pays à nos frais.

– Pis maintenant se prend pour un héros.

– Tandis que nous on se farcissait la neige pis le froid.

– Il était si ben, qu'il est resté plusieurs hivers là-bas.

– On raconte même qu'il est retourné dans son ancien village.

– C'était du tourisme.

Paul n'en peut plus. Les deux soûlons sont les rois de la rue. Ils font régner leurs poings où bon leur semble, toujours sur plus faible qu'eux.

Paul n'est pas de taille à les attaquer, en venir aux mains n'est pas son genre, mais il y a des limites. Il s'avance vers eux.

– Messieurs, vous avez des choses à me dire ?

– On jase entre nous, c'est pas de tes maudites affaires, le França.

– Tant mieux, parce que si vous voulez vous moquer, je suis capable.

– De ?

– Salut, vous m'avez compris.

– Pantoute, pantoute.

Paul va son chemin, les poings fermés. « Un jour, il me le paieront. J'attendrai. Le destin s'occupera d'eux. J'en ai assez bavé pour ne pas être insulté par des abrutis dans notre rue. » Les idées tournent dans sa tête. À qui parler de cela ? Est-ce qu'ils en valent la peine ? Vite les oublier. Pourquoi me gâcher la journée, après ce que j'ai vécu ! Il est désespérant de constater que la méchanceté, la médiocrité, se logent si près. La guerre, elle commence dans la rue, quelle plaie !

Le tramway arrive. Paul monte, s'assied, ferme les yeux. Il repense à ces individus à la langue fourchue. Les ignorer, les éviter, ils trouveront bien sur leur route un barrage qui les arrêtera. Quelques années de moins, et j'aurais eu envie de leur voler dans les plumes, quoique cela n'arrange rien.

Le travail l'accapara et passèrent les heures. Le soleil diffusait sa douceur, les sourires fleurissaient sur les visages.

Lorsque Paul descendit du tramway de retour et qu'il s'engagea dans sa rue, il n'en crut pas ses yeux.

L'épouse d'un des foubracs houspillait son homme et son compagnon.

– Ivrognes, remettez pas les pieds icitte ou bien changez d'attitude. J'en parle à Monsieur le curé, qui va vous «escommuniquer », puis vous irez cuire en enfer.

Et s'adressant à la rue, du haut de la galerie, la dame poursuivit :

– Ont rien fait de la journée, si ce n'est niaiser et boire ! Ont pas rapporté une cenne ! Tandis que je me crève pour élever les enfants, pour qu'ils mangent. Ces deux imbéciles boivent le pain de leurs propres enfants ! Mon mari, je te le dis en pleine face, et devant témoins, tu ne remets pas les pieds chez nous, tant que t'arrêtes pas de boire. Maudits soûlons !

L'homme titubait sur la galerie.

– Arrête là, arrête, Hortense, tu me fais honte.

– C'est toué qui nous fais honte, à toute la famille.

– Excuse, excuse-moué, je ne reboirai plus.

– Jure-le !

– J'le jure.

– Sur la tête de ta défunte mère !

– Ben demandes'en pas trop.

– Jure !

– Voyons, Hortensia, ma belle…

– Hortense, pas Hortensia ! J'suis pas une fleur !

– Un cactus, peut-être ?

– Ça s'est de trop !

Elle courut dans la cuisine et revint avec un seau d'eau qu'elle lui jeta à la figure, l'eau et le seau.

Des enfants, des voisins et Paul qui assistaient à ce spectacle riaient. Les enfants applaudirent.

– T'es folle ou quoi, Hortensia ?

– Hortense, que je t'répète, pas Hortensia, t'en veux encore de l'eau ? Tu devrais en prendre plus souvent.

– Non, arrête là !

– Ben, dessoule dehors, puis tu rentreras après excuse.

– Je m'excuse.

– Pis, l'autre, qu'il déguerpisse et que je ne le voie plus souiller la galerie, maudit excrément !

– Wow, Madame, du respect !

– Tu vas dégager au plus sacrant ! Sinon je t'envoie une chaudière à toi itou.

– O.K. ! d'abord, O.K. !

La mine basse, le compère s'éloigna.

Paul continua son chemin, tandis que les enfants en redemandaient. Les voix se perdirent dans les bruits de la rue. Paul souriait, oui que c'était une magnifique journée et vive les femmes !

En cette fin mai 1919, James arriva à Ottawa. Personne ne l'attendait, il n'avait prévenu personne.

Comme d'autres soldats en transit, il se dirigea vers le Manège militaire où il put déposer son sac et trouver gîte et couvert. Il était trop tard pour rendre visite à Louison et les consignes pour les soldats imposaient un retour avant neuf heures du soir. Il décida de marcher jusqu'à la maison de Louison et de revenir au Manège pour le couvre-feu. Il n'avait que deux heures devant lui. Demain à l'aube, il irait chez Louison.

Il marcha d'un pas pressé. Il avait gardé l'allure martiale, allongeant la foulée, lançant ses bras devant lui. Les rares promeneurs ignoraient cet homme jeune, aussi maigre que les autres combattants, le torse raide dans un uniforme trop neuf.

Le vent soufflait dans la vallée où résonnaient les cris de bernaches en route vers une halte nocturne. Les vagues sur la rivière, le crissement d'un tramway, le klaxon d'une voiture, James écoutait avec plaisir les sons de la ville. Des soldats enivrés titubaient. Dans le halo d'un lampadaire, deux agents de police les reluquaient en souriant. Des bruits sourds de machines sortaient des bâtiments des usines E.B. Eddy. Un tramway faiblement éclairé grinçait dans la rue. À la fenêtre, des jeunes filles amusées dévisageaient des pioupious à la démarche incertaine.

Dans la rue de Louison, James ralentit le pas. Il s'approcha, jusqu'à distinguer dans la cuisine, sous le rond de lumière, des personnes assises qui discutaient. Il ne put reconnaître la silhouette de Louison. Peut-être avait-elle repris son travail à l'hôpital dans une équipe nocturne. En haut, une lumière filtrait derrière le rideau. Louison passa devant la fenêtre, sans regarder dans la rue. La lumière s'éteignit. Heureux, James ferma les yeux. Il reprit le chemin vers Ottawa. Le tramway entrait dans la rue principale, James courut, quelques minutes plus tard, il était devant la gare Union, en face du Château Laurier.

Des gens fortunés, le ventre dodu, épouses ou compagnes à leur côté, se pavanaient sous les lustres qui faisaient étinceler les bijoux des dames. Derrière les vitres, il aperçut les palmiers et les grands miroirs, les tableaux et les cuivres, le miroitement des verres en cristal et les allées et venues du personnel en uniforme. L'hôtel oubliait la guerre.

La guerre est finie, n'en parlons plus !

Le Parlement se dressait fièrement au-dessus de quelques statues et dominait la rivière couverte de billots sombres qui dansaient dans les clapotis.

James retourna vers le Manège, s'installa dans le dortoir, essayant de composer les phrases de demain. S'il en avait le courage, il confierait à Louison ce qu'elle devait savoir.

Chapitre 56

Aprés une nuit aux pensées agitées, dans ce dortoir où les soldats ronflaient (mais qui allait se plaindre de la promiscuité après ce qu'on avait enduré), James s'assit sur le bord de la couchette. Il sortit de son sac un cahier d'écolier.

Il avait déjà composé une partie de son texte pour Louison, il le relut et ajouta quelques paragraphes. Écrire n'était pas du tout son domaine. Rien ne valait une discussion avec Louison.

Il se jeta de nouveau dans la rédaction, éclairé par l'aube et entouré des grognements, ronflements, craquements et flatulences des voisins.

Chère Louison, chère compagne,

Nous avons déjà parcouru un long chemin, du Victoria Yacht Club à Aylmer, jusqu'à Apreval. Voici le retour et la paix. Je t'ai fait des promesses et tu m'as accueilli. Je te dois des explications et tu jugeras si nous pouvons poursuivre notre destinée ensemble.

Tu décideras. Je respecterai ta volonté. Je t'aime. Je dois te dire qui je suis.

Je suis Chinois. Je n'ai jamais eu honte de mes origines, au contraire, mais j'en ai beaucoup souffert. Je suis sorti du quartier chinois pour tenter de me fondre dans la société canadienne. J'ai échoué. Parfois, je me demande si je n'aurais pas dû rester avec mes compatriotes ! On te reproche tes origines françaises. Imagine pour moi, mon visage parle ! Tu me racontais que, même à Apreval, ton père était traité d'étranger puisqu'il venait de la montagne ! Alors, tu comprends. Je suis toujours quelqu'un d'ailleurs, et ma descendance, si j'en ai une, sera considérée comme étant d'ailleurs ! Oui, je viens de Chine. Mon prénom est Shaozu, qui signifie « Faites honneur à nos ancêtres », pour simplifier je m'appelle James. Mon nom de famille est Meng, que j'ai transformé en Miller, un nom que j'avais vu à Hong Kong. Je parle le cantonais.

Nous vivions dans un petit village du sud de la Chine. Nous survivions plutôt. Mon père et ma mère s'aimaient beaucoup. J'ai eu deux frères aînés, Jinsong, ou pin droit, et Zhijiang, ou esprit ferme, et une jeune sœur Ting Yin, gracieuse argent. Nous passions nos journées dans les rizières, un travail épuisant, le dos brûlé par le soleil, les yeux éblouis par le papillotement de l'eau, les pieds dans la boue gluante. Nous n'avions pas de buffle, juste quelques canards et poissons. Chaque année, les puissants prélevaient une part de plus en plus importante des récoltes, au point que nous n'eûmes plus rien à manger. Des hommes armés vidaient périodiquement nos petits greniers, chargeaient leurs montures et repartaient après avoir battu à mort les pauvres paysans. Les maladies se répandirent. Les parents cachaient, pour nous les enfants, un peu de nourriture. La cachette fut découverte. Notre père et notre mère furent fouettés sous nos yeux. J'étais trop petit pour les défendre. Mes deux frères résistèrent. Ils furent emmenés, ligotés et fouettés sur la place publique.

Quelques jours plus tard, ils firent leurs adieux à nos parents. Ils fuirent le village au milieu de la nuit. Ils allèrent vers la grande ville. On disait que là-bas, dans le grand port du sud, on recrutait des travailleurs pour le pays de la Montagne d'or, j'appris plus tard que c'était le nom que l'on donnait au Canada. Nous n'avons jamais revu nos frères. À force de se priver pour ma sœur et moi, de s'épuiser dans les rizières, de se faire voler leurs récoltes, mes parents tombèrent malades. J'ai essayé de les faire soigner. Malgré les remèdes traditionnels, rien n'y fit. Mon père mourut. Je revois son corps squelettique, ses os saillants sur lesquels s'étendait le réseau des veines. Il était la Chine, la terre, le riz, la mousson, la force chinoise, souple, droit, sobre, de thé et de boue, de bambou et de vent, qui mourait cassé, friable, écrasé. Dans un immense chagrin, ma mère le suivit quelques semaines plus tard. Ces deux êtres s'aimaient si fort qu'ils se rejoignirent pour l'éternité. J'avais treize ans, ma sœur Ting Yin onze ans. J'ai tenté de poursuivre le travail de nos parents, mais je n'y parvenais pas. Ma tante s'est occupée de nous. Les voleurs ou les autorités pillaient la contrée. Nous mourions de faim. J'étais désemparé et je voyais ma jeune sœur dépérir comme nos parents. Cela m'était insupportable. Je me privais pour elle. Pour elle, je volais, je ramassais les miettes que les gens jetaient aux canards. Un jour, j'ai décidé que nous partirions vers la grande ville, le port du sud, pour rejoindre la Montagne d'or. Notre tante et notre oncle ne firent rien pour nous retenir. Eux-mêmes mouraient de faim. Nous n'étions pas les seuls sur la route. Des gueux, il en affluait de partout. Nous n'avions pas d'argent. Ting Yin avait du mal à marcher. Après quelques jours, alors que nos galettes de riz étaient consommées, elle se sentit très souffrante. Je volai une brouette et y installai Ting Yin. Je rebroussai chemin vers le village. Je réussis à me procurer une bâche. Je protégeais ainsi ma sœur. Mais j'ai dû rapidement laisser la bâche entrouverte, car les gens la soulevaient souvent pour voir ce qu'ils pouvaient dérober. Tout le long du retour, Ting Yin délirait. J'ai marché jour et nuit au milieu des mendiants qui encombraient la route. J'ai conduit la brouette à la roue grinçante, ce grincement, je l'entends encore. Il me déchire le cœur. J'ai retraversé les villages, longé les mêmes rizières, contourné les bosquets de bambous. Sous le soleil de fournaise, sous la pluie battante, j'ai poussé ma sœur agonisante au son d'une roue, comme une crécelle d'outre-tombe.

Exténué, je suis arrivé au petit matin au village. Je me suis arrêté devant la maison de la tante. Sous la bâche, ma petite Ting Yin luttait contre la mort. Son front était brûlant. Je lui passai de l'eau de la rizière sur le visage. Elle a ouvert les yeux, m'a regardé, a poussé un soupir, sa tête est retombée sur sa poitrine. Je suis entré dans la maison de mon oncle et de ma tante, ils étaient couchés sur leurs nattes. Je les ai appelés. Ils n'ont pas répondu, j'étais en colère contre eux. Je me suis approché pour les secouer. Ils étaient morts.

Avec la brouette, j'ai transporté Ting Yin près de la tombe de nos parents. J'ai creusé trois trous. J'ai fait comme les autres personnes autour de moi, je n'étais pas le seul à inhumer des morts ce jour-là. Dans la brouette, j'ai ensuite emmené mon oncle et ma tante. Je les ai ensevelis près de ma sœur en récitant les prières.

Je suis retourné à la maison, elle avait été complètement pillée pendant que j'ensevelissais mes proches. Il ne restait qu'une natte en mauvais état. Je me suis couché dessus et j'ai dormi en pensant à Ting Yin et à nos parents.

Le lendemain, je suis reparti vers le sud, vers l'océan. Ma petite Ting Yin guidait mes pas. Père et mère me protégeaient. Je mangeais où je pouvais, chapardant des fruits dans les potagers. Souvent, j'ai détalé avec des gens furieux à mes trousses. J'étais jeune, je voulais vivre ! La Montagne d'or, je rêvais de l'atteindre ! La misère, je la fuyais de toutes mes forces. Ce pays n'était plus pour moi. Ce n'était qu'une tombe. À Canton, j'errais dans le port, cherchant un navire pour le Canada. Certaines personnes m'expliquèrent comment procéder, à qui m'adresser, qui convaincre. J'étais trop jeune, mais je pouvais mentir sur mon âge.

221

J'ai travaillé comme débardeur. Je mangeais autant que je pouvais. J'ai compris qu'il serait plus facile d'aller au Canada par Hong Kong. Au bout de quelques semaines, j'avais atteint la colonie anglaise. J'ai travaillé jour et nuit. J'avais toujours faim. J'ai fini par trouver un réseau de passeurs. J'économisai sou par sou, je changeai d'identité, d'âge, je soudoyai des entremetteurs. Je réussis à obtenir des papiers et une place à bord d'un navire en partance pour le Canada. J'étais en route vers la Montagne d'or ! Le cœur gros de laisser mes défunts, je voyais s'estomper les côtes chinoises. Je tirais un trait sur ma jeunesse, je voguais vers le Canada ! C'était en l'an 1900, j'avais quatorze ans.

Je ne savais pas que, depuis 1885, le gouvernement canadien avait adopté l'Acte de l'immigration chinoise interdisant notre entrée au Canada. Les passeurs ne nous avaient rien dit. Le Canada ne recrutait plus de Chinois, au contraire, il les refusait depuis des années.

Nous fûmes entassés à bord d'un navire dans des conditions infectes. Cela puait l'urine, les excréments, le moisi de nos galettes de riz. Heureusement, le vent de l'océan balayait le bateau, mais il nous glaçait. Nous toussions, crachions. La traversée fut éprouvante. C'est avec soulagement que nous aperçûmes les côtes boisées de ce pays immense qui me parut inhabité. Les grands arbres m'étonnèrent.

Depuis notre départ, nous croupissions dans les cales. Nous étions une centaine d'hommes, il n'y avait aucune femme parmi nous, du moins dans cette section du navire.

Le bateau s'immobilisa en fin de journée. Nous venions d'arriver à Vancouver sous la pluie. Nous échangeâmes des regards d'angoisse et d'espoir. Au cours de la traversée, des rumeurs avaient circulé. Certains avaient entendu dire que le Canada nous refuserait l'entrée, qu'il nous renverrait même en Chine, qu'il n'y avait plus de travail pour nous. La compagnie de chemin de fer avait terminé les grands travaux depuis cinq ans et les ouvriers blancs se disaient victimes de notre concurrence au rabais. La seule solution : entrer illégalement, obtenir de faux papiers et se montrer infiniment discrets. Plusieurs d'entre nous estimèrent minimes nos chances de pouvoir rester au Canada et que si l'on arrivait à mettre pied à terre il valait mieux tenter d'entrer aussitôt clandestinement aux États-Unis. Là encore, il faudrait payer et puisque nous n'avions pas d'argent, rembourser en travaillant durant des années. Au moment où j'avais atteint le but de mon voyage, mon rêve s'effondrait.

Je me voyais déjà dans une prison canadienne ou américaine et ensuite brutalement renvoyé en Chine. Tous ces efforts pour rien !

Je fus du second lot de dix personnes qui se serrèrent dans une embarcation. La nuit était opaque. Il pleuvait abondamment. Nous ramions en silence. Au bout d'une demi-heure, gelés et trempés, nous débarquâmes sur une plage. À voix basse, on nous ordonna de courir en avant où un camion nous attendait. Je me hâtai. Je trébuchai sur un billot. Ce fut mon premier contact avec la terre canadienne, j'en avais jusque dans la bouche ! Je me relevai et tentai de rejoindre les autres. Le camion était déjà parti ! J'étais désemparé. Je me suis réfugié à l'abri des arbres. Comme il pleuvait ! Je remuais les bras et les jambes, pour ne pas geler. J'espérais que le camion reviendrait chercher d'autres compagnons qui descendraient du bateau. Je n'en ai point revu, ni de camion. Lorsque la clarté pointa, j'aperçus de nombreux bateaux ancrés au large. Le nôtre n'avait pas bougé, il était devant moi, mais d'autres bateaux l'entouraient. Je pensais que l'on débarquait des marchandises. Petit à petit, je remarquai que l'on poussait les passagers et l'équipage dans les bateaux autour. Des hommes en uniforme, armés, criaient des ordres. Je me blottis plus profondément sous les arbres. Je frissonnais de peur et de froid. Qu'allais-je devenir ? Les policiers se rendraient-ils ici avec des chiens ? J'avais faim. Je buvais la pluie qui coulait des branches. Le camion transportant mes compagnons avait-il été arrêté ? J'observais les mouvements sur le navire, les hommes en uniforme sur le pont, et les vedettes de surveillance autour.

J'ai dû m'assoupir, car je fus surpris par des aboiements. J'étais terrorisé. Un chien monta vers moi. Il n'avait pas l'air agressif, je fis « oui » de la tête. Il rebroussa chemin. Un peu plus bas, je distinguai un pêcheur. Il était âgé, vêtu d'une veste à carreaux rouges et noirs. Il portait des bottes de caoutchouc, ainsi qu'une canne à pêche et une musette. Guilleret, le chien revint vers moi, baissa la tête et rampa en quémandant des caresses. J'avançai la main pour le flatter, lorsque subitement il se coucha sur le dos, les quatre pattes en l'air, les yeux embués de tendresse. Comme le chien s'installait près de moi, je lui fis signe de s'en aller. Il crut que je voulais jouer avec lui et commença à sautiller.

L'homme se dirigea vers nous. Je me retranchai dans le maigre sous-bois. J'étais perdu.

Il enleva son chapeau cabossé, se gratta. Je découvris ses cheveux blancs. Il passa la main sur sa barbe de quelques jours. Il grimaçait. J'aperçus ses dents jaunes. Ses yeux me parurent légèrement opaques, comme du verre usé. Il s'en alla sans me dire un mot. Le chien resta à mes pieds. L'homme revint avec sa musette. Il l'ouvrit, en sortit un sac de papier qu'il me tendit.

Je fixai l'homme. Que lisait-il dans mon regard ? Il insistait pour que je prenne le sac. Le chien me guettait. J'hésitai. L'homme retira sa veste, l'accrocha à une branche et me fit signe que je pouvais la mettre sur moi. Dans la poche de la veste, il glissa le sac de papier et me fit un signe invitant de la main. Le chien vint humer la poche.

– No ! Chinook ! No !

Je me demandais si ce mot voulait dire chinois, ou si c'était le nom du chien ! L'homme voulait-il me faire comprendre que cela n'était « pas pour les Chinois », ce qui contredisait son geste amical ?

Le chien se coucha sur le sol.

L'homme retourna vers la grève. Derrière sa silhouette, je découvris le panorama que le soleil enfin dévoilait. C'était fabuleux. En ce lieu où l'océan se marie avec les hautes montagnes, le soleil dorait les sommets, tandis que les oiseaux de mer survolaient les baies en jacassant joyeusement. Des arbres couvraient les pentes dans des nuances de verts qui rejoignaient le bleu des flots et l'azur du ciel. Les maisons s'alignaient sagement sur les rives, les rues prétendaient domestiquer géométriquement la montagne. Sur ma droite, derrière les arbres, je devinais la cité dont je percevais les bruits matinaux.

L'homme revint vers moi. Il palpa la poche de la veste et de nouveau grimaça. Il saisit le sac et d'un air autoritaire me le tendit. Je le pris. J'attendis. Cet homme tenait mon sort entre ses mains. Il m'ordonna de manger. J'aurais tout dévoré d'un coup. Le chien quêta un morceau. C'était un chien beige ou poil court, visiblement il aimait l'eau et la nourriture.

– No ! No ! Chinook ! murmura le pêcheur.

Lorsque je finis de manger, l'homme me demanda le sac de papier, il le plia et le rangea dans sa veste. Il me désigna notre bateau et pointa son doigt sur moi.

Effrayé, je hochais affirmativement la tête.

Il fit la moue. Il me tendit de nouveau sa veste pour que je la mette. Ce que je fis. Il m'indiqua sa montre et forma le chiffre 10 avec ses

224

doigts. Dix heures, je devais attendre ici dix heures. Il me fit comprendre aussi que je pouvais dormir.

Il s'en alla pêcher. Il parcourut la grève durant des heures. Puis il monta dans une chaloupe, leva l'ancre et pêcha un peu plus loin. J'allongeai les jambes. Le chien se blottit contre moi, me communiquant sa chaleur, et nous dormîmes.

Tout à coup, le chien sursauta. Son maître rentrait avec sa musette et son attirail. Je ne pense pas qu'il ait attrapé le moindre poisson. Il était heureux de sa journée. Le chien se trémoussa, l'homme le flatta.

– Me John Flanagan. You ?

– James Miller.

– How do you do ?

– Thank you !

C'est à peu près tout ce que j'avais retenu de mon passage à Hong Kong !

– Wait here, *me dit-il. Il m'indiqua par geste que dans trois heures il serait de retour. Ils partirent, lui et son chien, deux bons vieux compagnons qui cheminaient sur la grève à la même allure. Je les enviais. Parfois, la vieillesse vous donne une sérénité, une paix qui arrondit les aspérités, les contraintes, les problèmes de l'existence. Cet homme péchait, pourtant il revenait bredouille, je le soupçonne même de n'avoir jamais gardé un poisson, mais de les rejeter vivants à l'eau. C'était le genre pêcheur de paysages. Et quel paysage ! Je n'étais que sur la rive de ce pays, entre deux mondes. John Flanagan en tenait la clef. Jamais je n'ai trouvé les heures aussi longues. Trois heures, une éternité ! Je suivais le soleil, le pressant de rosir les montagnes et de se fondre au plus vite dans l'océan. Trois heures à la frontière d'un pays, était-ce pour être enfermé dans une prison et expulsé vers la Chine, ou demeurer au Canada ? Au loin, la ville bruissait. Au large, les bateaux allaient et venaient et au milieu, le nôtre venu de Chine, inspecté, arraisonné, équipage et passagers prisonniers.*

Enfin Monsieur Flanagan revint. En fait, ils arrivèrent, lui et une dame tout aussi âgée, un châle sur l'épaule et le chien guidant leur lenteur. Puis, le chien trottina vers moi. Je me levai. Le soleil bas éclaira le visage de mes premiers Canadiens. Jamais je n'oublierai la lumière diffuse dans les yeux vitreux et tendres du pêcheur. Sa compagne, aux yeux de cristal, avait, malgré ses longs bras et ses mains veinées, sa silhouette fine et fragile, un pas déterminé.

Dès qu'elle m'aperçut, elle lâcha un «Oh !» de surprise. Elle acquiesça de la tête. Son mari me fit signe de les suivre. La nuit s'étendait sur les montagnes et la baie. Le chien nous escortait, comme si nous étions des amis de longue date. Au premier virage, je découvris les lumières de la ville.

– Vancouver, souffla John à voix basse.

– Deborah, me dit la dame en riant.

Voilà, Louison je t'ai conté dans le détail cette première rencontre. Elle est gravée pour toujours en moi. C'était de la compassion pure à mon égard. Celui que les lois d'un pays bannissaient était accueilli par les élans du cœur. Ces personnes m'ont sauvé. Elles risquaient gros, j'en suis sûr, d'abord leur quiétude face aux dénonciations qui n'auraient pas manqué. Ah ! vieillir comme les Flanagan, garder vive la flamme du respect, de la tendresse envers le prochain, le plus pauvre, le plus damné. Ces vieux ! Ils avaient plus d'un tour dans leur sac ! Astucieux, ils ont déjoué tout le monde. À peine chez eux, je fus rassasié, que dis-je, gavé. Ce qui me surprit c'est qu'ils m'offrirent un excellent thé, meilleur que celui que nous buvions en Chine. Deborah me montra la boîte. Je fis semblant de lire, et appréciai.

John et Chinook sortirent. Je pensais qu'ils allaient se promener avant le coucher. En fait, John, de son petit pas, rendit visite à un ami chinois. Quelques heures plus tard, je quittais à regret les Flanagan. Le chien me lécha les mains. J'en pleurais. En pleine nuit, John me conduisit chez son ami. Ce commerçant chinois et sa famille me reçurent comme un cousin. Ce n'était pas une nouvelle famille, mais ce n'était pas non plus un employeur comme les autres. Les Flanagan avaient en eux de bons amis. Ces Chinois me protégèrent. Jamais je ne fus trahi. On me forgea une fausse identité canadienne. James Miller venait d'arriver au Canada.

Longtemps, je me suis cloîtré dans l'arrière-boutique, invisible. Je sortais le soir ou tôt le matin et je ne m'éloignais pas. Je ne parlais à personne. John et Deborah me rendirent visite chaque semaine. Leur chien me faisait la fête. Je les aimais beaucoup, ils étaient des parents pour moi et ils auraient bien voulu que j'habite chez eux, maintenant que leurs enfants vivaient ailleurs, mais j'étais un illégal.

Je ne suis jamais allé à l'école, ni en Chine ni au Canada. Les Flanagan m'ont appris à lire et à écrire. Ils me prêtaient d'anciens livres de leurs enfants. Lorsque les Flanagan entraient dans la boutique, pour acheter leur thé ou des biscuits, ils me faisaient lire et me corrigeaient. Le premier mot que j'ai voulu écrire fut Chinook.

Dans cette boutique, on vendait de tout, des produits asiatiques et canadiens. Parfois, la police patrouillait dans notre quartier. Elle effectuait même des rondes dans le magasin. Nous avions un système d'alerte par une clochette, dès que je l'entendais, je me cachais. Un jour, les policiers firent irruption dans le magasin, si vite, que je fus piégé. Ils me soumirent aussitôt à leurs questions. Cela se passa deux ans après mon débarquement. Heureusement que je parlais un peu anglais et pus leur répondre. Je pense que j'ai été victime d'une dénonciation de la part de certains Blancs. Je montrai mes papiers aux policiers. Ils les examinèrent et déclarèrent que ces papiers étaient des faux. Je fus convoqué au poste de police. J'ai demandé à John et Deborah de m'accompagner. J'ai dû retourner souvent au poste avec eux. Ils m'expliquaient les mots que je ne comprenais pas. Un jour, les autorités me menacèrent d'expulsion. Ma vie s'effondrait, ce furent des mois angoissants, horribles. Je répétais que mes parents étaient morts alors que j'étais petit, que l'on m'avait recueilli et que, de famille en famille, je me suis retrouvé ici à Vancouver. Je devais justifier que j'étais né au Canada, sans quoi on me renvoyait en Chine. J'ai poliment rétorqué que je n'avais pas de famille en Chine, que ma famille était maintenant les Flanagan. Ils se portèrent garants pour moi, ainsi que mon employeur. Le fait que depuis mon interpellation je n'avais pas déserté pour les États-Unis ou d'autres lieux au Canada pencha en ma faveur. Nous fûmes convoqués devant le magistrat. Le verdict tomba. Il me fallait une preuve de naissance au Canada. Les Flanagan réussirent à convaincre le juge qu'ils me considéraient comme un de leurs fils, que j'étais né de père et de mère inconnus et à une date imprécise, voilà pourquoi on ne pouvait prouver le lieu de ma naissance. Le juge souriait en entendant leur raisonnement. Les Flanagan assuraient le juge de mon honnêteté et de ma bonne morale. Ils insistèrent tant que, de guerre lasse, et vu les garanties des Flanagan et leur notoriété de bons citoyens, à titre exceptionnel, il leva l'index sur l'adjectif exceptionnel, le juge ordonna la régularisation progressive de mes papiers. Durant une période probatoire de deux ans, je devais me soumettre à des visites périodiques au poste de police. Si le moindre reproche était formulé à mon endroit, j'étais immédiatement, cette fois il pointa son index vers moi, mis sur un navire en partance pour la Chine. Au cours des deux années, je me suis régulièrement rendu au poste de police où l'on tamponnait mes papiers. Je suis resté quasiment enfermé dans la boutique, craignant les médisances si fréquentes à l'encontre des Chinois. Seule la visite hebdomadaire des Flanagan et de leur chien m'apportait du bonheur. Au terme des deux ans, j'obtins des papiers conformes aux lois canadiennes. Je devenais officiellement un Canadien. Nous fêtâmes l'événement chez les Flanagan en compagnie de leurs enfants et petits-enfants. Ce fut l'un des plus beaux jours de ma vie.

Hélas, peu de temps après, un enfant Flanagan vint me chercher à la boutique. Chinook était très malade. Je courus chez les Flanagan. La chienne était couchée dans le salon. Lorsque j'entrai, elle ouvrit les yeux, remua très faiblement la queue. Je m'accroupis près d'elle. Elle tenta d'avancer sa patte vers ma main. Je caressai Chinook, pris sa tête dans mes mains et elle s'endormit pour toujours. J'étais détruit et les Flanagan tout autant que moi. Cette chienne m'avait tout donné et jusqu'à l'ultime fin elle m'avait encore attendu. Sur sa tombe j'ai placé une planche de bois et j'ai écrit le mot que je préférais, le premier mot que j'avais écrit de ma vie : Chinook.

John Flanagan s'éteignit dans son sommeil une semaine plus tard. Deborah Flanagan ne survécut pas à son chagrin. Elle rejoignit ses êtres bien-aimés le mois suivant. J'étais canadien grâce à eux. Je me retrouvais orphelin.

J'ai toujours regretté la visite hebdomadaire que me rendaient les Flanagan, et chaque fois que je rencontrais un chien qui ressemblait à Chinook j'avais envie de le caresser, de lui parler. La gorge nouée, le cœur meurtri, je suivais des yeux ce chien étranger qui me comprenait, à la surprise de son maître.

Dans une ville où les tensions raciales augmentaient chaque jour, la famille Flanagan au complet démontrait que l'on pouvait tous vivre en harmonie. Chaque fois que j'entendais des insultes proférées à l'encontre des Chinois, je me réfugiais dans l'immense héritage des Flanagan qui est d'aimer son prochain, d'où qu'il vienne, comme soi-même. Maintenant que j'étais libre d'aller et de venir dans la ville, je n'avais aucune maison où me rendre. La maison des Flanagan avait été vendue par les héritiers. J'évitais de passer dans leur rue, car chaque fois je pleurais. Je les avais accompagnés au cimetière et ils m'accompagnaient pour la vie.

Le commerce devint de plus en plus difficile pour les Chinois. Mon employeur ne faisait plus de bénéfice, et pourtant il ne vendait par cher. Je dus les quitter. Ils m'avaient beaucoup aidé. En retour, j'avais mis toute mon énergie dans mon travail. Je n'ai pu épargner aucun sou. Je travaillais pour eux sans rechigner, de l'aube au coucher. Ils me logeaient, me nourrissaient, me respectaient et surtout m'avaient hébergé à un moment crucial, cela n'avait pas de prix.

Je sentais qu'il était temps de nous séparer. Les tensions montaient dans la ville. Poussés par des discours belliqueux, des milliers de personnes attaquèrent nos commerces. Ces émeutes violentes se déroulèrent en 1907. Nous étions la plaie et la lie de la région, nous avions tous les défauts, dont celui de voler des emplois. Des commerces furent saccagés, des Chinois malmenés, insultés, les vitrines volèrent en éclat. Je suis allé vers l'Est.

C'est ainsi que, suivant les uns ou les autres, de ville en ville, de quartier chinois en quartier chinois, je me suis retrouvé dans une blanchisserie à Ottawa. Laver le linge, c'était à peu près le seul métier que nous pouvions exercer. Des vêtements sales et crottés, j'en ai nettoyés, pour des salaires de misère. Il fallait que cela ressorte propre, impeccable, repassé, amidonné.

C'est dans la buanderie où je travaillais, qu'un client sympathique m'apprit le français. Chaque fois qu'il venait, lui et ses enfants rectifiaient gentiment ma prononciation, corrigeaient mes erreurs, m'apportaient quelques livres. Les enfants sont d'excellents professeurs, et souriants en plus !

Nous avions tellement de travail et j'étais si fourbu que je n'arrivais pas, le soir venu, à lire. Au fil des mois, j'ai fini par me débrouiller. J'ai toujours pris pour modèle des gens qui articulaient bien. Je répétais leur phrase. La politesse et la manière de s'exprimer me permettaient de faire oublier aux autres que j'étais Chinois. Constatant que je parlais clairement, certaines personnes évitaient d'être vulgaires avec moi. Cela mettait une distance, une forme de respect. La grossièreté n'entraîne que la médiocrité. Parfois des gens nous injuriaient. C'était injuste, sans aucune raison. Je ne pouvais répondre, nous aurions été victimes de représailles. Cela me mettait en colère.

Au début, comme tous les autres, je me suis replié sur le quartier chinois, quelques rues où nous étions entre nous. Et puis, je n'en pouvais plus. J'ai réussi à trouver ce petit emploi au Victoria Yacht Club. C'est là que nous nous sommes rencontrés, chère Louison.

C'était trop de bonheur pour moi. Inespéré. Je n'y croyais pas. Je craignais que des Blancs viennent me battre, moi, le Jaune, qui flirtait avec une Blanche. Parfois, j'essayais de me faire passer pour un Indien, afin que l'on arrête de me traiter de chinetoque et d'autres noms. Mais être Indien n'est pas beaucoup mieux. Au moins, on ne vous demande pas sans cesse d'où vous venez et on ne vous exhorte pas à retourner d'urgence dans votre pays.

La guerre a éclaté. C'était pour moi une occasion de devenir un Canadien comme les autres. Je m'enrôlai. Puis il y eut notre rencontre. Je n'avais jamais connu un tel amour. La seule tendresse que j'avais eue dans ma vie, c'était celle de mes parents, de notre famille, des Flanagan, de Chinook ! Il y a peu de jeunes filles chinoises dans nos quartiers et les Blanches ne sont pas intéressées par les gens venus d'ailleurs. Je m'inquiétais. Si nous avions des enfants, et je le souhaitais vraiment, seraient-il heureux, acceptés par leurs camarades ? Je pensais à ma famille, à ma petite Ting Yin, à mes frères jamais revus. Souvent, je me sentais vieux. Heureusement, les Blancs n'arrivent pas trop à lire nos visages ou nos rides.

Cette guerre, je ne la voulais pas, mais puisqu'elle arrivait, elle déciderait de mon sort. Quelle stupidité ! Jamais je n'avais pensé que ce serait une telle horreur ! La famine, la traversée vers le Canada, la peur dans la boutique de Vancouver, les années de buanderie, les vexations, la guerre, que d'épreuves ! Je suis las. Je veux m'arrêter. Maintenant Louison, tu sais tout.

Je t'aime.

Zhiang, dit James

Chapitre 57

Dès que le réveil sonna, les soldats allèrent se laver. James plaça le cahier dans son sac, fit son lit et une courte toilette. Quelques minutes plus tard, il prit son sac et sortit. Le soleil éclairait les façades des immeubles. Les pigeons roucoulaient. Les fleurettes rouges des érables s'épanouissaient. Les brins d'herbe luisaient. Les gens portaient manteaux d'hiver ou vestes printanières. Les billots de bois s'enchevêtraient au milieu des flots. Les bateaux poussaient, tiraient des forêts entières, couchées devant le Parlement.

Il se rendit rapidement à Hull. Il franchit le pont des Chaudières et remonta la rue de Louison. La maison s'éveillait. Il cogna à la porte.

Benjamin ouvrit, Nicolas se tenait derrière lui. Les jeunes restèrent cois.

— Bonjour, est-ce que je suis chez Louison Javelier ?

— Non, vous n'y êtes pas encore, vous êtes actuellement dans la rue, répondit Benjamin.

— C'est une blague, intervint aussitôt Nicolas. Oui, Louison habite ici, nous aussi d'ailleurs. Vous avez un accent, oh ! êtes-vous son ami James ?

— Oui Messieurs.

— Wouah ! Louison ! Louison !

Louison arriva.

— Entrez, entrez, disait Madeleine, tandis que Paul ouvrait les bras devant cet homme si longtemps attendu.

— Entrez James, je vous en prie, dit Paul

— Ah ! ben ! Talieu ! Ça parle au baptême ! Monsieur James en personne ! Venez, que je vous embrasse ! Depuis le temps ! Bon, ben, moi, je m'en vais vous faire des crêpes ! annonça Ermance.

— On va être en retard à l'école, si on attend après les crêpes ? s'inquiétèrent les enfants.

— On vous écrira un mot d'excuse, les rassura Madeleine.

— Chouette !

Louison et James se regardaient timidement. C'était la première fois qu'ils étaient ensemble dans la maison en présence de toute la famille.

Ce ne fut pas un petit déjeuner, ce fut une fête. Ils parlèrent. Paul et James essayèrent de situer leurs positions géographiques durant la guerre.

– Donc, vous êtes partis de là, quand j'y arrivais.

– Oui Monsieur, nous avions dégagé la crête et on nous a affectés à l'est.

– Nous avons dû nous croiser.

Les enfants écoutaient sagement en engouffrant les crêpes dorées nimbées de sirop d'érable ambré.

– Vous logez où en ce moment ?

– Au Manège militaire, à Ottawa.

– Ensuite, vous allez rejoindre votre famille ?

James baissa la tête. On n'entendit que la mastication ralentie des enfants.

– Vous avez un accent, je ne parviens pas à l'identifier, vous allez à la réserve, au village ? questionna Ermance, que ce silence écrasait.

– Pas vraiment, je vous expliquerai, répondit James.

– Vous pourrez dormir ici, affirma Paul.

– Mais les gens…

– James, les gens diront ce qu'ils veulent. Je sais que vous avez souffert. Les lieux d'où vous venez, je les connais. Dans cette rue, nous sommes les seuls à les avoir vus. Je ne laisserai pas un frère d'armes, un jeune frère, dormir une nuit de plus dans un dortoir.

– Comparé à là-bas, je ne me plains pas.

Louison était en admiration devant son père. James observait Louison. À cet instant, il revoyait ses frères partis sur la route poussiéreuse, Yin dans la brouette grinçante, son père et sa mère, son oncle et sa tante agonisant sur leurs nattes, les chevaux et les cadavres des compagnons enfoncés dans la boue. Il baissa la tête. C'était la première fois, depuis les Flanagan, qu'il était invité dans une maison canadienne. Il pleurait.

Madeleine sanglotait. Louison séchait ses larmes. Les enfants cessèrent de manger. Ermance échappa une cuillère, qui tinta sur le plancher. Aussitôt, la chatte rousse vint lécher la cuillère. Les enfants sourirent.

Paul passa la main sur l'épaule de James.

– Garçon, la guerre est finie, à toi de la finir aussi.

À cet instant, on entendit un grand « Miaou ! ».

La chatte observait avec insistance Ermance, ce n'était pas mauvais du tout, la minette exigeait une autre lampée.

La famille s'esclaffa.

Le printemps venait d'arriver.

Chapitre 58

C'EST À CE MOMENT que les enfants surprirent tout le monde par leurs questions :

– Papa, tu avais un fusil ?

– Oui, Nicolas. Il était lourd.

– Il était chargé ?

– Oui, pourquoi ?

– Tu t'en es servi ?

– Bien sûr. Un fusil c'est pour tirer.

– Sur les gens ?

Silence de Paul.

– Tu as tiré sur des hommes, papa ?

– Non, Benjamin.

– Ben, pourquoi t'avais un fusil ?

– Comme tous les autres.

– Et eux, ils visaient qui ?

– Les ennemis

– Toi, tu en as tué des ennemis ?

– Je visais trop haut ou trop bas. Mes balles se perdaient. Peut-être ont-elles tué ou blessé, ce n'était pas mon intention.

– Vous étiez sûrs de perdre la guerre !

– Si tous avaient agi comme moi, oui.

– Alors, pourquoi es-tu allé là-bas ? Tu n'aurais pas dû partir, puisque tu ne voulais pas combattre.

Silence dans la cuisine. Paul fixe le plancher, Ermance la cour arrière, où elle aimerait être en ce moment. Louison et Madeleine ont des visages graves.

– Peut-être, répond Paul. J'ai tout de même accompli mon devoir.

– Comment ? insiste Nicolas.

– En aidant les autres, en soutenant leur moral, en soignant leurs blessures, en les écoutant, en effectuant les corvées, en transportant les blessés, le matériel, je n'étais pas une bouche inutile.

– Fistons, je me suis engagé pour défendre la France. Cela ne se fait pas les mains nues. Quand tu as un fusil dans les mains et que tu reçois l'ordre de tirer, tu obéis. Tu es là pour ça. Aucun plaisir là-dedans. Je visais au loin. Dans l'attaque à la baïonnette, pas le choix, c'est une question de survie. Dans ce cas-là, chacun défend sa peau. Comment vous expliquer la guerre, il n'y a pas de mots pour la décrire. Ce n'est pas une belle histoire, jamais. Il y a des héros et des minables. Je ne suis ni l'un, ni l'autre. Je n'ai pas fait semblant. J'ai combattu contre l'ennemi, aux premières lignes et contre la guerre.

– Je ne comprends pas.

– Plus la guerre devenait féroce moins j'y croyais. Je finissais par me demander si tout cela n'était pas la guerre des autres, des seigneurs, des souverains, des chefs d'État, des grands industriels, des fabricants d'armes, que nous n'étions que des pions, des instruments de leur ambition effrénée.

– Ah ! C'est compliqué.

– Plus que vous ne pouvez l'imaginer et la guerre est plus horrible que tout ce que l'on raconte.

– C'était comment ?

– Nous recevons l'ordre d'attaquer. Robitaille embrasse les photos de sa femme et de ses enfants. Desmarais fait le signe de croix. On ajuste son fusil. On n'ose se regarder. On claque des dents, on pisse dans son froc. Ça y est, on se hisse hors de la tranchée. On glisse, on tombe. À peine sorti, le premier compagnon est criblé de balles. Il retombe sur nous, les bras écartelés en hurlant. On doit continuer. On avance. Les camarades s'écroulent, gémissent. Leur sang coule sous leurs manteaux, leur visage déchiqueté. Leurs yeux vous regardent et se révulsent à jamais. On n'a plus le temps de penser, on titube, on doit gagner quelques mètres, on tire, on ne sait où. Tout obstacle doit être éliminé, conquis. On vacille dans la poussière ou sous la pluie, dans la neige ou la canicule. On suffoque, les gaz brûlent les poumons, les yeux. Avancer ! Vaincre ou mourir. Plus aucune question, baïonnette au canon. Et puis, on se rabat dans un boyau, haletants, assommés, les yeux ailleurs, du sang partout, les mains griffées, coupées par les barbelés. On se regarde, nous sommes vivants. À quelques mètres, des amis agonisent. Ils nous appellent. Ils pleurent, implorent leur mère, leurs enfants. Ils nous supplient, des jours et des nuits, et nous ne pouvons rien. Celui qui ose lever la tête pour les repérer est mort. De notre tranchée, on entend les mourants. Voilà ce que c'est la guerre, les enfants, l'enfer. Ai-je tué ? Comme les autres, nous nous sommes battus, défendus, sale besogne. Au moins, parmi nous il n'y avait pas d'enfants soldats, même si quelques jeunes avaient devancé l'âge de la conscription. La guerre, ça pue le soufre, les latrines, la poudre des balles, le mauvais tabac, le fond de cave, le moisi, la mort. Finis les cris, les pleurs, la boue, les poux partout, l'eau infecte, les sacs sur le dos, tout ce barda de gamelles, d'ustensiles, de conserves, le fusil, les cartouches, et ces cadavres que l'on enjambe, qui s'écroulent dans les tranchées, corps que l'on piétine, pestilence des charniers, gaz asphyxiants, villages en ruines, villes détruites, églises bombardées, arbres morts, animaux martyrs et le malheur des veuves et des orphelins, quelle détresse ! Je ne veux plus en parler. Je souhaite entendre le chant des oiseaux et plus jamais le bruit des fusils et des canons.

– Des poux tout partout, j'aurais pas aimé, dit Nicolas.

– Pis le reste pas plus, ajoute Benjamin.

– Toi, Louison ?

– Quoi Benjamin ? Sur la guerre, mon départ en France ?

– Oui, les deux.

– Moi, je faisais la guerre à la guerre ! Je guérissais de la guerre. J'avais le beau rôle. Je suis partie pour Paul et James et les autres. J'ai souffert, mais pas autant qu'eux.

– T'as regretté ?

– Certains jours oui, voir tous ces blessés…

– Moi, je ne comprends toujours pas pourquoi t'es allé à la guerre, papa, affirme Nicolas. C'est vrai que je suis petit, je ne peux pas tout comprendre.

– Beaucoup de grandes personnes sont petites dans leur cœur et leur esprit. Ce n'est pas toujours facile de grandir, parfois, on finit par y arriver ! explique Paul.

– Comme faire la guerre, sans la faire, tout en la faisant ? interroge Benjamin

Tous le regardent, du coup, Benjamin réfléchit à ce qu'il vient de dire.

– C'est ça, Benjamin.

– Ouais, mais si tu n'étais pas allé là-bas, les gens ils se seraient moqués.

– Ça ne les empêche pas de me lancer parfois des remarques.

– Donc, je me répète, tu n'aurais pas dû partir !

– Toi Nicolas, et toi Benjamin, vous auriez agi comment ?

– Ouach ! On est trop petits, nous.

– Moi, je me serais caché au fond des bois.

– Moi, j'aurais fait comme toi, avoue Benjamin.

– Alors, on se ressemble un peu, non ?

– Oui papa… On est contents que tu sois là.

– Moi aussi, papa, je t'aime, murmure Nicolas.

Sur les genoux de Louison, la chatte rousse ronronne. Une mésange se pose sur une branche. L'oiseau s'envole. La chatte s'endort.

– N'ont pas la langue dans leur poche, les jeunes de nos jours.

– C'est vrai, Ermance, leurs questions sont celles que je me suis posées avant le voyage, confirme Paul.

– Et tu réponds quoi finalement ? lui demande Madeleine.

– J'ai donné au-delà de ce que je pouvais. Je vais vous le dire franchement, avec le recul que j'ai maintenant, je n'aurais pas dû partir.

– Tu regrettes, Paul ?

– Madeleine, ce que j'ai offert à la France, non ; mais ce dont je vous ai privés, et ce que je vous ai infligé de soucis, d'angoisses, cela je me le reproche. C'est fini. Ce n'était pas beau. J'ai la conscience tranquille. Je peux continuer ma route, nous pouvons bâtir ensemble, Madeleine. Les pages sont tournées. J'ai grandi, j'ai vieilli, et je vous aime tous d'un amour encore plus vrai, plus fort. Mon passé, je n'en ai pas honte, mes actes non plus. Je ne suis qu'un homme, comme les autres, pas un héros. C'est l'amour, votre amour qui me sauve.

– Nous sommes une vraie famille, murmure Ermance, la larme à l'œil.

– Ermance, une famille, c'est une barque qui traverse les épreuves, qui s'unit et qui vogue vers l'avenir.

– Oui Paul, laissons le passé dans le passé. Tu sais comme mon enfance fut difficile. Ici, nous reprenons vie. Alors, continuons. Paul, je t'aime, dit Madeleine.

– Moi aussi Madeleine, je t'aime, et vous tous.

– James ?

– Oui, les enfants ?

– On a une question à te poser, Benjamin et moi.

– Allez-y !

– Tu t'es servi de ton fusil ?

– Bien sûr

– Et tu as fait des morts ?

– Je l'ignore.

– Comment ça ?

– Je visais là-bas. C'était loin, imprécis. J'espère que mes balles n'ont atteint personne, ajoute James.

– Des soldats qui disent ça, ne sont pas des soldats, commente Nicolas.

– Toi, tu aurais peut-être fait mieux ?

– Ben non !

– Les plus gros dégâts venaient des obus, des mitrailleuses. Quand tu es dans l'action, tu essaies de sauver ta peau et tu obéis. Nous étions surveillés de près dans notre section. Il fallait viser juste.

– Nous aussi, intervient Paul, et on m'a conseillé quelquefois d'ajuster mon tir.

– Ceux qui désertaient, si on les retrouvait, ils étaient exécutés, surenchérit James.

– Pourquoi ? s'étonnent les enfants.

– Pour les punir, pour éviter d'autres désertions. Les yeux couverts d'un bandeau, plusieurs, souvent des jeunes, sont tombés devant le peloton d'exécution, « tués à l'aube », comme on dit. Ils s'étaient absentés un jour ou plus, ou parce qu'ils étaient considérés comme lâches ou refusaient d'obéir à certains ordres. On était entre deux feux, en avant et en arrière. Je voulais devenir Canadien, j'en avais assez des humiliations. Je voulais sauver la France, le pays de Louison, je me suis battu comme les autres pour cela. Nous devions tirer, nous avons obéi. Je suis parti honteux d'être Chinois, je reviens fier d'être Chinois et Canadien et même Français ! Si quelqu'un me dit que je ne suis pas un vrai Canadien, je saurai quoi lui répondre ! La guerre je l'ai faite. La guerre n'est pas un jeu, j'ai détesté la guerre.

– Ben, toi non plus, tu n'aurais pas dû partir à la guerre !

– D'accord avec toi Benjamin ! Moi, c'était une sottise. Je n'avais pas à payer un tel prix. Je n'avais pas à me sentir inférieur d'être Chinois, les autres peuples ne sont pas mieux, la preuve !

– Tu regrettes ?

– Oui. C'est fini. Comme votre père, j'ai aidé à libérer la France, nous en avons souffert ! Dans la furie, ça canardait de partout. Il y eut des combats baïonnette au canon, mais c'était la guerre ! C'est ainsi, les enfants. Au moins, on s'en sort vivants. On s'est battus, ça nul ne peut nous le reprocher ; on a essayé d'éviter de tuer, mais où nos balles se sont-elles perdues, où les coups sont-ils tombés ? Je vous souhaite de ne pas avoir à affronter cette horreur. Heureusement, c'est la der des ders, conclut James.

– Si seulement, murmure Ermance.

– En tout cas, c'est terminé. Pour les enfants, soyons optimistes, il n'y en aura plus de guerres, surtout quand les gens sauront vraiment ce qui s'est passé. Non ! Plus de guerres ! Vive la paix ! s'exclame Paul.

Les enfants partirent à l'école.

Paul et Madeleine saluèrent James et quittèrent ensemble la maison pour aller travailler à Ottawa.

Ermance nettoya le comptoir de la cuisine et regagna son appartement.

Louison et James restèrent seuls avec la chatte rousse qui faisait semblant de somnoler sur une chaise.

James tendit le cahier à Louison.

– J'ai écrit cela pour toi, Louison.

– Pour moi ? Tu ne peux pas me le dire ?

La chatte se leva, flaira longuement les pantalons de James, puis sauta sur ses genoux.

Louison ouvrit le cahier et commença à lire. James caressa la chatte qui ronronnait. Il suivait les yeux de Louison.

Maintenant, elle saurait. Ce serait tout ou rien. Il pensa que si un jour ils se mariaient et qu'ils avaient une fille, il souhaiterait qu'elle se nomme Ting Yin. Peut-être que Louison, si sérieuse et tendue dans la lecture, allait le repousser, alors Ting Yin ne revivrait jamais.

Chapitre 59

L E SOLEIL éclairait la cuisine. Dans le jardinet, les bourgeons gonflaient. Un écureuil noir s'avançait jusqu'au bout d'une branche qui ployait. Un moineau portait une brindille. En le voyant, la chatte miaula. Le visage de Louison restait tendu. Ses yeux couraient sur les pages. James l'observait. Il comprendrait qu'elle ne veuille pas de lui. Il ne connaissait aucun Chinois qui avait épousé une Blanche, cela devait exister, mais même dans les laveries, les femmes chinoises étaient rares. Les Chinois passaient leur vie à rembourser leurs dettes à la communauté qui avait prêté l'argent ou au gouvernement qui les taxait sans cesse, aux fournisseurs qui augmentaient toujours leur prix. Les ouvriers Chinois économisaient sur tout, mangeaient peu, s'épuisaient au travail et mettaient de côté sou par sou pour essayer de faire venir leurs femmes, leurs enfants restés en Chine et encore fallait-il pour cela traverser toutes les embûches administratives. Parfois, lorsque le pécule était réuni, des bandits attaquaient le magasin et dérobaient l'argent. Et que valaient les plaintes d'un Chinois ? Un homme, qui parlait à peine votre langue, ne savait ni lire ni écrire, travaillait tout le temps, vivait à part, ne mangeait pas comme les autres et souriait de façon si énigmatique ?

Que Louison lui dise : « Non, c'est impossible. » serait normal. Comme beaucoup d'exploités, même de retour de guerre, même héros, comme d'autres, James gardait la modestie, l'humilité des travailleurs humbles et opprimés. Des Chinois qui se pavanaient, il n'en avait jamais vus. D'abord, ils n'en avaient pas les moyens, et ils ne l'auraient pas fait. Le Canada n'avait laissé aucune place au soleil à ces travailleurs, juste des laveries, que des voyous parfois dévalisaient, blessant les propriétaires sous le regard complice des citoyens honnêtes. Des histoires ahurissantes couraient sur les Chinois, sur leur nourriture, leurs coutumes et même leur nombre, et pourtant combien de souillures ils effaçaient sur les vêtements des soi-disant bien pensants ! Le passé de James remontait en ce matin de lumière. La Chine, l'enfance, la famine, le décès des siens, le départ, Hong Kong, la traversée, Vancouver, les Flanagan, Ottawa, Louison, la guerre. Et si, aujourd'hui, c'était vraiment de l'or qui coulait par la fenêtre ? Et si, ce matin, la Montagne d'or dont ils avaient tous rêvé, enfin livrait son trésor ? Un or de paix, d'amour ? Et si cette Canadienne venue de France et lui, ce Chinois, allaient unir les continents et leur destinée ? Il revoyait les vitres couvertes de buée, la vapeur qui montait dans la petite pièce où chauffaient les lourds fers à repasser. Il revoyait le vieil homme qui l'avait accepté comme apprenti. Ils dormaient chacun d'un côté, sous la table à repasser. La nuit, il fallait se relever, bourrer de charbon le poêle pour que sèchent les vêtements. Le vieillard, le dos courbé, les mains déformées par les rhumatismes, gémissait dans son sommeil. Jamais il ne se plaignait durant le jour. Sa boutique faisait partie de la rue, immuable échoppe à l'enseigne écaillée : Chang Laundry. James y passa des années avant de trouver un emploi comme homme à tout faire au Victoria Yacht Club d'Aylmer. Dans la laverie, James n'avait pas gagné un sou, Chang guère plus. Lorsque James le quitta, Chang redoubla d'ardeur au travail, ne pouvant pas remplacer James, qui ne venait que de temps en temps lui donner un coup de main. Chang n'avait qu'un rêve, faire venir sa femme et sa fille de Chine. Puis, ce fut la guerre. James n'aida plus Chang. James plongea dans la tourmente.

Maintenant, devant lui, une jeune fille lit sa confession. Les boucles de ses cheveux brillent comme fils d'or au soleil. La chatte ronronne. Des oiseaux crient leur amour au printemps fougueux. Louison ferme le cahier, clôt les yeux. Elle respire longuement, se tourne vers James.

La chatte arrondit son dos en accordéon et s'étire en miaulant gentiment. Elle se blottit de nouveau sur les genoux de James. Elle entre doucement ses griffes dans le pantalon kaki. Louison se lève. La chatte saute et demande la porte. James est debout. Qui le premier a ouvert les bras ? Louison et James s'enlacent.

– Je t'aime, pour la vie, murmure Louison.

– Voilà la Montagne d'or !

– C'est beau, la Montagne d'or…

– Le rêve de mes compatriotes lorsqu'ils pensaient au Canada.

– Et mon père qui regardait vers l'Ouest ! Tu es venu de l'Ouest. James, l'Ouest c'est toi !

Chapitre 60

NE VOULANT imposer sa présence à Louison et à ses parents, James chercha une chambre à louer. Il n'en trouva point. Même s'il y avait un écriteau sur la porte, soudainement la chambre n'était plus disponible. Qu'il retourne en Chine, lui répliquaient certains propriétaires. Finalement, des voisins des Javelier, dont les enfants jouaient depuis des années avec Benjamin et Nicolas, proposèrent une chambre à James. Il se retrouva donc dans la même rue que Louison, à quelques maisons de chez elle.

L'honneur était sauf.

Louison travaillait à l'hôpital, soit le jour, soit la nuit. Paul était employé chez les Germain. Madeleine n'avait jamais eu autant d'ouvrage. La paix revenue, l'argent sortait des bas de laine. Comme après une maladie grave, les gens avaient soif de vivre, de profiter des beaux jours, de dépenser. Finies les privations ! De nouvelles musiques entraînantes venaient du sud, on se sentait jeunes et fringants.

Plein d'espoir, James demanda du travail. Les portes se fermèrent devant lui : « *No Chinese,* pas de Chinois ! » «Tu repasseras », cela dit avec un sourire en grimace.

Découragé, il en parla à Louison qui demanda conseil à ses parents.

– Je peux voir du côté des Germain, suggéra Paul.

– Je pense avoir une idée, lança Madeleine. Ermance m'aide, mais nous n'y arrivons pas. Si James était intéressé…

– Il n'y connaît rien, répondit Louison.

– Je lui montrerai. Si cela marche, un jour il pourra prendre ma suite, deviendra couturier, tailleur. C'est moi qui l'aiderais, cette fois-ci comme petite main. Propose-lui, Louison.

– Je vais lui en parler.

– Au début, il pourrait travailler ici, à la machine avec Ermance et moi. Si cela va bien, un jour, il ouvrira une boutique. Moi, je vois grand pour lui.

– Madeleine, on produit de plus en plus de vêtements en manufactures.

– Dans une capitale nationale, il y a toujours de la place pour du chic, de la grande classe. Je n'ai pas peur.

Le lendemain, Louison présenta l'offre à James.
– Je n'y avais jamais pensé. Dans certaines laveries, quelques personnes font du raccommodage, mais peu, le lavage ne laisse pas de temps. Tailleur, couturier ? Je peux apprendre, on verra. Actuellement, je ne travaille pas. Je n'aurai jamais de boutique à mon nom, pour nous les Chinois il y a toujours des interdictions, ce n'est pas pour rien qu'on s'est repliés sur les laveries. Je ne veux pas de tracasseries. Il serait plus sage que je sois employé par Madeleine, cela serait plus accepté. Retourner chez Chang, c'est stagner. J'ignore ce qu'il est devenu.
– J'aimerais que nous le rencontrions.
– Quand tu voudras.
– Et le Victoria Yacht Club ?
– L'Hôtel Victoria a brûlé en 1915. Je ne sais pas si le Yacht Club existe encore. Je reviens demain voir Madeleine. Pourquoi pas ?

James apprit vite le métier. Les clientes de Madeleine ne tarirent pas d'éloges sur lui. James confectionna ses propres costumes. Devant son élégance, les femmes voulurent que leurs maris se vêtissent un peu comme lui. Après avoir lavé durant des années les vêtements de cette société, James l'habilla. Il prenait un réel plaisir à son travail, même si les clients n'osaient pas souvent déroger au style austère de la capitale très britannique. L'argent rentra. James put ouvrir une minuscule boutique de tailleur, non loin du Parlement où il se consacra exclusivement à la mode masculine. Officiellement il était un employé de Madeleine. Inspiré par les catalogues, que Madeleine faisait toujours venir de Paris, James ajouta sa touche personnelle, un brin de fantaisie, d'audace et, pour faire patienter les clients, un des meilleurs thés en ville, chinois bien sûr ! Grâce au réseau des clientes de Madeleine, qui y envoyaient leurs maris, le salon de James devint un des plus côté en ville.
La guerre était vraiment loin !
Les journées passant, James et Louison envisagèrent le mariage avec joie et confiance. Les regards méprisants et les ragots, ils les ignoraient. Louison et lui n'avaient de leçons à recevoir de personne. Ils avaient surmonté les épreuves et nul ne pouvait entraver leur bonheur. Pour l'avenir, ils défendraient leurs enfants qui se bâtiraient une place hono-

rable. Finies les insultes ! Une seule ombre demeurait, James voulait retrouver ses frères aînés. Maintenant que les affaires allaient bien, il souhaitait plus que jamais savoir ce qu'ils étaient devenus et au besoin les aider.

C'est ainsi que James renoua avec la petite communauté chinoise établie à Ottawa.

Par une belle journée d'été, James proposa à Louison de se rendre à la laverie de Monsieur Chang. James n'avait pas remis les pieds dans ce quartier depuis le jour où il était parti à la guerre. Monsieur Chang était peut-être décédé. Tant d'années s'étaient écoulées, le temps d'une guerre !

L'échoppe n'avait pas changé. Ancrée au coin de la rue, elle arborait toujours la même enseigne décrépie : Chang Laundry. Des herbes sauvages poussaient entre le mur et le trottoir. Était-ce la buée ou la poussière des décennies de lessive qui rendaient opaques les petites vitres ?

– J'ai travaillé là durant des années, tout est pareil.

– C'est petit.

James jeta un coup d'œil à la fenêtre de la porte. Il frappa, poussa le battant. L'éternelle sonnette tinta. Un vieil homme à lunettes, aussi chargées de vapeur et de poussière mêlées que les carreaux de la boutique, s'avança. Il leva la tête vers James, plissa les paupières, l'observa légèrement de profil et s'exclama :

– *Oh ! You !*

– *Good morning, mister Chang !*

– *Oh ! James, you know, miss, he is like my grandson ! Whom I have never seen !*

L'homme souriait. Ses yeux disparaissaient sous ses paupières. Malgré son grand âge, il ressemblait à un poupin rieur. Quelques dents retenaient péniblement sa langue vagabonde.

– *How are you ?*

Insensiblement, les deux hommes continuèrent leur conversation en chinois. Prêtant de nouveau attention à Louison, Monsieur Chang dégagea un petit tabouret et invita la jeune fille à s'asseoir. Il continuait de sourire, ses cheveux blancs, sa peau douce malgré l'âge, quelques poils d'une barbichette, rien ne révélait les souffrances de cet homme, mais il marchait lentement. Le dos courbé, il s'appuyait sur la table. Des sacs ficelés s'alignaient sur des étagères. Un abaque trônait sur le petit comptoir, près de la ficelle et des ciseaux. Le poêle, la rangée de fers à repasser, les bacs, les planches à laver, les seaux, une tasse de thé, une bouilloire, c'était le décor, la vie de Monsieur Chang, et malgré tout, il souriait. Pourtant, si le soleil illuminait la rue, la laverie restait dans l'ombre, hiver comme été.

Le visage de Monsieur Chang s'anima. Subitement, il haussa le ton. Il expliquait à James des faits certainement importants. Ses mains moulinaient comme s'il évoquait des événements d'il y a de quelques mois, quelques années peutêtre. Il fouilla dans son tiroir et tendit une enveloppe à James. Chang parlait de plus en vite, grondait-il James ? James ouvrit l'enveloppe et commença à lire la lettre. Louison aperçut des caractères chinois. Le visage de son ami blêmit et se glaça. Petit à petit, il se détendit, ses doigts se desserrèrent. Il s'assit et continua la lecture. À son tour, Monsieur Chang se calma. Assis sur un petit tabouret, il regarda Louison amicalement et fixa de nouveau James.

Ottawa, avril 1917
Cher frère,
Enfin, nous pensions t'avoir retrouvé. Hélas ! Tu étais parti ! Comme nous t'avons cherché ! Des années à fouiller les villes. Les Chinatowns, nous les avons toutes inspectées et au moment où nous approchions de toi, le destin, une nouvelle fois, cruellement nous éloignait de toi. Où es-tu ? Nous sommes arrivés trop tard chez Monsieur Chang. Peut-être y reviendras-tu un jour ? Sache que tu pourras nous écrire à l'adresse que nous indiquons à la fin de cette lettre. Nous habitons à Toronto. Chacun de nous est marié et nous avons des enfants. Tes neveux et nièces souhaiteraient te connaître. Monsieur Chang nous a raconté ton aventure jusque chez lui. Tu as beaucoup souffert et notre petite sœur Ting Yin aussi, ainsi que nos vénérés parents, oncle et tante. Grâce à tes bons soins, ils reposent en Terre éternelle. Nous aussi, comme tant de Chinois en Amérique du Nord, avons trimé dur. La souffrance, comment l'exprimer, si grande, si cachée, profonde au creux de nous ? Nous n'avons jamais perdu la face. Nous avons gardé notre dignité, comme toi, nous en sommes sûrs, par fidélité à nos ancêtres. Monsieur Chang nous apprit que nous avions perdu Ting Yin et que tu as été fraternellement à ses côtés jusqu'à la fin. Tu étais bien jeune pour vivre tant de calamités.
Lorsque nous avons quitté le village, nous avons réussi à rejoindre, après beaucoup de difficultés, Hong Kong. Nous avons dû rester dans ce port durant deux ans, pour rembourser les passeurs, logeurs et exploi-

teurs. *Il fallait manger, survivre. Des années après, nous avions enfin payé le passage vers l'Amérique. Notre bateau a été attaqué après seulement une journée en mer. Les pirates ont dévalisé tout le monde et immense fut la douleur des femmes brutalisées, nous n'osons écrire le vrai mot, par ces bandits. Il y eut de nombreux morts et blessés parmi les passagers et membres de l'équipage. Affamés, nous et les autres survivants avons réussi à atteindre la Baie de Ha Long. Là, personne ne voulait de nous, sauf pour travailler comme esclaves. C'est ainsi que, six mois plus tard, sur un bateau de pêcheurs, nous sommes retournés à Hong Kong et que nous avons recommencé à zéro pour rejoindre l'Amérique.*

Finalement, après quelques mois à Hong Kong, nous reprenions la mer. Cette fois, nous avons eu la chance de ne pas être attaqués. Nous sommes arrivés à San Francisco au bout d'une traversée éprouvante, dans une cale surpeuplée, sans lumière, sans hygiène, sans latrines. Nous n'avions aucun papier d'identité. De nuit, quarante-huit heures après notre arrivée, vaguement déguisés en débardeurs du port, un passeur nous a conduits dans le quartier chinois. Nous y avons travaillé clandestinement durant des années, jusqu'à ce que nous ayons remboursé nos dettes et obtenu des papiers d'identité, qu'il fallut payer en argent comptant, ce fut ruineux.

Une fois libres de nos dettes, nous sommes restés dans le quartier où nous avons pu travailler et économiser un peu d'argent. Comme nous étions deux frères, solidaires et déterminés, rien ni personne n'a pu nous arrêter. Nous avons loué une boutique de légumes, puis nous avons acheté le commerce et ensuite développé la culture des légumes chinois dans les campagnes environnantes. Tout ce temps-là, nous te cherchions. Des gens du village, venus par Hong Kong, nous ont dit que tu étais parti vers le Canada. Nous avons interrogé des milliers de personnes. Un jour, un commerce était à vendre à Toronto. Nous y sommes allés. L'affaire était intéressante. Nous avons demandé à entrer légalement au Canada. Ce fut une longue histoire ! Des Chinois, le Canada n'en voulait pas. Nous étions si convaincants, et le montant que nous apportions pour les affaires si important, que nous avons finalement été parmi les très rares personnes d'origine chinoise acceptées au pays cette année-là. Cette fois, nous avions des papiers parfaitement légaux. Nous avons fait l'acquisition du commerce de Toronto avec l'argent que nous avions de notre vente à San Francisco. Nous avons travaillé d'arrache-pied pour faire prospérer notre entreprise. Rien ne fut facile, jamais. Tu sais autant que nous, qu'être Chinois ferme les portes. Mais nous avons réussi et c'est ainsi que nous sommes sur tes traces, mais toi, tu décampes ! Si tu es en vie, où que tu sois, nous te retrouverons !

Frère bien-aimé, le jour où cette lettre te parviendra, empresse-toi de nous répondre. Nous attendons avec impatience de tes nouvelles. Nous prions pour ta santé et nous honorons la mémoire de nos parents et de notre chère sœur. Le jour où nous serons réunis, sera celui du Renouveau, de la Renaissance de notre famille tant éprouvée, le jour du printemps et de la vie.

Nous remettons cette lettre à l'honorable Monsieur Chang. Selon lui, tu voulais partir à la guerre. Nous espérons que tu n'es pas allé t'engouffrer dans cette folie qui ne nous concerne pas. Souhaitons que tu apparaisses bientôt dans la boutique de Monsieur Chang.

Que la paix, la santé et le bonheur soient avec toi.

Tes frères

James leva la tête. Il revenait d'un autre monde. Il regarda attentivement Monsieur Chang et Louison. Il pleura, de joie.

– James ?

– Louison, nous allons pouvoir nous marier ! Monsieur Chang sera de la fête.

James traduisit en chinois.

Monsieur Chang leva les bras ou ciel en riant. Il répondit en chinois à James. Ils se parlèrent sérieusement, durant quelques minutes. Louison ne comprenait rien à leur discussion. James se tourna vers Louison et expliqua :

– Monsieur Chang ne pourra assister à notre mariage. Il souhaite retourner en Chine, mourir là-bas. Si la situation est trop difficile, il reviendra au Canada, ici à Ottawa. Il ferme la boutique. Il ne la vend pas pour l'instant. Il veut revoir sa famille et décider avec elle où ils vont vivre. Il affirme qu'une personne ne peut pas vivre toujours seule, qu'il désire voir grandir des enfants autour de lui, que travailler toujours pour des salaires de misère, c'est épuisant, que là-bas, ce n'est peut-être pas mieux, et que la vie maintenant pour lui sera courte. Elle a été trop douloureuse.

» Écoutons-le, je vais te traduire à voix basse. Il a besoin de nous parler et veut que tu connaisses sa vie :

246

» Lorsque je suis arrivé au Canada, cette population blanche, parfois aux cheveux roux, ces barbes, et ces dames aux longs cheveux bouclés, me surprirent.

» Il y avait des indications écrites partout, j'étais dérouté, je ne savais ni lire ni écrire.

» J'arrivais au Canada, plein d'espoir et d'illusions.

» Après une visite médicale et une vérification des papiers, que je signai sans comprendre, on nous regroupa et, dès le lendemain, nous quittâmes Vancouver pour aller travailler au chemin de fer, le C.P.R, le Canadian Pacific Railway.

» La compagnie nous habilla (à nos frais, nous étions payés environ la moitié du salaire d'un Blanc !) de la tête aux pieds, des grosses chaussures de travail, jusqu'au large chapeau. On nous attribua les tâches les plus dangereuses, placer les explosifs, évacuer les rochers. Beaucoup d'entre nous furent malades, moururent du choléra et des accidents, des chutes ou furent blessés.

» Au début, l'un d'entre nous, qui parlait anglais, traduisait. Nous finîmes par comprendre l'essentiel. Pour la nourriture, je ne me plaignais pas. Après la famine, j'ingurgitais tout. Je travaillais fort, comme je l'avais toujours fait dans les rizières auprès de mes parents, et je mangeais. Les plus âgés enviaient ma résistance. On minait la paroi, perforait, creusait, dégageait les rochers. Il ventait, pleuvait et neigeait. Il a tant neigé ! Nous étions engloutis. On enlevait la neige et reprenait les travaux. Tout était dur. Vraiment dur. Je le répète, tant cela m'a marqué, il y eut des morts, des blessés graves, à cause des chutes de pierres, de poutres. Des personnes devenaient sourdes, ou mutilées, combien de bras cassés, de doigts coupés, de dos brisés ? Nous avons accompli notre besogne, de la meilleure manière possible. Des Amérindiens étaient également embauchés, je les observais souvent, nous avons quelques similitudes. Je parlais avec eux, ils m'enseignaient l'anglais et leurs coutumes. Pour eux, la vie non plus n'était pas facile. Je me sentais près d'eux et je les imitais, mais je n'étais pas un vrai Canadien.

» Nous, les Chinois, espérions qu'après cette terrible construction des voies ferrées dans les montagnes, nous deviendrions des citoyens à part entière dans ce pays dont nous n'avions rien vu, si ce n'est un port, une ville traversée, des villages et cette chaîne de montagnes. Nous avions creusé des tunnels, bâti des ponts au-dessus de gouffres vertigineux, enduré les moustiques et autres insectes, les vents glacés, les tempêtes de neige et les trombes d'eau. Mes compatriotes ont parfois payé de leur vie ces ouvrages et nous étions fiers Chapitre 60 351 TNPDP copy 35 7/2/07 8:54 PM Page 351 de notre œuvre. Nous avons beaucoup souffert ! Au bout du compte, on nous paya, mais peu, et on nous permit de nous établir ailleurs au Canada. Après ce que nous avions surmonté, les maladies, le froid, le travail épuisant, on nous assomma de taxes iniques. Les ouvriers chinois ne purent faire venir leurs femmes, leurs enfants. Combien pleurèrent et longtemps, parfois toute leur vie ! Les gens se méfiaient de nous, nous chassaient de leur quartier, nous insultaient. Le gouvernement interdit l'immigration des Chinois. Ce fut le fruit de nos sacrifices.

» Au Canada, la plupart des Chinois sont analphabètes, voilà pourquoi ils occupent des métiers épuisants, laver, nettoyer, sécher, repasser les vêtements, charger le charbon, suer, sept jours sur sept, d'avant l'aube jusque tard dans la nuit pour des salaires de mendiants. »

Il nous souhaite beaucoup de bonheur, et ajoute que nous sommes sa seule joie ici au Canada, un peu sa famille. Il me répète que je suis comme son fils et que maintenant il te considère comme sa fille, que si un jour il revient ici, nous devons nous voir souvent. Il te trouve charmante, belle telle une fleur sauvage au printemps, que tes yeux l'envoûtent à la manière des nuages qui ornent les montagnes célestes, que tu es vive comme les grands fleuves qui irriguent l'Empire du Milieu, il dit…

– Excuse-moi James de t'interrompre, après son récit, il t'a vraiment confié ces compliments à mon égard ?

– Euh, partiellement. J'en rajoute un peu.

Ils éclatèrent de rire. Monsieur Chang servit le thé dans des tasses douteuses, fendues et ébréchées, mais ce fut le meilleur thé du monde !

Quelques mois plus tard, tous les gens de la rue des Javelier étaient à la fenêtre. Jamais on n'avait vu cortège nuptial aussi bigarré dans la ville de Hull. Ermance avait réussi à convaincre les voisins d'apporter de la nourriture et de festoyer avec eux devant la maison. Le même prêtre français qui avait marié Paul et Madeleine donna sa bénédiction. Il ferma les yeux sur les bouteilles d'alcool qui circulaient. Après tout, lui-même, se laissa tenter par les petits verres de vin qu'on lui présentait. Un accordéoniste joua de vieilles mélodies de Paris, qui arrachèrent des larmes à Madeleine. Les frères, les belles-sœurs, les neveux et nièces de James, chantèrent des airs traditionnels chinois. Ils étaient arrivés avec une surabondance de mets inconnus et savoureux. Des tables, des chaises, des bancs envahissaient la rue. Sur la galerie, la chatte rousse et ses compagnes observaient la fête. Au milieu du repas, la queue haut levée, la chatte rousse grimpa sur la robe de Louison et sauta s'installer confortablement sur James.

Toute la famille Javelier fut invitée à Toronto.

– Cette fois-ci, nous irons à l'ouest de l'Ouest ! s'exclama Paul.

– Il y a encore la Chine, plus loin. Monsieur Chang vient d'y arriver et il m'écrit que cela change très vite là-bas, qu'il ne reviendra pas. Il aime trop sa famille. Moi, ma famille est ici maintenant, grâce à Louison, à vous Paul, Madeleine, les enfants et évidemment Ermance.

La chatte ronronna.

– Je ne t'oublie pas, lui chuchota James.

– Si nous avons un enfant, quel prénom voudrais-tu lui donner ? demanda Louison à James.

– Ting Yin, toi ?

– Si, c'est une fille, j'avais pensé à Renée, le prénom de ma mère.

– Alors, cela pourrait être Renée Ting Yin ou Ting Yin Renée !

– Et si c'est un garçon ?

– Je ne sais pas.

Au printemps suivant, la petite Renée Ting Yin apporta son sourire radieux et ses cris joyeux à la famille de Paul et Madeleine.

La paix, le bonheur, la vie, enfin les rejoignaient tous, au pays de la Montagne d'or !

Notes

Le 11 décembre 2001, le gouvernement du Canada a présenté ses excuses pour l'exécution de vingt-trois Canadiens durant la première guerre mondiale.

Ces Canadiens tombèrent à l'aube sous les pelotons d'exécution pour avoir déserté, s'être absentés ou avoir refusé d'obéir. Notons que le gouvernement australien avait refusé que ce sort soit infligé à ses soldats.

Dès 1885, les immigrants chinois furent le seul groupe ethnique à devoir payer une taxe d'entrée au Canada : 50 $ par personne, 100 $ en 1900, 500 $ en 1902. Cela correspondait à deux années de salaire pour un travailleur chinois au Canada et empêcha les épouses ou les enfants de rejoindre les époux et pères au Canada.

Le premier juillet 1923 la Loi d'exclusion des Chinois (abolie en 1947) interdit l'entrée du Canada aux Chinois et prescrivit de nouvelles règles à ceux qui y résidaient déjà, ce fut le « Jour de l'humiliation » pour les Sino-canadiens qui n'obtinrent le droit de vote aux élections fédérales qu'en 1947.

Le projet de loi C-333 « visant à reconnaître les injustices commises à l'égard des immigrants chinois par suite de l'imposition d'une taxe d'entrée et de l'adoption de lois d'exclusion, à souligner la contribution remarquable de ces immigrants au Canada et à prévoir une indemnisation devant servir à l'enseignement de l'histoire des Canadiens d'origine chinoise et la promotion de l'harmonie raciale » a été déposé en première lecture à la Chambre des communes du Canada le 10 décembre 2002, le 3 novembre 2005 il était amendé avant de passer en troisième lecture.

Le 22 juin 2006, à la Chambres des communes, le Premier ministre Stephen Harper a présenté les excuses officielles du gouvernement canadien pour la « grave injustice », soit la taxe d'entrée de 50 $ à 500 $ imposée aux immigrants chinois entre les années 1885 et 1923 et l'interdiction pendant vingt-quatre ans de toute immigration en provenance de Chine. Quatre-vingt-un mille Chinois auraient payé la taxe.

« Le 22 juin 2006, le Premier ministre du Canada a présenté un ensemble de mesures de réparation touchant la taxe d'entrée payée par les immigrants d'origine chinoise. Cet ensemble comprend :

• La présentation d'excuses officielles au nom du gouvernement et de tous les citoyens du Canada aux Canadiens et Canadiennes d'origine chinoise pour l'imposition d'une taxe d'entrée par le Canada de 1885 à 1923 et par le Dominion de Terre-Neuve de 1906 à 1949.

• Le versement d'une indemnité à titre gracieux de 20 000 dollars aux payeurs de taxe vivants ou à leur conjoint survivant, le cas échéant.

• La mise en œuvre d'un programme communautaire de reconnaissance historique doté d'un budget de 24 millions de dollars pour financer divers programmes communautaires portant sur les mesures de guerre et les restrictions d'immigration.

• La mise en œuvre d'un programme national de reconnaissance historique doté d'un budget de 10 millions de dollars pour élaborer et financer des programmes fédéraux en partenariat avec diverses parties intéressées. »

« GATINEAU, le 29 août 2006 – L'honorable Beverley J. Oda, ministre du Patrimoine canadien et de la Condition féminine, a annoncé aujourd'hui que les immigrants d'origine chinoise qui ont payé la taxe d'entrée au Canada et qui étaient toujours en vie le 6 février 2006 peuvent maintenant présenter leur demande pour recevoir l'indemnité symbolique à titre gracieux de 20 000 dollars. »

Sources : le ministère du Patrimoine canadien

Bibliographie sommaire

Bibliothèque et Archives Canada

Diane Aldred, *Aylmer Québec, Its heritage, son patrimoine,* 1989, 228 p.

Diane Aldred, *Les grands moments d'Aylmer's Great past times. 150 ans d'histoire à Aylmer, Québec,* 1847-1997, Musée d'Aylmer, Société d'histoire de l'Outaouais, 1997, 118 p.

Diane Aldred, *Le Chemin d'Aylmer : The Aylmer road,* 1993, 256 p.

Jean-Louis Clade, *La Haute-Saône autrefois : Images de la vie quotidienne,* Cabédita, 2002, 168 p.

Roland Dorgelès, *Les croix de bois,* Albin-Michel, Le livre de poche, 1919, 254 p.

Albert Einstein et Sigmund Freud, *Pourquoi la guerre ?* Rivages/ Poche, 2005, 80 p.

J.L. Granatstein, *Hell's corner, an illustrated history of Canada's Great War: 1914-1918,* Douglas and McIntyre, Vancouver, Toronto, 2004, 198 p.

Ban Seng Hœ, *Enduring Hardship: The chinese laundry in Canada,* Canadian Museum of Civilization, Gatineau, 2002, 86 p.

Ban Seng Hœ, *Beyond the Golden Mountain, Chinese Cultural Traditions in Canada,* Canadian Museum of Civilization, Gatineau, 1989, 48 p. Édition française, *Au delà de la Montagne d'or,* Musée Canadien des Civilisations.

G.W.L, Nicholson, *Histoire officielle de la participation de l'armée canadienne à première guerre mondiale, le Corps expéditionnaire canadien 1914-1919,* par le Colonel G.W.L. Nicholson, C.D.Section historique de l'armée.

Colonel G.W.L, Nicholson, C.D. *Histoire officielle de la participation de l'armée canadienne à première guerre mondiale, le Corps expéditionnaire canadien 1914-1919,* Section historique de l'armée, Imprimeur de la Reine, Ottawa, 1963

Dean F. Oliver et Laura Brendon, *Reflets de l'expérience canadienne, 1914 à 1945 : Tableaux de guerre,* Éditions du Trécarré, Musée canadien de la guerre, Société du musée canadien des civilisations, Gatineau, 2000, 178 p.

Tardi, 1914-1918 : *C'était la guerre des tranchées,* Casterman, Tournai, 1993, 127 p.

Vennat Pierre, *Les « Poilus » québécois de 1914-1918 : Histoire des militaires canadiens-français de la Première guerre mondiale,* tome 1 et tome 2, Éditions du Méridien, Montréal 1999, 2000, 366 p. et 365 p.

Du même auteur

Les Petites Âmes, récits, GREF, Toronto, 2005.

Paris - Saint-Louis du Sénégal, roman jeunesse, Vermillon, Ottawa, 2005.

Palmiers dans la neige, roman jeunesse, Vermillon, Ottawa, 2003.

L'homme qui regardait vers l'ouest, roman, Vermillon, Ottawa / Mon Village, Vuillens, 2002.

Paris-New York, roman, Vermillon, Ottawa, 2002.

(collaboration Paul Gay) *Vous les jeunes : Réponses à des questions qui vous hantent,* Publications Marie et Notre Temps, Montréal, 1999.

Les petites mains, Vermillon, Ottawa, collection Visages, 1999

Paris-Hanoi. Les aventures d'un jeune globe-trotter, roman, Vermillon, 1998.

Le Loup au Québec. Les aventures d'un jeune globe-trotter, roman jeunesse, Ottawa, Vermillon, Ottawa, 1997.

Lettres à deux mains. Un amour de guerre, récit épistolaire, Vermillon, Ottawa, 1996.

Une île pour deux, roman, Vermillon, Ottawa, 1995.

Les Chiens de Cahuita, roman, Vermillon, Ottawa, 1994.

Rendez-vous à Hong, roman, Vermillon, Ottawa, 1993.

Paris-Québec, roman, Vermillon, Ottawa, 1992.

Un clown en hiver, roman, Vermillon, Ottawa, 1988.

L'Attrape-mouche, récit, Vermillon, Ottawa, 1985.

(collaboration Marc-Aimé Guérin) *Initiation à la géographie par les contrats de travail,* manuel scolaire, Guérin, Montréal, 1974.

Dernières publications
des éditions Mon Village

Aguet Serge : *Mes recettes ou la gastronomie au quotidien.* Collection pratique

Baudin Christiane : *Les gémeaux* (la suite du *Souffle des noyers*), roman, coll. Poche

Besson André : *L'indomptable Lacuson.* Roman historique

Bongard Gabriel : *Les Causes insoupçonnées de nos maladies.* Collection pratique

Brouard Michel : *L'héritage de Mélodie.* Roman

Dalain Yvan : *Le destin tragique du pilote Failloubaz.* Roman

De Arriba Suzanne : *Un hiver pour aimer.* Roman

Delauny Charles : *Chroniques du bout du monde.* Récit

Fleury Michel : *En finir avec ces maux qui pourrissent l'existence.* Collection pratique

Gonin Luc : *Concerti infinis...* Roman

Grosmaire Jean-Louis : *Tu n'aurais pas dû partir.* Roman

Nicolet Jean-Claude : *Miettes de vie. Souvenirs d'un maître-horloger.* Récit

Praz Narcisse : *Sous le pont Mirabeau...* Roman

Valette Paule : *Maison à vendre.* Roman, coll. Poche

Vergères Michel : *Ma nuit avec Bouton d'Or.* Roman policier

A paraître :

Gilles de Montmollin : *Le bateau qui naviguait tout seul.* Roman policier, coll. Poche

Guy-Raymond Bruchez : *Maire et croupier.* Roman

Bernard Heimo et Félix Clément : *Lame fatale.* Roman policier, coll Poche

Louis-Albert Chappuis : *Cinquante ans de Mon Village - Textes inédits*

Monica Joly *: Le papillon de lumière,* roman.

Achevé d'imprimer
le vingt juillet deux mille sept
sur les presses de l'imprimerie
du Journal de Sainte-Croix et Environs

CH – 1450 Sainte-Croix